無顏福妻

下

文創風 936

柴可 著

風 文創 936

目錄

第十四章

因為勞役的事情，老蕭家又鬧分家，不管怎樣，這家也不是一時半會兒能分好。

方栓子看到這裡就沒再看下去，他先回家一趟，見家裡沒人，便洗漱換了身衣裳再上山，並帶著他路過鎮上買的五花肉和排骨，自家是一丁點都沒留。

他這是饞肉了！

壩上的菜跟豬食似的，他作夢都在饞劉芷嵐做的菜。

以前他找媳婦想找個漂亮的，現在他找媳婦就想找個會做飯的，不是誰都有山哥的運氣，能娶一個漂亮、廚藝又好的媳婦。

想當初劉氏那個長相，實在是太醜了，村裡的老光棍都瞧不上她。一臉的紅疹和膿包，光看著就噁心。

要是劉氏貌醜還鬧騰的時候，山哥不管她，她早死了，山哥這會兒就沒有又漂亮又會做飯的仙女老婆了。

所以，這做人頭一等，就是要心懷善念！

到了山上，方栓子就看到她大嫂在院裡曬蘑菇。「大嫂，妳也在這兒啊！我娘呢？大哥和爹呢？」

「娘在縣裡迎仙樓幹活去了，還得兩天才能回來。你大哥和你爹在後頭山哥他們的新房裡幫著幹活呢！」徐梅花見方栓子拎著肉來，就讓他把肉放下，幫自己把蘑菇都曬好，然後才帶著他，拿著肉往後頭新房子去。

「喲，我不在家這些日子，山哥把房子都蓋好了啊！我爹和我大哥可是有口福了，可憐我在壩上天天沒吃好！」方栓子十分羨慕地道。

徐梅花笑罵。「你個沒良心的，說得爹跟你哥都沒幹活似的，一會兒見著爹，可不許這麼說！」

方栓子撓了撓腦袋，訕笑道：「我就跟大嫂說說而已。對了，我娘怎會去迎仙樓幹活呢？」

迎仙樓這種地方可不會亂要人，沒有透過關係介紹可進不去。

他當初在縣裡跟那幫混混打聽過，原本尋思著找個門路進去當小二，每天也能吃點好吃的，不承想被人嘲笑異想天開，後來他聽說要人介紹，這才打消進迎仙樓當夥計的念頭。

沒承想，他沒當成夥計，他娘倒是進去了。

「這事還得謝謝嫂子……」徐梅花把事情的來龍去脈都說了一遍。

方栓子嘖嘖兩聲，就沒再說啥了。

他能說啥？踏實地跟著山哥一家人打好關係才是正經，瞧著，他娘進了迎仙樓，得羨慕死村裡多少人？

「嫂子，山哥，山下出大事了！老蕭家出大事了！」到了新房，方栓子一面感嘆這房子蓋得真是好，一面高聲嚷嚷。

聽見他的聲音，劉芷嵐和蕭遠山從屋裡走出來，方老樹和方墩子也放下手中的活計，幾雙眼睛齊刷刷地盯著他看。

方栓子說得唾沫橫飛、口乾舌燥，院裡一干人等聽得那叫一個目瞪口呆。

「蕭老二真是作孽啊！兩條人命呢！」

「可不，一百兩銀子能花用幾年？上等水田也就只能買五畝。」

若按一戶人家一年花用二十兩來算，一百兩銀子也就夠花用五年，這死的還是家裡的壯年勞力。

「只可憐了天才媳婦，剛嫁過去，肚子才懷上，男人就死了。即使蕭家賠了一百兩，衙門賠了十兩，可這銀子都給上頭的公爹婆婆拿著，他們一大家子可有四房人呢！這孤兒寡母的往後可不好過，若是天才媳婦將來生個兒子還好，上頭老的興許能看在給天才留香火的情分上對孩子好些，若是生個丫頭……」徐梅花嘆氣道。

徐梅花跟徐天才的媳婦挺聊得來，她為人和氣，見誰都笑咪咪，性子有些軟弱……將來這日子，難喔。

接著，她又道：「有能叔心疼幾個兒子，自己一把老骨頭去服勞役，這下他沒了，幾個兒媳婦都是厲害的，有能嬸往後啊，日子也不好過。」

方栓子灌了一杯熱茶下去，繼續八卦道：「大嫂，妳是沒瞧見，那銀子剛到有能嬸手中，就被她家老大的媳婦給奪了過去，幾個兒子媳婦都盯著銀子，眼裡哪還有他們那個娘！他們匆匆地走了，把哭得差點斷氣的有能嬸扔後頭，連管都不管，還是別家的婦人幫忙把人攙扶走。瞧著吧，為了銀子，有能嬸家也不平靜，他們應該會分家。」

「分家？分了家之後，各房都得攤派勞役、兵役，他們若是不傻，就不會分！」方老樹不贊同方栓子的話。

方栓子反駁道：「爹您不信就等著瞧，他們必定是要分家，分家不分戶，咱們村這樣幹的人少了？也就老蕭家那樣，恨不得跟山哥立刻撇清關係，直接就分家分戶了。說起老蕭家，當初將山哥分出來的時候，給二十兩銀子都跟要他們命一樣，這下子，被徐家人搜走三百多兩銀子，他們還藏得夠深！咱們村家裡能拿出幾百兩的人家，也就蕭家和村長家。」

眾人都覺得方栓子說得有理，但這都是別人家的事。

劉芷嵐唏噓道：「人命在他們心裡眼裡，竟不如銀子……」

「嫂子，這還算是好的。隔壁李家村，前些年李家族長帶頭發絕戶財，這事妳該聽說過吧。那李秀才還是有功名的人，娶了媳婦前後生了四個閨女，沒兒子，族裡讓他過繼一個，他不要，想著別人家的孩子靠不住，往後他可以為大閨女招婿，自家閨女生的孩子比旁人家的孩子親。

「誰承想，沒過兩年，李秀才起夜上茅房竟然一跟頭栽進糞坑裡，人沒了。這下他留下來的幾十畝田地，讓李家族人給瓜分了不說，連他留下的媳婦閨女全被李氏族人給賣了，得了的銀子全分了。大夥兒都暗地裡在傳，這李秀才怕是被人害死的。」

「官府就不管嗎？」劉芷嵐很驚訝。

一個秀才就這麼死了，妻女被賣，家產被分……

蕭遠山道：「民不告官不究，再說李秀才沒有長輩替他出頭，李氏族人想的是怎麼瓜分他家的財產，更不會有人去追究他的死因。就算有人告到縣衙，縣衙也不會管的，只要不是涉及到朝廷利益，衙門不會跟地方宗族勢力強碰，大多是睜一隻眼閉一隻眼。這樣的事情不是一處兩處，吃絕戶，發絕戶財，每個宗族都有這樣的規矩。」

所以說，頂門定居的男人還真不能死，只有好好地活著才能看顧好家人。

蕭遠山想都不用想，若是他出事了，家裡的銀子、房子、山地全都會變成老蕭家的財產，就連他媳婦也是老蕭家的人想賣就賣。

外姓人在這種宗族勢力隻手遮天的村子裡活著，太不容易了。

「還好遠山你們夫婦分家出來了，要不然，這賠人銀子的事還得落到你身上，大冬天的也會逼著你進山打獵。遠山啊，你們有沒有想過搬出村子，到鎮上或者是縣裡，離村子遠遠的？」知曉他們夫妻有這個條件，方老樹才開口建議。

蕭遠山道：「這事以後再看。住在山裡有山裡的好處，住在縣裡有縣裡的好處。只是不管是縣裡還是鎮上，喝口水都得花銀子，燒柴也得花銀子，再多的銀子也禁不住這麼花用。」

他跟媳婦商量過這事，媳婦覺得住在山裡好，反正他們現在離村子遠，不管誰要到他們家都挺費勁的。等閒人不會沒事上山。

媳婦喜歡山裡寬敞，能種果樹，能有山泉水喝，還能自己養雞養鴨，她嫌棄城裡住著憋屈。至於往後有了孩子……那就等有了孩子再說。

方老樹想想還真是那麼回事，遂也不再勸了。

「栓子回來了，咱們晚上吃辣白菜鍋吧！」劉芷嵐道。

之前的話題太沈重了，再說下去大家的心情都會跟著變差。她一說話，就把屋裡沈悶的氣氛給打破了。

「就在新屋吃，新屋燒了地龍，暖和。」

方栓子買了五花肉和排骨，這兩樣搭配蘑菇、辣白菜火鍋是最好吃了。

「嫂子，我去幫妳搭把手。」徐梅花道，她現在就喜歡跟著劉芷嵐進灶房，最開始的時候是想跟著學兩招，往後在家也讓一家人都能吃好一點。

可惜，當她看到劉芷嵐用油的陣仗，差點把她給嚇死，心想：難怪嫂子做的吃食好吃，費這麼多油，再不好吃就合該被天打雷劈！

後來她歇了跟劉芷嵐學兩手的念頭，怕自己學來學去，忍不住做菜多用油。她家可沒那個家底敞開肚皮吃油，不過洗菜的小事還是可以幫忙做的。

蕭遠山做木匠活，方栓子去幫忙他。方墩子父子繼續拿起自己之前的活計，房子修好了，但是還有很多後續的零碎活，比如劉芷嵐規劃的那些排水溝、儲水池、化糞池，還有大門口的照壁，一圈迴廊的地磚和欄杆等等。

「山哥，你可得小心些，那老蕭家過不下去了搞不好回來歪纏你！」方栓子一邊幫蕭遠山做事一邊道。

蕭遠山專注手中的活兒，嘴裡道：「沒事，他們不會來找我，就算來找我，我也不會理會他們。山上不比山下，上來一趟不容易，再者，我這周遭連鄰居都沒有，他們就是想作戲給人看都不成的。」

說到這兒，蕭遠山就不露痕跡地問方栓子。「別說老蕭家的熱鬧了，你從壩上回來，路過縣城、鎮上，有沒有聽過別的事，有的話說來給我聽聽。」

方栓子聞言就顯擺起來。「嘿，山哥你還別說，還真有大事！比老蕭家這事大多了！」

蕭遠山聞言神經就緊繃起來，他緩了口氣就問：「啥事？」

「縣城城郊的小樹林裡，好些拿刀的悍匪死在裡頭，被幾個撿柴火的小孩發現了，這些小孩也是膽大，把幾人的刀給撿走，拿去縣城的鐵匠鋪子賣，打算賣錢買肉包子吃。那鐵匠覺得不對，就把幾個小孩留下，讓自己的徒弟去縣衙報案。捕快將幾個孩子帶去縣衙一問，好傢伙，死了七、八個人呢！

「他們稟報縣令之後，縣令親自帶人去小樹林查探，結果那些死掉的人都是被通緝在逃的悍匪。這事鬧太大了，周遭的人都趕去看，還有人拿銀錢租車去瞧呢！」

「這案子怎麼判？凶手可抓住了？」蕭遠山強行讓自己的語氣聽起來平淡一些，心裡真是緊張不已。

「我聽壩上的管事說，他們衛所的人追捕逃犯，逃犯反抗被衛所的人給殺了，因為當時他們著急追人，所以沒顧得上小樹林的死人，才會讓那幾個小孩撿到刀。嘿，這幾個小孩的膽怎就那麼大呢？死人的東西也敢拿，不怕半夜被鬼找上門啊！」

「是半大小子吧？」

若案子真的是像方栓子說的這樣了結的話，還真沒他的事。畢竟衛所的人都用這幾個人領了功勞，就絕對不可能讓這個案子有別的結局。

看來，縣令跟衛所的大人平分了這個功勞，對於他們來說，幾個悍匪的死無非就是分贓不均，所以自相殘殺，官府沒精力也不屑去追真正的凶手，倒不如把功勞分了，等上頭的賞賜。

蕭遠山稍微放心了一些。

方栓子點頭。「是半大小子，瞧著就一個比一個還憨！」

蕭遠山笑了笑。「也就半大的小子啥也不怕，為了口吃的，去翻撿死人的東西對他們來說也沒啥，沒有什麼比肉包子來得重要。」

這年頭的普通老百姓一年到頭肚子裡都沒有油水，半大的小子吃窮老子，這個年歲的孩子最餓，在飢餓面前，死人算個屁！

說完，蕭遠山又問方栓子。「栓子，明兒你有空嗎？」

「有空啊，山哥有事嗎？有事儘管吩咐我去做！」

「那就請你去縣裡幫我跑一趟，買些東西回來，一會兒吃完飯，你把騾子牽走。」

雖然方栓子說這個案子已經定讞了，但他還是不想冒險去縣裡，不願節外生枝，要去縣裡還是再等等，等時間長了，這件事徹底沒人提起再說。

還有，方栓子這個人到處混，哪兒都有幾個說得上話的哥兒們，若是縣裡有新鮮事，他跑一趟定然會知曉，回來後也肯定會給自己聽八卦。

「成，山哥你要買啥？」方栓子應下。他就喜歡四處跑，閒下來，不是手癢就是屁股癢。

「鍋、碗、瓢、盆、水缸都要買，再幫我買一輛車，我尋思著這車就放你們家，我這山上也弄不上來，不過這事一會兒先跟你爹商量商量。」

「有啥好商量的，放唄！」方栓子道，放一輛車而已，又不是啥大事。

「你嫂子有個想法，等會兒吃飯的時候會一併說，正好大家商量一下，一家人有事坐下來先談，別自個兒作主！」

「那成！山哥你說什麼，咱們就是什麼，你說商量就商量！」方栓子爽快地道。

差不多快天黑的時候，蕭遠山就放下手中的活計，把屋裡的桌椅擺好，然後就去老屋幫著劉芷嵐端鍋子。

「爹，墩子、栓子，趕緊洗手吃飯了！」徐梅花還沒進門就扯著大嗓門喊道。只見她提著一個大籃子，籃子裡放著碗筷和一些蔬菜，蔬菜是在老房子那邊的棚裡摘的，可新鮮了。

劉芷嵐走在最前頭，她一手提著燈籠，給後頭的人照亮，一手挎了個竹籃，裡面放的是一大瓦盆白米飯和一摞餅子。

餅子泡辣白菜熬的湯，跟羊肉泡饃一樣的吃法，但味道卻不一樣。

辣白菜是酸辣味，裡頭還帶著果香。

菜餚都上桌之後，劉芷嵐看他們吃得香，都顧不上說話，就開口道：「一會兒梅花拿點辣白菜回去，這玩意兒做得多，我跟遠山哥兩個人吃不完，用辣白菜煮火鍋不費油。」

「妳嫂子說要給，一會兒走的時候妳記著拿！」方老樹開口了。這辣白菜是真好吃，他想說不要，但說不出口，尋思著明天上山的時候拿些雞蛋給他們。

「欸，我記著了，爹！」徐梅花高興地應道，方墩子和方栓子也是一臉喜色。

「辣白菜和泡菜的做法都很簡單，就是費鹽，你們要是喜歡吃，改天我教梅花怎麼做。」劉芷嵐道。

「可別，咱們能在妳家沾點光吃一口就得了，可不敢要妳的方子！」方老樹至今還在感嘆一個菜方賣五百兩銀子的事，他哪裡敢要劉芷嵐的菜方啊！

「叔，泡菜和辣白菜很簡單……」

徐梅花自然知道公爹在顧忌什麼，但她也不好意思要人家的方子。「嫂子，妳可千萬別教我，若是教了我，我們一家人晚上睡覺都不踏實。」

蕭遠山跟方家幾個男人舉杯，道：「那想吃就上山來拿，我們夫婦平常也耗費不了多少，再說這蘿蔔白菜也不值錢。叔啊，我跟媳婦還有別的事跟您商量。」

「啥事？你儘管說。」方老樹放下酒杯就道。

「是這樣的，您也知曉我家買了一頭大黑騾子。我琢磨著，我們也不經常下山，也不經常去縣裡鎮上，這騾子不就白擱家裡了？我想著，要不這樣，我再出銀子去買輛車，然後把騾子和車都託付給你們，看看農閒的時候，讓墩子或者是栓子趕車掙錢，這錢咱們五五分。」

「成啊！」方栓子聞言眼睛都亮了。

「栓子！」方老樹喝斥住兒子，然後對蕭遠山道：「遠山啊，你是實在人，這騾子車是你的，五五分你吃虧了。這麼著，你一個月給二百個銅板，叔替你幹活。」

誰都會算帳，但方老樹覺得不能總想著占便宜，這便宜讓你占盡了，人情也就耗光了。

他現下算是看出來，整個徐家村就蕭遠山有出息，人還厚道。至於秀才公……那樣心狠冷情的一個人，就算往後能考上舉人當了官，也不可能想著惠及村裡人，更別說他們這些外姓人。

蕭遠山搖頭。「五五分，叔同意，我就把騾車交給您，叔不同意，我就找別人。只是不知道別人會不會坑了我的銀錢，不好好照料騾子……」

「爹啊，您就答應吧！」方墩子勸道。「別的不說，我跟栓子會好好照料好騾子，不會往死裡折騰牠。」

「對啊，爹，我們還不會昧山哥的銀錢！」方栓子也勸道。

方老樹沒辦法，當初蕭遠山請他們來幹活，他一說不要工錢，蕭遠山就說要請外人來幫忙卻又擔心他們不好好做事。

方老樹知道蕭遠山在說話激他，可他心裡也存了這樣的擔心。

這會兒，這小子又來這一招，可他還是得答應。不答應怎麼辦啊？真讓這小子把騾子送給別人？

「成吧，就這樣定了！」方老樹答應下來。

敲定這件事之後，幾個人比照著牛車把車錢定下來：從村裡去鎮上，載一個人三文錢，貨物另算；從村裡去縣城，載一個人十文錢；從鎮上去縣城，載一個人八文錢。

在劉芷嵐的建議下，他們又規劃好路線，從鄰村繞一圈往鎮上走，也不是每天都會有人去鎮上，多串幾個村子，就能多拉兩個人。

別看一個人收幾文錢，去縣裡才收十文，但是架不住人多，就拿去縣裡來說，十文錢一個人，一趟載十個人，來回就兩百文錢，去縣城的話，騾車一天至少能來回兩趟。若是去鎮上，那來回五、六趟沒問題，來回一趟六十文……這帳還真有得算。

鎮上有幾天集市，所以他們拉車可以那些天主要往鎮上跑，非集市日就往縣裡跑，農戶家有生產農作時往縣裡賣最合適，能多賣些銀錢，只是沒有車載著東西去縣裡不方便，若是有車，不少人都願意出錢坐車去縣裡。

「咱們也就大雪封山、下暴雨的時候停歇幾日不拉車，農閒的時候你們兩兄弟換著拉車，農忙的時候田地裡的事情你們兩兄弟做，我這把老骨頭就躲懶去拉車。」方老樹把往後趕車怎麼分派都想好了。「墩子媳婦，妳往後就不只要打豬草，還得把騾子吃的草料打回來，可要精心些。」

「知道了，爹，放心吧，我把騾子當祖宗伺候！」徐梅花忙拍著胸脯保證。

方墩子瞪了她一眼。「妳怎這樣說話呢！」

他爹坐在前面，這傻婆娘說把騾子當祖宗，那他爹是啥？

徐梅花訕笑道：「我是說，我會好好伺候騾子的。」

被兩人一打岔，一屋子的人都笑了起來。

把這件事商量妥當後，晚飯也吃完了，劉芷嵐取了二十兩銀子的銀票給方栓子，把要買的東西都跟他說了一遍，兩人收拾好環境便回老房子，順帶送方家人。

洗漱好了，趟在床上，蕭遠山把劉芷嵐摟在懷裡說話。

「媳婦，我想了想，還是覺得方叔說得沒錯，咱們雖然不搬出村子，但我想著，咱們可以先看看房子和鋪子，若是有合適的就買下來，就算自己不住也能出租，給家裡添個進項。往後若是有孩子了，咱們還得考慮在外住幾年，畢竟村裡的大夫也不行，孩子若是要啟蒙，村裡又沒有私塾……」

「開春去縣城裡看看吧，若是有好的鋪子和宅子就買，看看縣學旁邊有沒有好些的宅子。」

現代社會學區房可看漲了，從古代到現代都不缺乏望子成龍的家長，劉芷嵐想，不管是投資還是自住，買學區房肯定沒錯。

「以後有機會咱們再去一趟府城！」蕭遠山的話點燃了劉芷嵐的購房慾望，她不想買田地，但是她喜歡房子。

縣學、府學是一縣一府精英學子匯聚之地，周遭必定多書店和私塾，以後她的孩子就算是考不進縣學和府學，房子買在附近，送孩子去念私塾也方便。

「好啊，聽說府城很繁華，蕭天佑就去過府城。」

上輩子，蕭天佑說去府城遊學，尋訪名師，那時蕭遠山才從山裡回來一天都沒歇著，蕭萬金又逼著他上山。

而今有了媳婦，就嚮往更美好的生活，去縣城甚至是去府城，是蕭遠山上輩子想都不敢想的事情。可現在，他卻憧憬起以後帶著媳婦，陪著孩子去縣城唸書、去府城求學的日子。

蕭遠山都好些天沒碰她了，劉芷嵐覺得應該是這些日子修房造屋太累，她沒放在心上。

可這天晚上，蕭遠山足足折騰她到大半夜。

他十分有耐心，沒真刀真槍攻進城門之前，就先用別的法子讓她棄械投降了。魂兒都飛出去幾回了，他才推炮車進城門。

這一晚上，蕭遠山溫柔得過分。

她的手腳攀在他身上，被他顛斷了音，細細碎碎的嗚咽聲是夜裡最好聽的音樂，蕭遠山沈浸在其中無法自拔。

對於蕭遠山來說，前段時間一直緊繃著神經，晚間真是沒多少心思想別的。今兒這心裡包袱一放下，他還能不想？想死了。

媳婦一臉紅霞，水光盈盈的雙眸媚意橫生，跟戲文裡唱的狐狸精似的，能勾人魂魄，要人性命。

他非常認真地耕耘一晚上，把想得到的招數全用上了，弄得劉芷嵐隨便被碰哪兒都敏感得渾身發顫。

早晨，劉芷嵐沒能醒過來，蕭遠山早早起床，也不喚醒她，自己上灶房點著燈揉好麵團擱在瓦盆裡，等媳婦起來可以煮麵吃。

他自己煮了一大碗紅薯粉，用辣白菜一拌，吃了一大碗公。

吃完他就去新房子幹活了，他想在過年前帶著媳婦搬進新房子。至於老房子則留著，這邊後頭有菜地、牲口棚子，平常幹活的農具可以往這邊放，累了想喝口水，在老房子也方便。

說起菜地還真是神奇，他以為冬天撒的種子不會發芽，誰知道許是有棚子遮擋風霜，菜地裡的菜不但發芽了，還都長得很好。

像韭菜，真是割了一茬沒幾天又長一茬來，他們家就兩口人，他喜歡吃肉，媳婦喜歡吃菜，但地裡的菜他們還是吃不完。

有時候媳婦會讓方墩子帶些回去，方家父子兩個都覺得弄個棚子種菜這主意挺好的，現下是沒時間，便打算明年他們也弄一個。

「山哥，你進山了啊？」

稍晚，蕭遠山扛著三株臘梅回來。因為媳婦跟他說過，想找這樣的花回來種在院子裡，他一直放在心上，早上吃完飯就進山尋找。

他對山裡熟悉，知道哪兒有臘梅，進山直奔目的地，也沒耽誤啥時間。

「嗯。」蕭遠山應了一聲，把臘梅放到一旁，就去拿鋤頭到院裡的泥地開挖。

「遠山啊，這地都快上凍了能種活嗎？」方老樹問。

蕭遠山道：「臘梅抗凍吧？再說了，種不活也無妨，左右不是花銀子去買的。」

方老樹想想也是這麼個道理，遂也不再說啥了。

如今就一點收尾的事，今天加把力氣做完就大功告成了，沒得天天上山來蹭吃蹭喝。

劉芷嵐快到晌午了才醒來，身子軟軟的就是不想起床。

可是一想到新房子裡方家父子在做事，她得起床做飯，還是咬牙翻坐起來。

這個時辰也沒時間準備好肉好菜，她乾脆煮了三大碗酸湯雞雜麵端到後頭去給他們。

「妳吃了嗎？」蕭遠山接過一大碗公的酸湯雞雜麵沒下筷子，先問劉芷嵐。

「我的在灶房放著，現在過去吃。」

聽她這麼說完，蕭遠山才動筷子吃麵。

這麵不是在白水裡煮了撈起來放調料，而是直接熬煮酸湯，然後下面放炒好的雞雜一起煮，十分入味。

三個漢子都吃得滿頭大汗，肚飽溜圓。

白麵啊，遠山媳婦真捨得！

下晌把事情做完了，方家父子就要離開，蕭遠山說要給兩人工錢，父子倆不肯要，說是一點收尾的活不值當，若蕭遠山非要給，他們往後也不好意思來幫忙。

說句不好聽的，在別人家幹活，結束之後人得瘦上一圈，但是到蕭遠山家幹活，父子倆著實胖了一圈。天天吃肉，兩人吃得紅光滿面。

蕭遠山沒堅持，劉芷嵐裝了一些臘肉辣白菜、醃蘿蔔和蘿蔔乾給他們，他們不要工錢，但這些就無法拒絕了。

天剛擦黑的時候，方墩子兄弟又上山了。他們把方栓子進城幫蕭遠山買的東西送上來。

要說這上山真是不容易，來回就得足足一個時辰。

望山跑死馬，雖說在山下能隱約瞧見這山上的茅屋，可這山路十八彎地爬上去，真得走斷腿。

方家兄弟這種做慣了體力活的人不覺得多累，一天來回幾趟跟玩耍似的。

兄弟兩人幫著蕭遠山去新屋把幾口鍋安上。

方栓子興奮地跟蕭遠山和劉芷嵐說：「山哥，嫂子，今天咱們足足賺了三百六十文錢！都沒去別的村晃悠，就咱們村聽說有騾車去縣城，一個個都擠著要來，我這就上午跑一趟，下午跑一趟，就幾個人去鎮上，其餘的全是去縣城。

「上午去的人都拿著雞、鴨、鵝各種蛋和家裡的作物去街上叫賣，下午村裡去的人我直接把他們送往酒樓，把東西都賣給酒樓，一個個賺錢賺得眉開眼笑，給車錢就爽快多了。雖然有殺價的人，可是我咬死不鬆口，他們大約都想把東西賣往酒樓，也不敢過於得罪我，所以到底沒耍賴的……」

方栓子是個頭腦精明的人，上午去縣裡的人多，是因為買東西的人潮都是上午比較集中，下午就不好賣。所以他上午那趟回來之後，就直接跟村裡人說，還有想去縣裡賣東西的就下午去，他直接將人拉酒樓前去問，若是有買東西的也下午去，下午好講價，便宜。

結果，村裡人還真信了他說的話，轉眼十個人就滿了，不過他們去縣裡，也真應了方栓子說的話，直接把東西賣給酒樓要比去擺攤、賣雜貨店實惠多了。

好比賣給雜貨鋪一個雞蛋一文錢，賣給酒樓是三文錢兩個，相當於賣二十個雞蛋就會多出十文錢，賣一百個雞蛋就會多出五十文錢來，更別說雞鴨這些活物了，來縣裡的酒樓賣就比在鎮上賣得貴一些。

雖說一來一回的車費要花費二十文，但是值得啊！

方栓子拉了一天的車，就總結出許多經驗來，比方說，拉往縣城比鎮上合適，因為去鎮上的人，去的時候大包小包喜歡坐車，可回來的時候東西輕省了，便不願意坐車，寧願走路都要省下三文錢。

去縣裡就不一樣，路程實在太遠了，下午去了時間都不早了，你若想走回來，到家還得半夜了。關鍵是，身上揣著銀錢，走那麼遠的夜路不安全啊！

所以只要去縣城買賣東西的人，都願意來回乘車。

方栓子跟蕭遠山分享自己一天以來的心得體會，簡直覺得趕車是一件掙大錢的生意。比方說，他今兒一共掙了三百六十文車錢，跟蕭遠山對半分，他能得一百八十文！

他娘在迎仙樓做工的月錢是五百文，這一對比就出來了，趕幾天車就能趕上別人做一個月的工錢，這還不是大生意？

他把錢拿出來跟蕭遠山分，蕭遠山轉手就給了劉芷嵐。

劉芷嵐笑道：「往後一個月分一次，就月底最後一天分錢，你們不用天天往山上跑，有時間多休息休息，攢足了精神好趕車。」

方栓子兄弟覺得也成，反正他們也不是會坑錢的那種人，一個月分一次錢跟一天分一次錢也沒啥區別。

「那就聽嫂子的！」方墩子道。

方栓子道：「山哥，我爭取過年前攢些錢，到時候也上山挨著你們買點山地，蓋間院子跟你們做鄰居！」

跟山哥做鄰居好啊！能沾他們的福氣，當然了，他不會說挨得近了方便蹭飯。

蕭遠山聞言愣了一下，忽然想起上輩子發生的一件事來，當時因著他多半時間都是在山中打獵，沒打獵時又在田地裡從早忙到黑，就沒將這件事放在心上。

現在方栓子說要跟他們做鄰居，他才想起來。翻年開春，村裡會有大批移民進來，因著山下的良田都有主，沒多少地安置，這些移民便往山上安置，當時連帶著山上的地都貴了不少。

他記得，老屋附近就添了三戶人家。

要知道，他們現在住的地方可是村裡最偏遠的地方，從村裡上來一趟得半個時辰！

有一次他趁著上山打獵的工夫，去收拾師父的房子，結果瞧見這片山從上到下散落不少人家。

「要買就年前買，你也就隔天才去趕車，空餘的時間就上山慢慢規劃，等開春就能直接蓋房子，到時候也蓋一間有院子的磚瓦房。房子好，不愁找不到好媳婦，若是銀錢不夠，我先借給你，月底結帳從分紅裡扣就成了。

「山地一兩銀子一畝，說起來也不貴，買個五畝就五兩銀子，我也尋思著再買一些，今晚你們回去商量商量，若是願意買，你們幫著我也買十畝。這山地多買些無妨，朝廷既不收田稅，山地還可以種果木，養些牲畜也方便，這些將來都能換銀子。」

「好！」方栓子忙應下，他覺得聽山哥的沒錯。

方墩子聞言也心動不已。

趕車的生意照著這麼算下來，他們一天至少會有一百錢的收入，十天就會有一千錢的收入，一個月最少能賺三兩銀子，那是最少，也就是說，若是借五兩買地，他們一個月就能還完，借十兩買山地，兩個月就能還完。

況且，他們家並不是沒有存銀！

山哥夫婦養的雞滿山跑，一隻隻看著有精神極了，比他們家圈養著的雞好，下的蛋也大顆，顏色也好看，光這蛋，拿出去一個還不得多賣一文錢？

方墩子心裡算著帳，就想著跟方栓子回去說服他們的爹拿銀子出來買山地。

送走兩兄弟，晚間夫妻倆躺在炕上，劉芷嵐就窩在蕭遠山的懷裡問：「遠山哥，你怎麼忽然想買山地了？」

蕭遠山親了親她的臉蛋，歉意地道：「沒先跟妳商量，是我的錯。」

劉芷嵐笑了。「十畝地就十兩銀子，五十兩以下的買賣不用跟我商量，你看著辦。」

這口氣是十分大，把蕭遠山給逗笑了。

「我家娘子真是大方，那為夫就多謝娘子了！我也是忽然想起來，栓子他們要買，咱們就搭著買些林地圈起來，往後不拘是養些雞鴨還是牛羊都成，這些都能給家裡添補些進項。還有，妳不是喜歡種果樹嗎？多些林地也能多種些果樹，就算沒生產出作物，春來看花也是景致。」

蕭遠山沒想著囤地發財，他只想跟媳婦好好過下去，不想做事太扎眼，怕招事惹麻煩。不是他慫，而是現在他有了媳婦，心裡多了一層牽掛和顧忌。

方栓子搬上山來住也是好事，至少往後有了靠得住能互相幫襯的鄰居，遠親不如近鄰，他進山打獵還得有人幫著照看媳婦，他才能放心些。

上次留媳婦一個人在家裡，他在山裡時時刻刻都在擔心。

且說兩兄弟把想在山上買林地的事，以及在林地裡養雞鴨、種果樹的打算全說了，就等著方老樹拿主意。

「爹，您說這事成不成？」

方栓子心裡想著，就算他爹不同意，他也要買，反正山哥說要借給他銀子。

「遠山家的幾隻雞的確養得好，我也沒瞧見他們夫妻怎麼伺候，就讓這些雞在地裡刨食，竟比當初送去時肥了不少，也精神了不少，下的雞蛋個個又大又粉。

「而且林地不收田稅，你們說的都能行得通。往常遠山這個孩子還在蕭家受折磨的時候，咱們雖然看顧過，但是十分有限，現在他們從蕭家分出來了，日子過好了，也不忘拉拔咱們一把。咱們也不能忘恩負義，他們夫妻倆獨自住在山上，周遭也沒個鄰居，老二想上山蓋房子這事，我想你娘也會同意。

「明兒老大你拉人去縣城之後，記得找你娘問問，若是她同意，你們就去把買地的事辦了。往後老二跟遠山做了鄰居，也能就近照看著些，無非是每日上下山耽誤些工夫，這都不是啥大事。老大你買地怎想的，是單單留著種果樹、養雞鴨，還是也蓋房子？」

方墩子道：「先給老二蓋房子，等往後寬裕了，我也想蓋間磚瓦房的院子，像山哥家的那種。爹，您也說了，遠些是遠些，但上下山不過是耽誤些工夫，萬一往後山上有啥事好忙活的，忙活晚了，我也能住山上，挺好的。」

方老樹點點頭，說：「那成，那明兒把你們的想法都跟你們娘好好說，她同意就去辦吧！銀子我先幫你們備上，你娘同意了你們就花用，不同意就把銀子給我帶回來。」

說完，他就去炕頭摸索，從某個磚洞裡扣出十兩帶著土屑的碎銀子來。

「這是咱們家一半的家底，你要揣好了。」方老樹拿出一個打了補丁的錢袋子，把這些散碎銀子裝好，遞給方墩子之後便囑咐道。

第十五章

第二天，天還沒亮，方墩子就駕著騾車往村口去，因著頭一天方栓子的宣傳十分到位，他去的時候村口已經等了好些人，全是帶著雞蛋、雞、鴨、青菜等物要去縣城賣。一趟十個人，一百文錢收到手。

到了縣城，方墩子就去找方嬸把昨晚家裡商量的事說了。

方嬸沒有不同意，她也覺得蕭遠山夫婦自離開蕭家，運氣就好得不得了，連帶著他們家也受了不少實惠。老二、老大挨著蕭遠山家買山地，建房子做鄰居，不但可以相互照應，還能沾染些福氣。

再說，她現在兩個月就能掙一兩銀子，還給家裡省了一個人的花銷，兩個孩子幫著蕭遠山趕車一個月也能掙好幾兩銀子，他們家的人只要卯足勁工作，很快就能掙回買地錢。

得了方二嬸的準話，方墩子高高興興地跑去縣衙買山地，山地便宜，比最下等的田地都便宜，只要一兩銀子一畝，他在縣衙給了買地的銀子，方栓子五畝，方墩子五畝，蕭遠山十畝。

拿了地契轉頭回程的時候，方墩子在鎮上停下來，去找一趟里長，把蓋上衙門大印的收條給他看，約好下晌去村裡山上畫地皮。

他。

「墩子，你家買地了啊？」跑這一趟瞞不住人，方墩子從鎮亭出來，騾車上的村民就問

方墩子笑呵呵地道：「是啊，栓子也大了，爹娘的意思是買塊山地給他，蓋幾間房子成親用。山地便宜，費不了幾個銀錢，村裡的宅基地太貴了，買不起。」

「喲，你這話說得……你們家可是要過好日子了，你娘去縣城酒樓掙錢，一年盡落六兩銀子，你們兄弟趕車這也是掙大錢，怎就買不上宅基地了？」

「得還買騾車的銀子啊，這銀子是栓子去借的，有利息的。」方墩子說，這是他們商量好的對外說詞，左右不能讓人知曉這騾車是蕭遠山的。

村民們一聽，這方栓子去借了印子錢？他也夠膽大的，印子錢都敢借，車不值錢，可騾馬值錢，瞧他們家這頭大黑騾子，少說也得四、五十兩的銀子。

大家紛紛在心裡感嘆，方栓子果然是混帳玩意兒，可不能把家裡的閨女嫁給他，那是個火坑，印子錢能借嗎？

原本之前這些村裡人還眼紅方家買了騾車，一天兩趟跑下來掙了不少錢，現在沒人眼紅了，這錢是掙得多，可都是為別人掙的，因為得還印子錢啊！利滾利的，到時候還不出來，有老方家哭的時候。

山地丈量不像良田那樣寸寸都要計較，里長來的時候，蕭遠山塞給他一兩銀子的紅包，里長這手就放得十分鬆。

事情很快就辦好了，界線劃定，方老樹送里長下山，方栓子就跟蕭遠山去砍竹子，要把三片林子先圈起來。

地到手了，天上也開始落雪。

大雪下了整整兩天，外頭的雪一腳踩下去能到小腿彎，在大雪落下來之前，蕭遠山和劉芷嵐就搬進新房子，地龍燒得旺旺的，在屋裡劉芷嵐只穿薄衫裙，出門才加件棉襖。

新房子的家具全是夫妻倆合力做的，這新房真是他們自己一點一點地弄出來，傾注了兩人滿滿的心血在裡面，住著這樣的房子別提多窩心了。

特別是淨房，雖然劉芷嵐搞不出馬桶，但經過她建議改造的茅廁，是用青磚砌成，縫隙間用糯米汁等材料黏合，不會滲水，可以隨便用水沖。甬道拐了幾個彎之後直通化糞池，所以這茅廁的味道便不似村裡人常用的旱廁那樣臭。

水一沖，味道就散了。這是劉芷嵐最滿意的地方。

大雪封山，山上就沒人來，夫妻倆窩在自家院子裡日子過得十分逍遙。

主要是蕭遠山的日子過得好，吃飽喝足又沒啥事情做，渾身的精力沒地方發洩，沒事的時候當然是跟媳婦恩愛嘍……

大白天被壓在窗前，透過窗的縫隙，看著院裡紛紛揚揚飄著的鵝毛大雪，被漢子撞得晃晃悠悠的劉芷嵐很無言。

從現在起，她宣布，她最討厭的就是冬天了！

即便是雪再大，蕭遠山每天早上都會早早起床，去老屋那邊掃了菜棚上的雪，並將炕燒好。

菜棚的上下空隙都用一圈白土布圍得嚴嚴實實，擋著霜雪，雖說沒辦法跟牆比，但裡頭放著兩個炭盆，霜雪又打不到菜上頭去，挨著牆那頭又因燒了炕是暖和的，裡頭的青菜長勢倒不比前些日子的時候差。

雞圈、羊圈都得料理收拾，為了不讓這些牲畜凍死，蕭遠山在圈裡分別放了兩個熏籠，炭火足足能燒一整晚。

木炭是託栓子買回來的，蕭遠山雖然會燒炭，但剛才一直忙著沒時間。當他將所有的事情都做完，天光也大亮了。

蕭遠山累出一身汗，回到新房那邊就去灶上舀熱水匆匆洗澡，等他洗好了，劉芷嵐已經把早飯都端上桌了。

豆漿配油條！

再一人一碗酸乳！

「媳婦，妳真好！」蕭遠山覺得自己幸福極了，以前在老蕭家，累死累活只能掙一碗冷稀飯，現在跟媳婦在山上過日子，累了回來有熱水洗澡，有乾淨舒服的衣服穿，有天仙似的媳婦做好熱騰騰的飯菜等著他……

「遠山哥你也好。」劉芷嵐對他笑道。

她也喜歡這種平平淡淡、安逸寧靜的日子，十分喜歡。

「明天就要過年了，過年得有魚，這大冬天的上哪兒去找魚？」

肉到是有，託栓子幫著買回來的豬肉分割成塊凍在雪裡，想吃拿一塊回屋放著就好了。可魚不行，凍魚不新鮮，不好吃。

「想吃魚？」蕭遠山抬頭看劉芷嵐，他咧開嘴笑了。「我能把魚弄來。一會兒我就去弄魚給妳。」

「哪兒有？」劉芷嵐好奇地問他。

蕭遠山說：「山裡有條河，沒人去，冬天上凍之後去把冰面敲開個小洞，裡頭的魚就會自己跳出來。」

聽了蕭遠山的話，她就想起東北農村盛傳的一句話「棒打麃子瓢舀魚」！

「我跟你去！」劉芷嵐來了興趣，一雙媚眼亮晶晶地看著蕭遠山，讓人完全無法拒絕。

「好。」他答應下來，起身就去找木頭做扒犁。

外頭雪厚實，一腳踏下去能沒入他的腿彎，他可捨不得讓媳婦走路，萬一凍著了怎麼辦？

蕭遠山做木匠活可索利了，很快就做好扒犁，又找了一根繩子綁在扒犁上，方便他拉著走。

劉芷嵐明白他的意圖，蕭遠山對她的好從不說出來，全是默默地做出來，這份感動藏在心中越積越多，最終化作暖流，將她的心包裹得暖洋洋的。

「遠山哥，不如你弄兩個木片綁在鞋上，再杵兩根木棍在雪地裡滑著走！我也滑著走，咱們帶著扒犁，萬一魚多了，或者運氣好捕獵到別的東西，也好用扒犁給拉回來。」

「木片？」蕭遠山尾音抬高，有些疑惑。

劉芷嵐上輩子去滑雪場的時候專門找教練教過她，她在滑雪場學了兩個月，技術練得還不錯，所以這會兒才這麼提議。

她聽蕭遠山問，就找一根樹枝去院子裡畫了滑雪板的大小給蕭遠山，蕭遠山又問完厚度，就去刨木頭了。

木片刨好之後，他又在劉芷嵐的指導下鑽孔、上皮繩……沒多大工夫，兩對簡易的滑雪板就做好了。

夫婦倆在棉襖外又加了一件狼皮坎肩，蕭遠山用兔皮圍脖把劉芷嵐的脖子圍得嚴嚴實實，又幫她戴好皮帽子，僅露出一對眼睛在外頭，這才帶著她出門。

家裡這段路的雪被掃得乾乾淨淨，出了家門往山裡走雪就變厚了。

劉芷嵐率先固定好滑雪板，然後跟蕭遠山示範一下怎麼滑，蕭遠山學著她的動作試了試。

嘿，在雪地裡這麼行動還真的挺方便。

小黃跟著晃悠，牠在家跟著天天吃肉，個頭長了不少，但還是沒有脫離小狗的範疇，往雪地裡一蹦躂就沒了影兒，整隻狗都被雪埋了。

劉芷嵐大笑不已，乾脆讓蕭遠山用扒犁拉著小黃走。

蕭遠山幽怨地看了一眼跳上扒犁、興奮地對著劉芷嵐搖尾巴的小黃，心裡叨唸著：總有一天，要把這隻狗燉了下酒！

漢子很快就熟悉滑雪板，兩人的速度快了起來，到了地方，一條大約兩米寬，兩頭不見盡頭的冰面就出現在劉芷嵐的眼前。

兩人停在冰面邊上，蕭遠山選了個地方開始拿工具鑿冰。

劉芷嵐緊張地蹲在他身邊瞧著，把他們帶來的工具箱放在蕭遠山的手邊。

小黃在冰面上跑來跑去，跑一步能滑出去老遠，玩得可瘋了。

蕭遠山瞥了牠一眼，心道：這玩意兒滑出去，跑不回來了才好呢！

冰面上鑿出碗公般大的洞口，一鑿開之後，那魚真是爭先恐後地往外冒，劉芷嵐都看得傻眼了。

她脫了手套去撿魚，冰面上很快就有一堆活蹦亂跳的魚。

不過這些魚也沒蹦躂多久，從洞裡跳出來之後就凍僵了。

「仔細凍傷手！」蕭遠山見劉芷嵐玩得高興，不好阻止她，可是看到她凍得通紅的手又心疼。

很快地，一盆魚就撿得冒尖了。

「夠了嗎？」蕭遠山問。

劉芷嵐興奮地道：「要不多撿些拿村裡去賣，讓栓子幫著賣，掙的銀錢對半分。」

「好！」蕭遠山答應下來，當即就去找細藤用來穿魚。

劉芷嵐這回沒撿魚，她只用腳將魚都歸攏到一起，然後瞧著冰洞，若是發現快結冰了就攪和攪和。

「遠山哥，村裡也有河，咱們的魚會不會賣不出去啊？」她忽然想到這個問題，扭頭看向砍了不少枯萎細藤回來的蕭遠山。

蕭遠山笑道：「不會，咱們的魚一定能賣出去，村裡的那條河寬是寬，但是淺，這冬天一來就結凍了。那條河裡的魚也不多，有的都是小個兒的，不像山裡這條河瞧著不怎麼寬，但它夠深，魚也又多又大！」

蕭遠山說完，又去十米開外的地方鑿了個更大一些的冰洞，從這個冰洞中冒了不少的大魚出來，目測有五、六斤，甚至還有目測十多斤的魚。

「手凍僵了吧？」蕭遠山把兩堆魚歸攏在一塊兒之後，瞧著劉芷嵐紅通通的手。他的話音一落，便撩起自己的棉襖，把裡衣從褲腰中扯出來，又將劉芷嵐冰涼的手塞進去貼著他火熱的肚皮。

劉芷嵐怕凍著他，想將手拿出來，蕭遠山卻按緊她的手。「別動，聽話。乖乖地待在我身邊，我把這些魚都串起來，咱們就回去。」

「好。」劉芷嵐甜甜地笑了起來，她跟著蕭遠山蹲下，將頭臉擱在他的背上，微笑地閉上眼睛。

蕭遠山的動作很快，一堆魚沒多久就讓他全串好了，盤成幾圈放扒犁上。

小黃只能趴到一堆魚上頭臥著，劉芷嵐不讓牠抓咬魚，牠就只能盯著魚淌口水。

蕭遠山心想：這狗崽子成精了吧，也沒見媳婦怎麼教過，牠就能聽明白媳婦的意思。

到家後，劉芷嵐留了兩條個頭大的魚，打算用來煮魚頭湯，巴掌大的鯽魚也留了幾條，打算做成涼拌鯽魚，反正菜棚子裡小紅尖椒和韭菜都不缺。

涼拌鯽魚的做法十分簡單，魚處理好了，先用料酒浸一會兒，再上熱鍋蒸熟，出鍋放涼。

將韭菜、小紅尖椒洗乾淨切碎，再加點蘿蔔乾和生花生，用香醋、醬油等調料泡半個小時，灑在涼透的鯽魚上再泡半個小時，那味道簡直酸中帶辣。

蕭遠山將剩下的魚用扒犁拖著，滑著雪橇就往山下去了。

徐氏從娘家回來，就瞧見蕭遠山拖著一大扒犁的魚進了方家的門。

「爹、娘，咱們過年有魚吃了！」她一進門就大聲嚷嚷。

蕭萬金和楊氏都從屋裡出來了。

瞧見徐氏兩手空空，楊氏垮了臉。「魚呢？」

他們一家人正為年夜飯發愁，前些日子一家人吵吵鬧鬧的，一直沒時間置辦年貨，當然，也沒銀子置辦年貨，家底是真被徐氏族人給掏空了。

這麼多年來，老蕭家是頭一回為年夜飯發愁。

以前老大沒被分出去的時候，哪一年過節家裡的桌上不是雞、鴨、魚肉樣樣齊全？

可今年……

「大過年的哄著咱們好玩啊？」聽到徐氏的嚷嚷聲，蕭家人全從屋裡出來了。

「我瞧見老大那吃裡扒外的傢伙，把一大扒犁的魚都拉進方家了。爹，娘，這會兒可不是要面子的時候，趕緊去方家拿魚。」

「對，二嫂說得對！爹、娘，趕緊點，要是老大走了，咱們就沒理由從方家拿魚了。」

蕭天貴說完，就去灶房抄了一個盆子往外走。

楊氏不等蕭萬金開口，也拿了簸箕跟著出門。

徐氏自然不甘落後，也跟著去了，而蕭萬金磨蹭了半天，這才背著一雙手出門。

季巧珊推蕭天佑，蕭天佑不動彈。「咱們就不去湊熱鬧了，他們能把魚要回來，少不得咱們一口魚吃，他們要不回來，咱們也不用跟著丟臉。再說了，萬一打起來了怎麼辦？別誤傷到咱們兩個。」

各家自掃門前雪。這真是字面上的意思，眾人都在家裡過冬，又不出門走動，誰想去掃路上的雪。

村中央就不說了，特別是徐家大院子那一塊，一戶挨著一戶，人口集中，所以周遭的雪天天都有人掃，路上可以行走。

可是蕭家和方家這樣的外姓人家，都是散落在村子邊緣地帶，跟衛星似的拱衛著徐家大院，以及跟徐家大院相鄰的幾間徐家小院，距離村子的中心遠，一戶人家跟一戶人家之間還有一定的距離，這中間的雪就沒人打掃。

蕭家人拿著各種工具出門，一腳踩下去，雪及小腿，行走極為困難，平常眨眼工夫就能走完的路程，眼下卻是十分耗費時間。

等他們滿頭汗地走到方家門口，蕭遠山已經從方家出來了。

方家全家人出動送他出門，就碰到又拿盆子又執簸箕的蕭家人。

方家兩兄弟立刻擋在蕭遠山的面前。「山哥，你趕緊走。」

「大哥，你不厚道，撈了魚不孝敬爹娘，全送方家來了！」徐氏著急了，她怕蕭遠山跑了，忙出聲道。

「爹，你快來跟大哥說，他這樣是不是不孝？」

後到的蕭萬金開口道：「方老樹，我兒子把魚放在你們家太麻煩你們了，我帶人來把魚拿走，免得占你們的地方。」他不跟小輩說話，直接跟方老樹說。

蕭遠山拿手撥開守在他面前的兩尊門神，然後對蕭萬金道：「爹，這魚是我賣給方家的，你們要就跟方家買。」

蕭萬金聞言，臉色就垮下來。「我兒子打的魚，我還得花錢買，這是哪裡的道理！」

蕭遠山笑了。「不買，你想搶嗎？那也得看看你們搶不搶得過！」

他說話的時候特意看了看方栓子和方墩子，兩個小夥子的塊頭在村裡可是數一數二，除了他之外，還真沒誰能跟方家兄弟比。

方家兩兄弟聞言就配合地做出凶惡的表情，蕭家人嚇得往後退了兩步。

蕭萬金勉強沈住氣，問道：「你賣了多少錢？過年了，你也該拿些銀錢給我孝敬孝敬。」

蕭遠山嗤笑一聲道：「爹啊，我的銀錢，你還是別想了，得拿來買糧食活命。時辰也不早了，你們想吃魚就跟方家買吧！叔，方嬸，我先回了！」

「好，你路上慢點，小心些。」

蕭遠山跟方家人道別之後，也沒看蕭萬金等人一眼，轉頭就走了。

蕭萬金：不孝的東西！

「老蕭頭，你買魚嗎？五文錢一斤，新鮮得很，今兒剛撈上來的，一點冰碴子都沒有！」等蕭遠山一走，方栓子就抱著胳膊笑咪咪地問蕭萬金。

「爹，大哥他太過分了，那麼多的魚竟一點都不分給我們，爹，咱們去村裡找村長！」

蕭天貴十分不甘地道。

他本想進方家強搶，可是面對方家兩兄弟，他還是算了。

沒辦法，打不過啊，從小到大都只有他被方家兄弟揍的分兒。小時候他被方家兄弟揍，還有大哥幫他出頭，現在麼……

蕭天貴心裡十分鬱悶。

「別給老子丟人現眼，趕緊回去！」蕭萬金罵道。

找村長要幹麼？現在蕭家的名聲敗壞了，誰會幫蕭家說話？

還有老大那個人，現在明顯是死豬不怕滾水燙，況且萬一把他逼急了，他去找老四的麻煩怎麼辦？

蕭萬金這口氣憋在喉嚨裡發不出來又吞不下去，這滋味難受得要命。

「走走走，都給老子回去！」蕭萬金背著手轉身又循著原路回去。

蕭家其他人十分不甘願，但有啥辦法？

方栓子在後頭扯著嗓子喊：「哎喲，老蕭頭，怎就走了呢？不買魚了啊？嘖嘖，你們老蕭家的人還真是閒，大雪天拿著盆出來玩！這是想玩啥啊？是個啥玩法？啥稀奇玩意兒跟我們也說說，讓我們也樂一樂！」

蕭家人真想撕爛方栓子這張臭嘴，想把方家的魚全都搶光，只可惜……蕭家人再不甘，氣得再狠，誰也沒膽子去方家拿魚。

蕭天貴想不明白，這個老大怎就變了呢？往常他要啥，他們兄弟家要啥，老大豈敢不給？

不不，應該是他們來晚了，若是來早一些，蕭遠山還沒把魚賣給方家，那個時候他們拿走幾條魚，誰也不會說什麼。蕭遠山總不會因為幾條魚就跟他打起來吧，絕對不可能。所以……

「二嫂，都怪妳，要是妳早點說，咱們早點去方家，今兒這魚就吃到嘴裡了！」蕭天貴埋怨道。

楊氏聞言覺得自己的兒子說得對，抄起手中的傢伙，掄圓了砸在徐氏的身上。「老三說得對，都是妳這個喪門星，妳這個喪門星耽誤了咱們，要不然，這些魚咱們也能拿些回去！妳個剋夫的娼婦，老娘打死妳！」

楊氏把毫無防備的徐氏砸倒在地，迅速地撲到她身上，騎著她打。又是扯頭髮又是搧耳光的，把徐氏打得嗷嗷叫喚。

蕭萬金只是淡淡地掃了一眼自家婆娘，啥也沒說，趕緊回家換褲子。出來這一趟受了一肚子氣不說，還把褲腿和鞋子浸濕，冷死人了！

「娘，好好收拾收拾她，這婆娘把我二哥的腿都剋折了，一天天的好吃懶做，只知道挑唆二哥跟你們鬧！」

因著蕭天貴在耳邊吹風，楊氏更恨徐氏，下手更狠。

徐氏滾了一身的雪，渾身又冷又疼，她實在受不住了，掙扎的力氣大一些，把楊氏從自個兒身上給摔下去。

楊氏當即嚎啕大哭。「不得了了……媳婦要殺了我這老娘啊……」

徐氏也氣狠了，扔了手中的盆，大哭著跑往徐家大院的方向。「殺人啦，老蕭家的人要殺了我們老徐家的閨女啊……」

方家人就在門口看了一場熱鬧，等蕭家人都走光之後，他們就收拾好東西打算進村賣魚。

魚還是用扒犁拉著，兩兄弟沒用滑雪板，一時半會兒不好操作，只用毛皮把兩條腿裹住了，一腳深一腳淺地踩雪。

方栓子找了一口爛鐵鍋提在手中，一邊走一邊敲鐵鍋。「哐！哐！賣魚嘍……新鮮的河魚，五文錢一斤……數量不多……先到先得……」

明日就是除夕了，村人都還是能買得起五文錢一斤的魚，甚至花個十文錢買條兩斤重的魚意思意思也是可以的。

村人們之前也買了魚凍上，但是凍了大半個月的魚跟凍了一天的魚沒得比，而且方栓子他們拿來的魚一瞧就十分新鮮。

這頭方栓子賣魚相當熱鬧，那頭徐氏帶著徐家一幫人浩浩蕩蕩地跑到蕭家，狠狠地鬧了一場。

山下的熱鬧跟山上無關。

蕭遠山到家就吃上熱呼呼的飯菜，酸辣嫩滑的酸菜魚片，鮮香爽口的涼拌鯽魚。

特別是涼拌鯽魚，蕭遠山從不知曉這魚還能這麼吃，辣得他流眼淚，可是越辣還越想吃。

尤其湯汁裡的韭菜、去殼的花生，以及脆生生的蘿蔔乾……太入味了，用來拌飯簡直美味，配著涼拌鯽魚的湯汁，他就比往常還多吃一碗飯。

吃完辛辣的魚，再來一碗燉得雪白的魚頭湯，簡直是神仙一樣的享受。

「媳婦，明兒過年咱們吃什麼魚？」蕭遠山開始期待起除夕夜的菜色。

劉芷嵐想了想，就道：「明兒我給你做金玉滿堂！」

「金玉滿堂？這是什麼魚？」蕭遠山問。

劉芷嵐笑道：「等明天我做出來，你就知曉了。」

晚上劉芷嵐包了餃子，用新熬的魚湯煮餃子，蕭遠山又大快朵頤一番。

帶著對年夜飯的期待，隔天一大早蕭遠山就進山去撈魚。

魚撈回來之後，先讓劉芷嵐篩選過，蕭遠山再把剩下的魚送山下。

昨天賣本村，今兒可以去隔壁村賣，趕著騾車去。

因著計劃用騾車去賣魚，這天蕭遠山抓的魚是前一天的三倍，他是存心多抓魚，所以把扒犁改長不少。

到山下的時候，天剛亮不久，方家兩兄弟有非常寬裕的時間出去賣魚，只要在晌午前把魚賣光就成了。

他們當地的規矩是，除夕當天，過了晌午就不能出門，各家關著門準備晚上的年夜飯。山上。

晌午，劉芷嵐吃完飯開始準備年夜飯，雖然就只有他們兩人，但兩人對待年夜飯的態度都十分嚴肅認真，飯桌上該有的菜都得有，雞、鴨、魚肉一樣不能少。

劉芷嵐做了一道筍乾鍋雞名為飛黃騰達，一道酸菜老鴨湯名為乘風破浪，一道紅燒排骨名為紅紅火火，一道剁椒魚頭名為鴻運當頭，一道黃椒青桔魚名為金玉滿堂……

蕭遠山吃到心心念念的金玉滿堂，黃澄澄的湯汁裡浸泡著薄薄、潔白如玉的魚片。一入口就是鮮、微辣、微酸、嫩……

「遠山哥，新年快樂！」看著蕭遠山吃了幾筷子菜後，劉芷嵐就對著他舉杯。

「媳婦新年快樂！」蕭遠山也舉杯。

詞兒新鮮，人兒也好看！

蕭遠山激動了，一口就乾了碗裡的酒。

劉芷嵐只抿了一口，因為她酒量不好，可不敢一口乾杯。

起身幫蕭遠山再倒上酒，又吃了幾口菜之後，劉芷嵐再度舉起酒碗。「遠山哥，謝謝你，若是沒有你，我不敢想像自己的生活會是什麼樣，甚至……沒有你的堅持，我或許都爛在泥裡了。」

謝謝你，沒有放棄我！

這對劉芷嵐來說是最重要的，天知道她是多麼怕在生死一線的時候被放棄，那是她一世的痛。

「媳婦，沒有妳，也沒有我蕭遠山的今天！」

最該道謝的人是他啊！

他們兩個，就像是兩條快溺死的魚，被命運牽扯到一起，相濡以沫，堅持到活命的水從四面八方湧來。

在絕望中，兩個人都成了對方的救贖。

乾掉碗中的酒，蕭遠山再滿上，這次換他舉酒碗了。「媳婦，我心悅妳！我想跟妳生生世世都不分離！」

劉芷嵐笑了。這漢子，還挺會說情話的。

「遠山哥，咱們先過好這輩子吧，認認真真地把這輩子過好，不辜負當下，不辜負時光。」

也不辜負冥冥中將我們牽扯在一起的緣分，讓我們糾纏不清的命運。

「嗯，不辜負時光，不辜負妳！」蕭遠山笑容燦爛地道。

這麼好的媳婦，這麼好的日子，敢辜負怕是要被天打雷劈的。

夫妻倆興致都挺高的，劉芷嵐雖然每次都只抿了一口，可是因著高興，不知不覺也喝多了。蕭遠山自然也喝高了，酒醉人，人更醉人。

最終喝紅眼的蕭遠山把媳婦打橫抱進屋。

很快，屋裡就傳出纏綿良久的聲音。

十年河東，十年河西。

風水輪流轉這話可是古人的智慧。

大年三十，蕭遠山好過了，老蕭家則是一片愁雲慘霧。

自從趕走了為老蕭家做牛做馬的蕭遠山之後，老蕭家的日子就每況愈下，原本瘸腿的老大痊癒了，老二卻真沒了一條腿。

當初也不知曉蕭萬金怎麼跟蕭天富討論的，雖然勸好了他不分家，可蕭天富沒了一條腿成殘廢，有一點不滿意就鬧騰，把老蕭家鬧得家無寧日。

二十九那天，因著楊氏揍了徐氏一頓，徐氏跑回去叫來娘家人，蕭天富不幫著蕭家不說，反倒站在岳家那頭，對著自家爹娘唱反調，直接將蕭萬金和楊氏氣得病了。

到了三十這天，沒人張羅年夜飯。

徐氏不動手做飯，誰讓她男人吃大虧，在他們夫妻倆眼中，老蕭家從上到下都欠他們。

季巧珊更不會動手做飯，況且她也不會，楊氏也不可能讓她去灶房糟蹋東西。

所以，往年要楊氏、徐氏和袁氏三個人張羅的年夜飯，這下子就落在袁氏一個快臨盆的大肚婆身上。

袁氏操勞一天弄了一大桌子的年夜飯，但巧婦難為無米之炊，無魚缺肉，她能煮出一桌子菜也是費盡了心思。

可惜，沒人領情。

季巧珊一上桌就挑三揀四，她的筷子在幾個盤子裡戳了戳，嫌棄地道：「三嫂妳在灶房是不是把肉都偷吃了啊？這桌上怎全是白菜蘿蔔，瞧不見肉？」

「沒……沒有，我沒偷吃，我真的沒偷吃。」袁氏小心翼翼地解釋道，她看向楊氏。楊氏就給了她一小塊臘肉、一根凍過的豬骨頭、一小塊凍肉，至於雞、鴨、魚，根本是連影子都沒有。

楊氏像是沒聽見似的，老神在在地坐著，半分都沒有幫袁氏解釋的意思。

蕭天富聞言更是拍桌子摔碗，怒道：「好個老三家的，妳男人不來換老子的勞役，害得老子斷腿！妳他娘的又故意不做肉菜，不給老子肉吃，是存心不想讓老子過好這個年！」

「哼，一窩子黑心肝的人！」徐氏在一邊附和，她手中動作快，把菜盤裡的肉都挑出來放進兩個兒子碗中，還不忘給蕭天富挾兩筷子，一點都沒孝敬蕭萬金的意思。

蕭天富一邊罵袁氏，一邊吃肉，他的兩個兒子也把碗裡的肉全塞進嘴裡，生怕慢了被搶。

這邊蕭天佑見狀也忙伸筷子搶肉，搶到了就放季巧珊的碗裡。

蕭萬金見最疼愛的小兒子也是這樣，而且大過年的這麼鬧，他是真氣得受不了，火氣噌噌地往腦門竄，他一個沒忍住，掀了桌子。

「吃個屁啊吃！」

蕭萬金發完火就起身回屋，完全不管一屋子的狼藉。

「啊……」袁氏也倒楣，她沒躲閃得及，被一個大碗公砸中肚子，當場就見了紅。

袁氏捂著肚子痛苦地癱倒在地上，楊氏這會兒可不能不管，趕緊讓蕭天貴把袁氏攙屋裡去，又讓蕭天貴去請穩婆。

蕭天貴乘機去找蕭萬金要了兩百文錢揣著出門，說是去請穩婆，結果沒多長時間就回來了，說雪太大，沒法子走，也沒提兩百文錢的事情。

楊氏說無妨，接生誰不會，她來就是了，於是便指揮徐氏燒熱水，這會兒徐氏就不敢再跟著鬧脾氣，乖乖地去灶房燒水。

袁氏疼足兩個時辰，半夜生下一個閨女。

接生的楊氏，瞧見生下來的是個閨女，臉色立馬就變了，便問蕭天貴。「你婆娘生的是個閨女，是留下還是扔了？你想清楚了，現下咱們家是啥情況，你也是知曉的，你二哥要吃藥，老四要唸書，現下連老四唸書的銀子都湊不上了……」

蕭天貴道：「娘，妳別說了，等天亮了我就把她帶去山上扔了！我再去鎮上和縣裡打聽打聽，看誰家在請奶娘，袁氏生了孩子有奶，可不能浪費了。」

「成，那就這樣吧！」楊氏點頭答應，轉身回屋歇著了。

在屋裡聽到母子倆對話的袁氏，渾身冰冷，整個人如遭雷劈。她流著眼淚抱著自個兒拚了命生下來的孩子，喃喃道：「娘對不住妳……娘沒出息，保不住妳……不成，娘得想辦法，想辦法保住妳一條命……」

拿山上扔了……對了，大哥家不就在山上？

為了給孩子掙條命，袁氏的腦子忽然就靈光起來。

等蕭天貴進屋，她就跟蕭天貴道：「當家的，明日天亮，就讓我去山上把這孩子埋了吧。好歹也是我生下來的，我見不得她被野獸吃了。」

外頭天寒地凍，蕭天貴本就不樂意出門，現在聽袁氏這麼說，也沒去想她才生完孩子能不能受凍，立刻就點頭同意了。

「給老子扔遠些，別讓村裡人瞧見！」

袁氏流淚應下。女人就是這個命，她命不好，嫁了個沒把她當人看的男人，她能怎麼辦？

袁氏天不亮就穿戴好，抱著孩子出門了。

因為下了一夜的雪，路上的積雪更厚，她艱難地走上山，到了蕭遠山的老房子時天已經大亮。

此時，距離她從老蕭家出來已經過去三個時辰。

袁氏在老宅門口喊了兩聲沒人應，這麼冷的天她也不敢就這麼把孩子放在門口，便伸手推了推門，門開了。

袁氏又喊了兩聲，照舊沒人回應，她尋摸著大哥、大嫂必定是出門了，也不知曉去哪兒了，於是便壯著膽子推開臥房的門，裡頭果然沒有人。

她忙將孩子放到炕上，拿被褥把孩子蓋上。

炕還有餘溫，但也不怎麼熱，袁氏去灶裡添上柴火，又回頭進屋拿了一件放在炕邊的舊棉襖裹在自己身上，從屋裡出來瞧見外牆上釘著幾張毛皮，她也一併揭下來團成一團抱著，這才匆匆出門下山。

快到山下的時候，袁氏脫掉順手拿來的棉襖，用棉襖把毛皮包好，找了個地方將毛皮仔細藏起來。

她是軟弱，但是她不傻，這些東西拿回老蕭家就沒她的分兒了。

第十六章

日上三竿，眼瞅著就要晌午了，劉芷嵐才在蕭遠山的懷裡醒來。

「我們昨晚都沒放鞭炮，沒守歲！」劉芷嵐想起昨晚因為醉酒，光顧著辦荒唐事，竟連鞭炮都忘記放了，為此懊惱不已。

跟蕭遠山的第一個新年，她本想好好慶祝。

蕭遠山把她臉上碎髮往耳後攏了攏，笑道：「誰說沒放的，我親力親為地放了一夜，就在這屋裡，難道妳沒聽見嗎？」

昨夜許是因著媳婦喝得有些多了，她十分熱情，喊叫的聲音也很大……相當刺激，蕭遠山簡直愛死那樣的媳婦。

劉芷嵐。「……」

「快起來，都晌午了。」劉芷嵐推了推蕭遠山的胸膛，掙扎了一番，想從漢子的懷裡起身，可漢子就是不鬆開，將她嵌得緊緊的。

「我沒力氣了，妳親我一下，我就起來。」蕭遠山在她的耳畔吹熱氣，耍賴道。

劉芷嵐被他給氣笑了。他把她抱得這般緊，竟然還說自己沒力氣？

但她沒辦法，只好在漢子的臉上印了一下。

可漢子不滿意，嘟起唇。「親這兒……」

稍晚，蕭遠山去老屋那邊幹活，回來手裡就多了一個孩子。

劉芷嵐瞧著孩子半天沒反應過來。

「在老屋炕上發現的……」蕭遠山把發現孩子的經過跟劉芷嵐說了一遍。「那人燒了炕，還順手偷走我幹活時要換的衣裳，還有釘在老屋牆上的幾張毛皮。」

蕭遠山真是鬱悶得要死，本想著大雪封山，且山上就他們一家，老屋也沒啥東西，所以他才沒鎖門，結果住在深山竟也遭小偷！

「這孩子……遠山哥打算怎麼辦？」劉芷嵐也鬱悶。

這都是啥事啊？大年初一的……

「也是一條人命，咱們先養幾天，等開春化凍就送到幼慈院。不管她爹娘是誰，左右只能是村裡的人。咱們養著往後難免有攀扯。」

劉芷嵐點頭，實在不是她沒有同情心。

這偷兒把孩子扔他們家就算了，還順走他們家的東西，真是瞧著他們好欺負啊！

況且這樣的人，如果他們心軟真收養了孩子，往後絕對會藉著孩子賴上來。

連小貓、小狗養久了都會產生感情，更別說人了，到時候小姑娘眼淚汪汪地求你幫幫她的親爹娘，能怎辦？你把人養大了，人家爹娘跑來要走，你能狠下心不管？

劉芷嵐說：「咱們將孩子送走的時候一定要當著全村人的面，講明是撿來的孩子，我們沒能力養，所以才送去幼慈院。也只能送幼慈院，給沒有孩子的人家領養都不成，那是在給人招惹麻煩！」

說到這裡，只用一件爛棉襖包裹著的女嬰哭了起來，她是早產的孩子，身子弱，哭得沒力氣。

劉芷嵐見狀就道：「不成，遠山哥，你還是去方家一趟，請栓子和墩子在全村敲鑼打鼓地問一圈，問問誰家丟了孩子，說在山上發現一名被遺棄的女嬰……這孩子我怕活不了，萬一沒活下來，讓人來找麻煩就不好了。」

大張旗鼓地在村裡宣揚一番，冰天雪地裡撿到的孩子能活下來難，到時候萬一孩子死了，村人也能做個見證。

「嗯，我這就去！」蕭遠山去屋簷下提著滑雪板就出門了。

劉芷嵐把孩子放堂屋裡，包裹孩子的衣裳又舊又髒，因此她沒往臥房抱。好在家裡燒了地龍，堂屋也挺暖和的。

她放下孩子之後，就去灶房替孩子熱羊奶，又跑屋裡去找了一件蕭遠山的舊棉襖，拿剪刀把袖子剪下來，剛好把孩子套進去，就剩個腦袋留在外頭。

羊奶熱好了，她用小碗裝了拿進堂屋，用勺子舀了吹一吹，試過溫度不燙了就餵給孩子。

不管怎麼說，孩子是無辜的，在將她送走之前，劉芷嵐做不到眼睜睜看著孩子餓死。

她十分慶幸自家母羊還有奶。

這孩子身弱，吃幾口奶就吃不下了，劉芷嵐也沒強灌，抱著哄她睡覺。

等女嬰睡著了，她才去找一個竹筐，用秋天薄棉絮墊了兩層在裡面，將孩子放進去之後又把多餘的被子蓋在她身上。

接下來，還得弄尿布！

因劉芷嵐的那些舊衣裳早就扔了，就蕭遠山還留了兩件，是平常幹活穿的，所以犧牲來做尿布。

且說另一頭的蕭遠山，到了方家後直接說明來意，方家人都驚呆了。

「山哥，蕭家老三的媳婦昨晚半夜嚎了一宿，那孩子該不會是蕭家的吧？」

「咱們村兒有幾個快到日子的孕婦，但論起要上山把孩子扔你家，我估摸著也就蕭家人能幹出來。」

「山哥，肯定是蕭家的，你趕緊回去把那孩子抱回來，還給他們！」

方嬸聞言就拍了方栓子一巴掌。「還啥還，他們不認怎麼辦？我倒是覺得，遠山這主意好，你們趕緊拿上破鍋去村裡敲一圈，順便打聽打聽，村裡還有誰家生了孩子。」

方栓子嘀咕。「哪有那麼麻煩……」

方墩子道：「聽娘的，聽山哥的，準沒錯。」

蕭遠山道：「不管是誰家的孩子，也是一條命，今兒咱們讓全村都知曉這件事，若沒人站出來認領，等開春化了凍，我就將孩子送去縣裡的幼慈院。若這孩子沒挺過去，我就在山裡尋個地方把她埋了，到時候也沒人能找我說啥。若是就這麼送回老蕭家，她就只有死路一條。能扔她第一次，就能扔她第二次。」

「他娘的，老蕭家這幫畜生！」方栓子罵了一句，就跟方墩子去拿工具出門敲鑼了。

「你們記得，只說看到有孩子被扔山上了，別說孩子生死。」蕭遠山又囑咐了兩兄弟一句。

最好能讓村裡人誤會孩子已經死了，若是有人現在能跳出來最好，只要有人跳出來承認，他就能將孩子還回去。

而且有了全村人的見證，對方也不敢再扔孩子了。

當然，這種可能性還是很小。若是有人敢承認將活著的孩子扔出去，絕對要被全村人戳脊梁骨。

「哐哐哐……」

「誰家丟了剛出生的閨女，在山上！」

「哐哐哐……」

兩兄弟一出門就又敲打又嚷嚷，他們故意繞過老蕭家，以免老蕭家的人把他們攔住。

蕭遠山的意思很清楚，要把這件事鬧到全村人都知曉。

蕭家人自然是聽到動靜了。

蕭天貴進屋就給袁氏一巴掌。「妳她娘的，讓妳把孩子扔遠一點，怎讓方家人給瞧見了？老子打死妳個臭婆娘！」

袁氏被他拽著頭髮扯下炕，她哭著去抱蕭天貴的腿腳。「當家的，我把孩子扔山上了，真扔山上了！我也不知曉方家人為啥大年初一也要上山？你聽他們說的，他們說是在山上找到孩子。我真沒扔村裡！」

「老三，你趕緊出來，去村裡跟大夥兒說一聲，就說袁氏昨晚產下一個死嬰，不吉利，所以我們連夜給扔山上了。」蕭萬金在院裡喊。

蕭天貴踢了袁氏一腳。「臭婆娘，老子早晚休了妳！兒子生不出來，讓妳幹屁大點的事，妳都幹不好！」

袁氏盯著蕭天貴的背影，心裡恨死蕭遠山夫婦，心想：他們就不能將孩子養著嗎？為什麼要將她扔了？她是一條命啊！

有村民從家裡揣著手出來，瞧見兩兄弟空手在村裡晃悠，就不甘地問道：「方老二，你他娘的耍人啊，不賣魚敲啥破鑼？」

「賣啥魚啊，若不是想賣魚，老子就不會天不亮就往山上去，也不會在山上瞧見棄嬰，你們都問問，誰家少了嬰孩。」

「哎喲，這挨千刀的，正月初一扔孩子，真他娘的缺德！」

「可不？」

「哎……你瞅著沒有，是男娃還是女娃，像誰？」
「老子他娘的有病啊，大年初一去瞅那晦氣。不知曉就別擋道，我們去找村長，萬一是誰家孩子被偷了呢？」
方墩子老實，一直沒吭聲，就方栓子一個人一本正經地胡說八道。
不一會兒，方栓子身後就跟了一群人，大家議論紛紛，都在猜測棄嬰是誰家的。反正不可能是外村的，外村人又不是吃飽撐著，繞那麼遠的路來他們村扔孩子。
於是，一行人來到村長家前頭的院裡。
正月初一家門就被圍，村長十分不高興。而且跟他說的還是棄嬰這樣的晦氣事，村長就更不高興了。
「都好好想想，是誰家丟了孩子。」村長黑著臉站在石墩上道。
「昨晚半夜聽到老蕭家那頭有人慘叫，是不是他家老三媳婦生了？除了他家，咱們村昨晚好像沒誰生孩子吧？」
「蕭老三媳婦還沒到日子吧？應該不是他家……」
大夥兒你一言我一語地猜測，方栓子就道：「簡單啊，村長派個人去他家瞧瞧就知曉了。」
村長面黑如水。「你們家挨著老蕭家，你們怎不先去瞧瞧？沒瞧就來瞎嚷嚷，還讓不讓人過好年了？」

方栓子笑了。「嘿，我說村長，這麼大的事，我們不來跟您說，跟誰說去？誰讓您是村長？再說，村裡誰不知曉我們家跟老蕭家的關係交惡？老子是閒得蛋有多疼，才去他家？」

「哈哈哈……方老二，你是娶不上媳婦想得蛋疼吧？」

「就是，方老二，趕緊娶個媳婦吧，黃花閨女娶不上，寡婦應該是願意嫁你的。」

方栓子怒了。「你他娘的跟寡婦不乾淨，就攛掇別人也娶寡婦，再瞎說，老子揍得你滿地找牙！」

他一定要找一個天仙似的黃花大閨女當媳婦，好好亮瞎這幫人的狗眼，誰叫他們狗眼看人低！

「都給老子閉嘴！你們誰去蕭家跑一趟？」村長斥罵道。

「不用了、不用了，蕭家老三來了！」周邊的村民嚷嚷起來，大家就都往後瞧，就見蕭天貴氣喘吁吁地跑了過來。

「蕭老三，你老婆昨夜可是生了？」村長也不想浪費時間，見人來了開口就問。

蕭天貴喘著粗氣點頭。「是我婆娘，她不小心摔了一跤小產了，孩子生下來就沒了氣息，我就給扔山上去了。」

「哎，原來是死嬰啊！」

「怎好好的就小產了呢？」

蕭天貴回道：「院裡路滑……」

村長罵道：「死了孩子，不知曉挖個坑給埋了？趕緊回去挖坑，把孩子給埋了！」

「是是……」蕭天貴連忙點頭。

「好了好了，都散了，大年初一的，這都是啥事啊！」村長邊罵邊往回走。

村民們也都一邊閒聊一邊往回走，該串門子的就串門子，該去拜年的就去拜年。

方家兩兄弟見目的達成了，也都回去了。

蕭天貴怨恨地盯著兄弟倆的背影，結果方栓子忽然回頭，惡狠狠地指著他道：「你他娘的再敢盯著老子看，老子把你的眼珠子給挖出來，你信不信？」

「沒……我沒盯著你！」蕭天貴立刻否認。

蕭遠山一直在方家等著，方家兩兄弟回來之後跟他說事情辦妥了。

蕭天貴親自去村長和村民們面前說，他媳婦早產生下死嬰，被他弄山上扔了。至於村裡的那些大肚婆，都還沒生呢。

「嗯，我知曉了。對了，若是你們手中還有餘錢，等開春了還是再多買幾畝山地吧。」

蕭遠山走之前，提點方家人。

方家人也沒多想，有錢就買地，這是老百姓的慣性思維，只是買山地不同於買良田，山地就算是種果樹，也不能馬上就見銀錢，不像莊家，良田一年至少有兩季的產出。

方栓子道：「爹，娘，我打算聽山哥的，等開春就去縣衙多買兩畝山地，左右我手中這些閒錢是跟山哥賺的。而且山地頭兩年就算是沒有產出也能養些牲口，也不是一個銅板都賺不到。」

方墩子也道：「栓子買，我就跟著買。」

方嬸道：「成，你們自己斟酌著來。」

她現在每個月都能掙五百錢了，手中有錢，心裡不慌，也就願意順著兒子們的意思。反正是買地，山地終歸是地，買到了就一直在那裡，誰也拿不走。

蕭遠山回到家，就見媳婦在縫製小衣服，她身邊放著一個籃子，那孩子就躺在籃子裡。地面被媳婦鋪上一層羊皮，裝孩子的籃子就放在羊皮上，一瞧就暖和。

「遠山哥，你回來了。」劉芷嵐聽見動靜就起身去迎他。「準備吃飯。」

今天晌午吃的都是昨天的剩菜，劉芷嵐將菜熱過，把剩飯做成芙蓉炒飯，這會兒都在鍋裡熱著。

「好，我去灶房收拾，碗筷擺好了再喊妳！」蕭遠山道。

「成。」劉芷嵐手中的女紅也沒剩幾針了，便乾脆繼續縫製。

這孩子身上的血跡都乾涸了，可見出生之後都沒人幫忙洗澡。

雖然她和蕭遠山不打算收養這個孩子，可是孩子在她手上，她就得把她當個人。

她打算將蕭遠山的舊棉襖改做成小衣服，他的一件舊棉襖至少能改出三套給孩子穿。

吃晌午飯的時候，蕭遠山就跟劉芷嵐說：「這是蕭天貴的孩子，昨晚袁氏早產生下來的。我瞧著老屋的腳印是女人的腳印……楊氏不可能上山，徐氏和季氏更不可能，而且就算她們能上山，也不可能把孩子扔咱們家。我估摸著上山來的人應該是袁氏。」

劉芷嵐皺了眉頭。「她不要命了？她才剛生了孩子！冰天雪地的……」

蕭遠山道：「可能蕭天貴嫌棄是個姑娘，想扔了，袁氏想留她一條命，這才上山放我們屋的吧。」

「可她若真對孩子好，就不該把咱們家的東西拿走！你想人家好好養你的孩子，你還幹偷盜的事情，這是真將別人都當傻子呢！」

蕭遠山道：「許是覺得在蕭家，除了她，就是我最好欺負，所以她覺得拿了我的東西，我不會也不敢說什麼吧。」

自己明明是弱者，想的不是如何團結一樣的弱者抱團取暖，而是如何從比自己弱的人身上占便宜，典型的欺軟怕硬。

「或者是她覺得她可憐，她在蕭家受欺負，我們就合該照顧她，不跟她計較。」劉芷嵐道，在現代社會這種我弱我有理的人還真不少。

我弱我有理，我窮我有理，你有能耐，你有錢，你就合該幫我。你若是不幫我，便是心腸狠毒，便是冷血，便是為富不仁。

「管她的！」蕭遠山說。「她的死活跟我們無關，就是可惜那幾張毛皮了，即便不值錢，也能做身皮襖。」

這幾張毛皮之所以沒賣，是因為獵物是落入陷阱中，身上被戳了幾個洞，毛皮上有窟窿，價格就不好了，所以才留在家中自用。

「折財免災，咱們丟幾張爛毛皮不會窮死，她偷走幾張爛毛皮也發不了財。」劉芷嵐道。「往後咱們不在那邊就把門鎖好。」

找原因先從自己身上找，若是他們將門鎖好，不但不會掉東西，也不會平白多個孩子。至於偷東西的人，且看著吧，這日子還長著呢！

「我想著也不等開春了，過些天不下雪，我就騎著騾子出去，到時候給騾子的腿上裹點毛皮擋擋寒氣就成。」

他回來瞧見媳婦替孩子做衣裳，心裡不舒服，自家孩子都還沒穿上媳婦做的小衣裳呢！況且這又是蕭家人的孩子，他心裡更不舒坦。

「危險嗎？」劉芷嵐問。

蕭遠山笑道：「不危險，我走慢些就成了。」

劉芷嵐道：「多養她幾天也不是不可以，遠山哥，你要想著，你現在不是一個人。」

選大雪封山的時候出門，萬一遇到暴風雪怎麼辦？

「放心吧，我心裡有數！」蕭遠山還是想早點將孩子送走。

劉芷嵐點頭。「你心裡有成算就行。」

哎，投胎是個技術活啊，這胎沒投好，命啊……

她心裡清楚，不管這孩子往後是啥命運，其實都跟她沒關係，錯的是孩子的爹娘，不是她。

天下千千萬萬的可憐人，被扔掉的女嬰何其多，她真是同情不過來。她頂多在羊奶中添加些靈液，讓這孩子能儘量活下來，僅此而已。

三天後，蕭遠山便將孩子送走了。

帶了三天的孩子，劉芷嵐也真的累到了，送蕭遠山出門之後，她就回屋睡回籠覺。早上天不亮就出門了，蕭遠山到家的時候已經是繁星滿天。

「遠山哥……凍壞了吧？」

這一天，劉芷嵐提心吊膽。

「趕緊進屋，我去幫你兌水洗澡！」劉芷嵐摸了摸蕭遠山凍得冰涼的臉，心疼地道。

蕭遠山抓住劉芷嵐的手道：「我去兌水，妳幫我煮點吃的。」

劉芷嵐問：「你想吃什麼？熱湯麵成嗎？或者是麵片湯？」

「麵片湯吧，做麵條太麻煩了。」

天色晚了，蕭遠山不想讓媳婦太折騰。

蕭遠山去兌水洗澡，劉芷嵐就去灶房替他做麵片湯。她撈了酸青菜、酸薑、酸辣椒出來，又割了一塊五花肉切成片，擱鍋裡煎出油之後放切好的酸菜進去炒香，加水熬煮。

然後從缸裡舀了一大碗白麵團和好、揉好，弄成麵片扔進沸騰的鍋裡。

等蕭遠山舒舒服服地泡完熱水澡，酸辣麵片湯也煮好了。

一碗熱呼呼的酸辣麵片湯進肚子，蕭遠山覺得自己整個人都活過來了。

吃飽喝足，摟著媳婦，鑽進溫暖的被窩。

劉芷嵐問他路上是不是順利，蕭遠山說：「我走大路，挺順利的，就是積雪厚走得慢，否則下午就能回來。幼慈院很大，裡頭孩子很多，我瞧著那些孩子雖然穿得不太好，但細論起來，倒是比村裡大多數孩子好多了，至少我沒瞧見他們凍得打哆嗦……」

順便捐銀子給幼慈院是夫妻倆事先商量好的，劉芷嵐覺得與其花錢去求神拜佛，不如花錢做點實實在在的好事。

「送出去就好，好歹能活命。」劉芷嵐窩在蕭遠山的懷中道。

這個世道，重男輕女是普遍現象。

「遠山哥，若是往後我生了女兒，你會不會不喜歡？」劉芷嵐忍不住問。

蕭遠山若是敢不喜歡女兒，她就帶著女兒過日子，不理這個漢子。

「怎會不喜歡？我們的閨女那就是寶貝，得放在手心裡疼，往後給她挑夫婿也得睜大眼睛好好挑。我們的閨女一定要像妳才好，像妳才漂亮。」

「若是我生的都是女兒，一個兒子都生不出來呢？」

「那就招婿！」蕭遠山想也不想就說。「若是不招婿也成，她們幾個姑娘生的兒子有一個姓蕭，將來伺候我們養老就成。就算是咱們這輩子沒有子嗣緣分，咱們去幼慈院挑個孩子收養，好好教導他，等我們老了、病了，有人照看我們就成。」

現代社會還有養老金、醫療保險、養老院等手段，可是在古代養兒防老是唯一的法子。在沒有兒子的情況下，蕭遠山想著過繼、收養這些，劉芷嵐都能理解。只要他不嫌棄閨女就成！

劉芷嵐覺得自己其實是個挺大度的人。

蕭遠山喜孜孜地暢想未來，方方面面都考慮到了，完全不曉得自己剛剛躲過媳婦給他設的陷阱題。

「快睡吧，累一天了。」劉芷嵐從蕭遠山的懷裡滾了出去。

蕭遠山探出身子把燈籠中的燭火吹滅，躺回床上將小媳婦重新撈進懷裡，抱著她沈沈地睡去。

大雪封山，等閒沒人上山，沒有人打擾的日子平淡而溫馨，劉芷嵐每天有時間就做兩個人要穿的春衫，至於鞋子，她就無能為力了，因為她不會納千層底，也不會糊鞋面。

出了正月，天氣就一天暖過一天，地上的雪還沒化乾淨，枝頭就開始綠起來。

「化凍了，那菜棚子也該拆了。」劉芷嵐跟蕭遠山說。

冬天用棚子擋著風雪，春天就不用了，曬曬太陽、淋淋雨，蔬菜的長勢會更好一些。

他們的菜棚子是簡易的棚子，春天拆冬天搭也不費功夫。

「好。」蕭遠山應下。

他吃完早飯，餵過雞和牲口，便去拆棚子。

前幾日方栓子就上來牽騾子下山，這一化凍，村裡人就迫不及待地要去趕場買東西，因著沒啥要賣的，故而這些日子兄弟倆都跑到鎮上。

不過因著跑的趟數多，賺的銀錢也沒比跑縣城少多少。

方嬸去了迎仙樓，方老樹去整理自家田地，方栓子拉車，方墩子帶著媳婦在山上規劃山地。

他們聽從蕭遠山的建議，兩兄弟頭一趟進縣城，又添了兩畝山地。

到三月底，方栓子的房子就蓋好了，這些活兒全是方家三個男人輪替著做，當然，蕭遠山也去幫忙。

在這之前，蕭遠山天天就進山尋果樹，在自家剩下的林地種了大半，什麼蘋果、梨、桃、杏、葡萄、石榴、棗……尋到啥就種啥，夫妻倆也沒規劃，東一棵西一棵的，除了葡萄這種水果需要弄架子供藤蔓攀爬，其他果樹都種得十分隨意。

每次把樹弄回來，都是蕭遠山種樹，劉芷嵐澆水，兩人配合得十分默契。

為了讓移栽的果木都能成活，劉芷嵐給它們澆的水都添加些許靈液。

到了四月中旬，他們的林地裡終於種滿果木。

桃花、梨花交錯著開放，雖然第一年開的花不多，但也十分好看。

蕭遠山感慨，這些果木還真是給面子，不但沒死，才移栽好就都開花了……

四月十六，方栓子正式搬上山跟蕭遠山當鄰居。

方嬸在這一天休息，除了蕭遠山夫婦，方家還請了徐梅花的娘家人，和跟方栓子交情好的幾個小子上山吃飯。

劉芷嵐一大早就去方栓子家幫他料理灶房的事。前幾天她就跟方栓子把菜單給擬定好，方栓子按照菜單準備材料，要用的調味品都去縣裡買齊全。

今兒劉芷嵐幫方栓子主廚，方嬸和徐梅花在灶房中擔任助手。

酸菜老鴨湯、冬筍乾燒雞、涼拌粉絲、水煮血旺、酸辣雞鴨雜、野菜炒雞蛋、櫻桃肉、孔雀魚、大刀回鍋肉，一共九道大菜，取長長久久的意思。

因著山上路遠，又是春耕春種的時節，客人都是晌午過半，才跟在方墩子身後進了方栓子家。

「哎喲……我說親家，你們是怎想的啊，把房子蓋山上？這離村也太遠了，這往後怎麼替栓子說媳婦……」

「……是青磚大瓦房啊！真真可惜了，蓋在村裡多好啊！幹麼蓋在山上，蓋在山上就不值錢了！」

徐梅花的爹娘一進門就開始嘮叨，四處瞧，各種挑剔，不知曉的人還以為這房子是他們的，他們是來驗收的。
「爹，娘，這是栓子的房子，他的房子他願意蓋哪兒就蓋哪兒！不只是栓子，我們也要在山上蓋房子！」徐梅花聽到聲音就從灶房跑出來，十分不悅地道。
「啥？妳跟墩子也要在山上蓋房子？妳個死丫頭怎不跟我們商量商量啊？」李氏聞言著急了，一巴掌拍在徐梅花的肩膀上道。
徐荷花忙扯住李氏的袖子。「娘，姊這不是還沒蓋嗎？」回頭，她又跟徐梅花道：「姊，妳聽聽爹娘的意見，別惹爹娘生氣。」
徐梅花冷笑道：「這蓋不蓋房子是老方家的事，我一個媳婦能說起哪門子的話？再說了在村裡買宅地得多貴啊，有買宅地的錢，我們在山上都能蓋幾間房子了，還是爹娘準備借給我們些銀錢，在村裡買宅地？」
「妳嫁都嫁出去了，怎能回頭來搜刮娘家？」徐德慶一聽到徐梅花說要借錢，立刻就開口，並瞪了一眼徐荷花。「來吃飯就吃飯，閉上妳的嘴，老方家的事還容不得老徐家插言搭語。」
說到錢，這臉就變得快了。
徐荷花不甘心地道：「他們家還買騾車了，天天拉人往縣裡和鎮上，每天進項好幾百文，過年前還賣了兩天魚……爹、娘，這帳怎麼算，方家都不可能沒銀子。」
「就算有銀子也是老方家的，徐荷花，跟妳有啥關係？」徐鐵柱出聲嗆她。

「可不，一個沒嫁人的閨女成天算計著別人家的進項，怎麼，想偷還是想搶？」徐二娃的話更難聽。

徐荷花聞言臉都綠了，剛要開口，徐梅花就出聲了。

「好了，今兒是栓子暖屋的好日子，別吵！荷花，老方家的騾車是栓子在外頭借銀子買的，全村人都知曉這件事，方家要是有餘錢，當初勞役就能拿錢買，沒必要讓栓子去壩上幹活。栓子的錢借得多，利息高，這一年掙下的錢看能不能把利息還乾淨，再過兩年掙的錢才說還本的事，沒有個五、六年這騾車錢根本就還不清。」

徐梅花知曉徐荷花為何要當著眾人的面算帳，她很清楚娘家這幾個人懷著什麼心思，就是想探方家的家底，想讓荷花嫁入方家，多掙幾個聘禮銀子。

她才不傻呢！她跟荷花從小爭東西爭到大，要是真做了妯娌，那日子……可清靜不了！

「梅花，妳可別跟妳妹妹計較，妳妹妹心不壞，就是嘴快。」李氏忙道。

既然老方家沒錢，那他們第二個閨女可不能嫁到方家來。

「親家、梅花她大哥、二哥、鐵柱、二娃……都進屋坐吧！」

男人們的桌子安排在堂屋，女人們在灶房擺了一桌席，兩邊的菜色都一樣。

今兒人多，不是只有方家和蕭遠山夫婦，男女就分桌而坐。

「喲，還說沒掙錢，栓子，你這一桌菜該是去縣裡請酒樓的大廚做的吧？」徐茂木和徐茂林兩兄弟坐下來，光瞧著桌上的擺盤和飄散出來的香味就讚嘆道。

方栓子道：「這是請山哥媳婦做的。」

「啥？你說請誰做的？」徐茂林大聲問。「那個纏著徐秀才不放的醜八怪？」

蕭遠山就在現場，徐茂林根本沒將他放在眼中，說話絲毫沒有顧忌。

徐家人也沒誰想去攔，反倒是一副看好戲的模樣。

蕭遠山的臉色沒變，一個人喝著酒。

「啥醜八怪，嘴上積點德啊！」方栓子不樂意了，臉色不好地道。

他們要不是大嫂的親戚，他才不會請上山來吃飯呢！

見方栓子生氣了，徐茂林忙打圓場。「哎喲，我這張嘴，還不是村裡人都那樣喊……再說，我這也是覺得她配不上蕭老大嘛！吃菜、吃菜，沒想到啊，劉春芽竟然還有這手藝。」

「吃菜、吃菜……」方老樹也跟著招呼。

老二的好日子，可不能給毀了。

這幫人一動筷子，臉色都變了。

娘呀……怎這麼好吃！

「栓子，這真是遠山媳婦做的菜？這手藝去酒樓當廚子那得一個月好幾兩銀子吧！」

「我聽說大酒樓的廚子能拿一個月十兩銀子呢！這手藝……絕對能去大酒樓啊！」

徐家人你一句我一句地感嘆道，心想這徐茂文虧了，早知道劉春芽有這手藝就娶回家啊，光憑著這一手的廚藝都能掙錢供他唸書。

至於人醜……怕啥啊，燈一吹還不是女人，該有的都有。等考上舉人，納幾個漂亮的妾不就成了嗎？到時候她若是要鬧，給一紙休書就成了。

虧了！茂文虧大了！

「遠山啊，親家母在迎仙樓幹活，你備上一份禮給親家母，請親家母去幫你打聽打聽，看看能不能把你媳婦弄酒樓裡去當廚子，若是她能進酒樓當廚子，你往後的日子就好過了，躺在床上吃喝，再買兩個漂亮丫頭伺候都成！」徐茂木十分羨慕地道。

蕭遠山喝了一口酒，道：「我媳婦我能養活，不用她出去拋頭露面。」

方墩子不悅地道：「大哥，你吃菜，山哥能打獵，養得起嫂子。」

「山子的房子蓋好了，我們墩子也打算在山上蓋房子，不曉得親家你們有沒有時間上山來幫忙？」方老樹轉移話題，怕再說下去蕭遠山要惱怒了。

聞言，徐德慶就拒絕道：「親家，你也知曉，我們家的田地裡事多，真抽不出空來。親家，蓋房子這件事還是得多尋思尋思，蓋在山上實在是浪費銀錢，再說你們山下有房子，費那個勁幹麼啊？不若把銀子節約下來借給我們，這茂林也該說親了。」

「徐叔，我也該說親了，就算我大哥不蓋房子，這銀子也該緊著我說親！」方栓子痞氣地笑道。「這不，我還尋思著找徐叔借一點呢……」

徐德慶忙擺手。「我們家可沒有餘錢……」

他拒絕之後，就說起今年的莊稼，把話題岔開，心裡卻埋怨這方栓子真是個鐵公雞。

比起堂屋的熱鬧，灶房卻是詭異的安靜。

起先李氏和徐荷花見了劉芷嵐就愣住了，心想：這是哪來的漂亮女人，長得跟天仙似的。

後來兩人問方嬸，是不是替方老二找的媳婦。

方嬸說是劉春芽，徐家母女不信。

怎可能，劉春芽是醜八怪啊！

過了好久，方嬸才率先打破沈默。「妳們細想，春芽是一出生就醜嗎？我記得春芽小時候長得可好了，只是記不清啥時候開始，春芽臉上就開始長紅疹。」

幾個人聞言回想了一下，還真是如此，至少劉春芽她爹活著的時候，這姑娘每天都打扮得乾乾淨淨、粉粉嫩嫩，很可愛，當初村裡不少人說劉春芽像畫上觀音座前的童女。

方嬸繼續道：「她不是受傷了嗎？遠山自個兒的傷好了之後，就帶她進城看了大夫，大夫說是在家的時候吃錯東西，毒素長年累月地累積，就都發在臉上了。這孩子跟了遠山之後，吃了好些藥才慢慢好起來，臉上的紅疹就退了。」

徐梅花憤憤地道：「說不定就是劉家那對惡毒的母女給嫂子下毒呢！否則能輪到劉春桃嫁茂文？想得美！不過嫂子嫁給山哥是對的，山哥分家出來，兩人上山之後日子就變好了！山哥的師父可是在灶中藏了一罈銀子，裡頭足足有六、七十兩呢！剛好夠山哥和嫂子看病，順帶過日子。所以啊，那話怎說的？鎮上有回唱大戲，娘，妳跟我一起去瞧，那戲文是怎麼唱來著，啥福啊、禍啊的？」

徐梅花跟方嬸一唱一和，把蕭遠山夫婦怎麼有錢買糧、買藥的事說清楚，以免村裡人瞎猜。

還將劉春芽這張臉，在娘家就變壞，出了娘家就好轉的事也點出來，藉著徐家母女的嘴傳出去，好讓村裡人知曉劉家母女的心肝到底有多黑。

徐荷花聞言就顯擺道：「是塞翁失馬焉知非福！姊，妳這記性真差。」說完，她就埋頭吃飯。

這菜啊……真的太好吃了，她從來沒吃過這麼好吃的菜。

李氏道：「可不，哎喲，茂文這孩子沒那個命，妳瞧，春芽準備的這一桌飯菜，味道太好了！春芽，妳這是跟誰學了這一手？」

劉芷嵐道：「這是栓子囑咐我隨便用油用料，油鹽都放足，自然好吃。」

徐家母女聞言，覺得這說法也對，油鹽放足，怎能不好吃！

李氏心想：這方栓子真不會持家，這樣的混子，絕對不能把閨女嫁給他！

酒足飯飽，徐家人就回去了，徐鐵柱和二娃留了下來，他們好久沒見蕭遠山了，尋思著跟蕭遠山說說話。

幾個人喝了一會兒酒，兩人問他日子過得好不好，媳婦老不老實，有沒有惹是生非。

「你們現在吃的飯菜都是咱們嫂子做的，你們還說嫂子這些？嫂子現在是真心跟山哥過日子，山哥的腿腳好了，也能進山打獵了，以後的日子好著呢！其實以前也怪不得嫂子，你們徐家的寶貝徐茂文打小就跟嫂子有婚約，這些年他能有錢唸書，全是嫂子拿她爹留給她的私房銀子供養的。

「結果，他考上秀才就翻臉不認人了，而且嫂子是怎麼進的蕭家，你們不知曉？那是老劉家給蕭家二十兩銀子，把嫂子捆了扔進蕭家的。換成是你們，你們甘心？」方栓子酒喝多了，話頭就煞不住。

「狼心狗肺啊！徐家指望他給你們光宗耀祖，給你們帶來好運氣，將來當官照拂你們……呵呵，依我看，這狼心狗肺、黑心肝的傢伙最好別當官，當了官不但不會照顧你們，搞不好會拖累宗族！」

徐鐵柱和徐二娃聞言就不吭聲了，他們想了想，還真是如此，若自己是劉春芽也受不了徐茂文這樣的事。

根本就是忘恩負義的畜生！

只不過，徐茂文到底是他們老徐家的秀才，族裡人都護著，他們能怎樣？

「到底是我們村唯一的秀才，往後仰仗他的日子還多呢，老二，你這些話在我們面前說說就得了，千萬不要在村裡說。現在嫂子跟山哥過得好好的，咱們就別提那些糟心的往事成不成？」

蕭遠山跟幾個人舉杯。「這杯酒我要感謝徐茂文，感謝他的不娶之恩，否則，我蕭遠山落不到這麼好的一個媳婦！這些話頭今兒最後一次說，她是我媳婦，我蕭遠山的媳婦！往後誰再把她跟徐茂文扯在一起，就別怪我蕭遠山不認朋友，不認兄弟！」說完，蕭遠山也不等幾人舉杯，自個兒就乾了杯中酒。

「好了，你們慢慢喝，我先回去了，家裡事還多。」

「山哥、山哥……再坐會兒，是我不好，是我嘴賤……」方栓子忙起身去拉住蕭遠山，同時往自己臉上搧了兩巴掌。

蕭遠山飛了一雙眼刀過去，方栓子頓時就不敢吭聲，同時也鬆手了。

「阿嵐，回家去了。」出了堂屋，蕭遠山就朝著灶房大喊。

劉芷嵐跟方嬸等人告辭。「山哥怕是喝多了，我先去照料他……」

從灶房出來，果然見蕭遠山喝得滿臉通紅，人也有些搖晃，她趕緊去攙扶著蕭遠山往外走。

「嫂子，妳慢走。」

方栓子出來送，徐鐵柱和徐二娃都跟著出來了。

「嗯，你們回去慢慢喝。」劉芷嵐扭頭對方栓子等人笑了笑。

徐鐵柱和徐二娃看呆了。

等蕭遠山夫婦消失在大門外之後，徐鐵柱吞了吞口水看向方栓子。

方栓子道：「那就是劉春芽！山哥媳婦！」

「她她她……」

「她是山哥媳婦？」

「她是劉春芽？」

「對，她就是劉春芽，嫁給山哥之後改名劉芷嵐了，所以山哥叫她阿嵐。」

兩人以為自己聽錯了，再從方栓子那裡得到確認之後，眼珠子瞪如銅鈴，下巴怎樣都合不上來。

虧了呀……茂文血虧！

「二娃，往後找媳婦瞅著臉上有紅疹的找，對方倒貼不說，搞不好娶回家會變成美人！」徐鐵柱道。

「方老二，你說這人怎會有這麼大的變化呢？」徐二娃還是沒回過神來。

方栓子聞言就將原因給說了一遍。

「他娘的，劉家人可真是太壞了！」

「那茂文不就被他們給算計了啊！不成，我要去跟茂文說。」

方栓子拉住了他們。「說啥？山哥都發火了，你沒瞧出來啊？他們兩個都沒關係了！沒關係了，你懂不懂？」

徐鐵柱道：「可也不能讓劉家人就這麼把他給騙了啊！我們總要讓茂文知曉劉家人的險惡，劉家的女人可不能娶。」

方栓子冷笑一聲。「他不娶劉春桃，誰給他銀錢唸書？誰供他去府城考學？」
「他都是秀才了，挺好說親的吧？」徐二娃摳了摳腦袋。
方栓子不屑地道：「在村裡是挺好說親的，可是誰家能像劉家那樣把錢拿出來供養他？至於咱們鎮上那些地主……地主家讀書人多了去，誰稀罕供養一個外姓人？他若現在是舉人還好說，必定很多有錢人家爭搶著跟他說親，畢竟舉人不好考，幾千個秀才裡頭選幾十個舉人出來……而且考上舉人就能博一個官身，可他現下就是個秀才！窮秀才、富舉人這話可不是說說而已。」
徐家兩兄弟不吭聲了，方栓子警告兩人。「你們不許壞山哥的事，若是老子瞧見徐茂文上山來歪纏嫂子，就跟你們斷絕關係！」
誰知道嫂子心裡還有沒有徐茂文啊？對方畢竟是秀才公，山哥只是個獵戶……
方栓子在徐二娃等人面前把秀才貶得一文不值，但他心裡清楚，秀才這玩意兒不是他貶低了人家，人家就真是不值錢。
「我們肯定不會去找茂文說，只是你也知曉，今兒來的人還有荷花和她娘。」徐鐵柱忙道。「這兩個在村裡可是大嘴巴。」
方栓子聞言擰緊眉頭，想了想，還是打算找機會提醒蕭遠山，讓他對徐茂文有所防備。
「你不高興了？怎麼了？」劉芷嵐被蕭遠山一路牽著回家，發現他周身的氣壓低沈，像是有人欠錢沒還似的。

「聽見他們提徐茂文，我心裡不舒服。」

進了院門，小黃如箭般朝劉芷嵐衝了過來，被蕭遠山一腳格擋下來。

他轉身抱住劉芷嵐，炙熱的呼吸夾雜著酒氣噴薄在她的脖頸間，讓她感覺很癢。

「你傻啊，我心裡只有你。」見漢子十分用力抱著她，似乎是想將她揉進自己的身體裡，劉芷嵐有些喘不過氣，無奈地笑了笑。

這小狼狗撒起嬌來真是讓人無法不心軟。

自從跟蕭遠山上了山，不只劉芷嵐覺得日子變好了，就連徐家村裡在劉家生活的張氏母女也覺得日子好過了。

說起這外來人口，朝廷連年征戰，不少地方的百姓流離失所，徐家村的外姓人有一半是逃難來的，或是衙門給安置的。不過劉家不是，家主劉義昌跟著劉大將軍打了幾年仗，撈了不少金銀，後來受傷退了下來，抱著剛滿月的劉春芽來到徐家村安家落戶，雖說也是衙門安置的，但他不是難民，是有功勞在身的人。

劉義昌在村裡蓋了青磚大瓦房，又買了些田地，接著就請媒人替他張羅婚事。他很快就娶了張氏，為的就是照料自個兒帶回來的閨女。

當村裡人問起他的原配，他回說死了，讓韃子給殺了。他以前是軍戶，後來因著立功，上頭的將軍開恩，恢復了他的良籍，讓他選地方安家，所以他才帶著剛滿月的閨女來徐家村。

至於為何要來徐家村安家，他說想遠離戰火，徐家村偏遠，日子能過得安穩。只是安穩日子沒過幾年，邊關告急，他這個老兵又被徵召到前線，也是這次，他救了徐德功，自己受了傷，回來沒多久就死了。

劉春芽跟徐茂文的親事也是這樣定下的。

他死之前把大部分銀錢給了劉春芽，剩下的才是張氏和後來的子女。

他這麼安排，張氏自然是恨的。

劉春芽從小就被劉義昌教導得十分防備張氏，張氏沒辦法從她手中拿走銀錢，而且想搶都不成，因為劉義昌將這筆銀錢藏得很好，只有劉春芽知曉在啥地方。

不過張氏沒掏出來，倒是讓徐茂文給掏出來了。張氏母女瞧著眼紅，不管是銀錢還是婚事都各種羨慕嫉妒恨，於是就動了歪腦筋，張氏找了一個遊方郎中，向他買了能讓人臉上長紅疹的藥粉和藥方。

後來劉春芽如她們所願變醜了，秀才自然看不上。這個時候，劉春桃就上場了，暗地裡勾搭秀才。

一個清秀可人，一個面目可憎，秀才選誰，這不明擺著嗎？所以秀才花光劉春芽的錢財之後，便轉頭向她的妹妹提親。

當然，他是秀才，可不能做始亂終棄的事，可是張氏能啊，為了把原主弄走，還為了讓她活不了，乾脆花大價錢將她扔進蕭家。

因為蕭遠山剋妻啊！讓蕭遠山剋死多好啊！往後瞧不見這喪門星在面前晃悠，這日子過得會舒坦很多。

當然了，現下雖然說劉春芽沒死，但是眼不見為淨，張氏母女權當她死了。

這天，劉春桃端著盆子去河邊洗衣裳，一路上遇見人她都笑咪咪地打招呼，只是這一路招呼打下來，她總覺得這些人看她的眼神不對勁。

「春桃啊，來這邊洗！」到了河邊，就有小媳婦招呼她。

劉春桃笑著應了，端著盆子湊過去，那邊有一堆老娘們湊在一堆說說笑笑地洗衣裳，其間也有跟她要好的姑娘。

「春桃，妳姊嫁給蕭家老大後，妳見過妳姊沒？」有老娘問。

她們眼中的八卦之火熊熊燃燒，這讓劉春桃心中發緊，也難掩納悶。

是劉春芽又作妖了？

真是恨死這個賤人了！爹在世的時候，明明她也是爹的女兒，可是爹的眼裡從來都沒有她！最後爹死了，都將大半的家財給了那個賤人，若不是她娘聰明，讓茂文哥厭棄了她……

反正現在茂文哥是她的，劉春芽把錢都花在茂文哥的身上，相當於那些錢財還是落在她的手中。

劉春芽就算不死，就她那鬼模樣，加上之前一心一意把所有的錢財都給了茂文哥，蕭遠山能待見她？

呵呵呵！她在山上的日子一定不好過，指不定一天被蕭遠山打八遍呢！也不知道爹在地下知曉了這些，會不會氣得不投胎了。

想到這裡，劉春桃就覺得暗爽，說話的聲音變得輕快起來。「沒有啊，沒見過，想來她在山上的日子過得很好吧？而且我姊應該是十分怨恨我們，嫁出去之後就沒有回門呢！」

言下之意，劉春芽這個閨女不孝順！

「別說了，妳娘趁夜把人塞去蕭家……人家心裡能認妳們？這人啊，得有良心。占了人家的姻緣，這會兒來說人家的不是……嘖嘖……」有跟劉家不對盤的人開口道。

秀才是肥肉啊，不少人家都有姪女兒、閨女兒，都酸劉春桃呢！

「可不，聽說劉春芽現在臉上的紅疹消退光了，變漂亮了！說那紅疹是往常吃錯了毒物……嘖嘖，吃錯毒物能她一個人吃錯？一個家裡那麼多人……」

「搞不好就是下毒吧！」

「真是可憐，她爹生前多心疼她啊，當時急著娶妻，都是為了有人能照料孩子，畢竟他一個大老爺們不懂這些。」

「要是她爹知曉自個兒死後大閨女被這般對待，不知道會不會從墳頭蹦躂出來找張氏算帳啊！」

「哈哈哈……有可能！」

當然，也有純粹看不慣劉春桃母女兩個吃相的人，刻意把話說得很難聽。

劉春桃氣得臉瞬間就紅了。「妳們說啥？啥下毒？妳們說清楚！青天白日的竟這麼糟踐人！」

她是知曉她娘找江湖郎中買藥的事，好些時候還是她下的藥呢！這會兒被人挑明出來，她越心虛反應越大。

「妳們別瞎說，春桃才不是那樣的人呢！那是劉春芽心有不甘，故意栽贓她們！」

「就是，再說了，就劉春芽那樣的還敢妄想我們茂文哥，她怎不撒泡尿照照自己啥德行？茂文哥可是我們老徐家的秀才，走出去是臉面，劉春芽那個醜八怪只能給他丟臉！哪像春桃，又漂亮又乖順溫柔。還好意思說變美……我呸，就她那醜八怪，就算臉上沒了紅疹也不可能越過春桃去！」

「要說訂親，當初只說是劉家跟徐家訂親，誰說必須是劉春芽？」

幾個跟劉春桃要好的徐家姑娘就幫著她嗆那幫老娘們。

心中有鬼的劉春桃哪還有心情洗衣裳，她連盆子都不要了，哭著就跑了。

一個徐家姑娘連忙幫她拿盆子追了過去。

當劉春桃跑去徐家時，徐茂文在屋裡讀書。

聽見外頭有女子的哭泣聲，徐茂文就緊緊皺起眉頭，把書本「砰」的一下扔桌上，低聲罵道：「煩死人了！」

徐母在外迎接，道：「喲，這是春桃啊……怎麼了，有人欺負妳了？」

「嬸兒……我找茂文哥說兩句話。」

「成，妳等著。」婦人放下簸箕，手在圍裙上擦了擦，就去屋裡喊徐茂文。「茂文啊，是春桃，也不知被誰欺負了，在院裡哭呢！」

徐茂文恢復了平靜。「娘，您讓她進來吧。」

在外頭哭，等會兒讓人瞧見了，還以為是他們徐家欺負人呢！

劉春桃在外頭聽到徐茂文說讓她進書房，沒等婦人招呼就一頭扎進徐茂文的書房。

「茂文哥……」劉春桃乳燕投林般撲進徐茂文的懷裡。

婦人的臉瞬間就黑了。

這小狐狸精，還沒進門就沒將她這個婆婆放在眼中，若是進門了……

想著兒子唸書還得靠劉家資助，婦人將氣嚥下，心道：等她進門了再好好掰正她的性子！

「娘，幫我把門帶上。」徐茂文道。

婦人依言帶上門，屋裡就剩下他們兩人。

徐茂文柔聲問：「妳這是怎麼了？誰欺負妳了？誰敢欺負秀才娘子？」

「還不是劉春芽，她在村裡散播謠言，說她長得醜，是我和我娘下毒害她！」劉春桃恨恨地道。

徐茂文的一句秀才娘子聽得她心肝發顫，同時，也就更恨劉春芽了。

劉春芽……她怎麼不去死！只有她死了，村裡人才不會說自己是搶醜八怪的姻緣。

「拿賊拿贓，謠言之所以是謠言，那是因為沒有證據，所以這件事，妳別放在心上。若是還有人這麼說，妳就直接反擊，讓他們去縣衙告狀！」

劉春桃想了想，劉春芽根本不可能有證據，她如果真知曉這件事，在吃食上就該防備著，而不會中毒了。

「可是我怕茂文哥誤會我……」劉春桃仰著臉，楚楚可憐地對徐茂文道。

她這樣子還真有幾分勾人，徐茂文沒忍住親了她一下。「我怎麼會誤會妳，我心悅妳，知曉妳是個善良的姑娘。好了，不說她了，說起她就倒胃口。等我秋闈中舉之後咱們就成親，到時候妳跟我去府城住，我們不回徐家村，或許這輩子就見不到她了。」

劉春桃羞澀地低頭。「茂文哥……你……你願意帶我去府城？」

「自然是願意的。」徐茂文抬手擦去她臉上的淚，柔聲說：「妳會嫁給我，成為我的娘子，我自然是要帶著妳。只是妳也知曉，我讀書費錢，秋闈去府城的盤纏和租房子的銀錢還不夠。我也想早些去府城，好找房子，春桃……妳跟我去府城可好？去府城照料我的起居，等我得中舉人，咱們就回村辦酒席！」

劉春桃羞澀點頭。「我……我回家問問我娘。」

劉春桃看到徐茂文就沒有抵抗力，小白臉說啥是啥。

可張氏是個精明人，表示只會給劉春桃陪嫁銀子，沒成親之前不會拿錢給徐家。

先拿錢那可不成，萬一徐茂文考上舉人，不娶劉春桃了怎麼辦？那不是竹籃打水一場空嘛！

沒辦法，徐家只好跟劉家把婚期提前。因為秋闈在八月，八月桂花香，所以秋闈的成績掛出來就叫桂榜。

這會兒是四月，徐茂文是打算六月就啟程去府城，兩家人協商的結果就是五月裡成親辦酒席，劉家給劉春桃陪嫁五畝上等田地並一百兩銀子。

這陪嫁，在十里八鄉可是頭一份！

別人不知曉劉家到底有多少家底，徐德功是知曉的，他去服兵役的時候，聽人說劉義昌頭一次從軍營離開就帶了不下千兩銀子回村，他撈的戰利品多得很，一千兩只能往上，絕不會少於這個數。

後來劉義昌受了重傷，執意要回村，他們當時是一起回來的，他見過有人塞銀票給劉義昌，還是一大卷呢！

當時他就在想，肯定是劉義昌又撈到不得了的戰利品讓人幫他換銀票。也是在那個時候，他動了心思，做出一副十分感恩的模樣，心知劉義昌最疼愛的人就是劉春芽，便說乾脆兩家結為親家，往後他會把劉春芽當作親閨女。等徐茂文考上功名，將來給劉春芽掙誥命。

劉義昌受了重傷，知曉自己活不長，想著自己對徐家到底有救命之恩，徐家肯定不會虧待他的春芽，就答應了下來。

誰知道，徐家和劉家的親事是定下來了，此時待嫁的人卻不是劉春芽。

且說，徐茂文在村裡聽了不少閒言碎語，他覺得這肯定是劉春芽不安分啊！

劉春芽又想鬧么蛾子！

想來想去，徐茂文還是決定上山一趟，上山警告劉春芽，順帶警告蕭遠山看好自個兒的婆娘。否則，若是劉春芽再敢歪纏他，他就去縣衙告劉春芽不守婦道！

打定了主意後，徐茂文這天一早就上山了。

第十七章

山上。

劉芷嵐煎好一大盆的豆腐包子，讓蕭遠山送過去給方栓子。

這豆腐是昨晚方栓子帶上山的，他們家用豆子在豆腐坊裡換了不少，遂給蕭遠山夫婦送了一大盆豆腐。

「媳婦，咱們這包子肉多……咱們吃虧啊。」蕭遠山十分不樂意。

其實他不是捨不得肉，他們真是不缺肉這玩意兒，進山晃一圈就有得吃了，他只是不想給方家兄弟吃自家媳婦做的東西。

「別這麼摳門！趕緊去，磨磨蹭蹭的，包子都涼了！」說完，劉芷嵐就往小黃的碗裡放了幾個豆腐包子。

蕭遠山怨念無比地出門。

他在這個家的地位啊，還趕不上小黃狗！

黃狗子都能比他先吃上飯！

蕭遠山去方栓子家，把豆腐包子往桌上重重一擱就沒好氣地道：「你趕緊找個媳婦吧！」

「山哥，我也想找，可是沒合適的啊！要麼就不好看，要麼就做飯跟豬食似的……不是，關鍵是這兩種人家都看不上我！」方栓子說完就兩手一攤，一臉無奈地道。

「你也掙錢了，好好去置辦兩套衣裳，別成天穿這滿是補丁的衣裳！」蕭遠山十分真誠地替他出主意。

方栓子忙搖頭。「那不成，我得找個像嫂子那樣不嫌棄自家漢子窮的，可不能找個只圖我銀錢的！我不換衣裳！」

蕭遠山瞇了眼。

他真是閒得慌，才去管這傢伙娶媳婦的事！

活該他打光棍，跟黃狗子稱兄道弟！

「山哥，今兒我不拉車，一會兒咱們進山裡逛一逛？」方栓子見蕭遠山大步走了，在他身後喊道。

「在家等著！」蕭遠山心情十分不好，不知道怎麼回事，今兒早上起來就心浮氣躁，一會兒進山也好，打點獵物發洩也成。

回到家裡，劉芷嵐已經把飯都擺好了，就等著蕭遠山。

熬得濃稠的白粥，一大盆煎得兩面金黃的豆腐包子，一碟紅油拌酸蘿蔔，一碟花生米拌蘿蔔乾。

「一會兒我跟栓子進山，晌午前回來。」蕭遠山吃一個包子又喝一口粥，十分滿足！

豆腐包子真是好吃啊！

算一算時間，最多這個月月底，移民就會進村，他得去處理山裡的陷阱，太靠周邊的陷阱都得弄平了，以免外來人不知輕重掉進去就不好了。

「好，山哥中午想吃什麼？」劉芷嵐問他。

蕭遠山聞言就嘿嘿笑道：「啥都成，沒吃的，吃妳也成！」

劉芷嵐聞言就瞪了他一眼。「油嘴滑舌！」

「這不是妳喜歡嘛！」跟小媳婦鬥鬥嘴，他心裡的煩躁就散了些。

「快去吧！早些進山早些回來，進山注意安全。」劉芷嵐起身把漢子往門外推，再回身來收拾碗筷。

蕭遠山出門後，劉芷嵐把家裡到處收拾乾淨，院子也掃了，便去前頭看她的小雞仔。

這群雞仔是託方栓子帶回來的，劉芷嵐大手筆地買了一百隻。若不是給小雞仔的吃食中加一點點靈液，讓牠們的抵抗力變好，絕對不會得雞瘟，否則，她是不敢多養雞的。

她也養了一些鴨子，不過沒有雞多，鴨子只買了三十隻。

雞鴨是分開養的，雞養在老房子這邊的林子裡，鴨子養在後頭買的林子裡。

雞鴨很有精神，地裡的菜亦然，只是草長得太快，左右也無事，劉芷嵐就回老屋去拿鋤草工具。

「劉春芽！

「劉春芽，妳給我出來！

「妳已經嫁作他人婦就守著點婦道，別造謠生事……」

一陣拍門聲響起，接著就是徐茂文有些氣急敗壞的聲音。

他從小唸書，沒幹過什麼活，這一趟上山著實不容易，中途歇了好幾回，這會兒他站在門口，腿都在打顫。

徐茂文喘了一陣子又開始叫門。

劉芷嵐聞言，臉色就冷了下來，一打開門，就看到徐茂文有些狼狽地靠在他們家大門口喘著粗氣。

見到劉芷嵐的那一瞬，徐茂文就看呆了。

眼前的人眉目如畫，皮膚瑩白如玉，那一雙桃花似的眼波光流轉，即便是泛著寒意，也是媚色天成……

「妳……我……請問劉春芽在不在？」徐茂文的臉瞬間就紅了，十分懊悔剛才的無禮。

徐茂文根本就沒將眼前的人聯想到劉春芽，實在是劉春芽那幾年頂著一張醜臉噁心他太久了，那醜陋的模樣是他的夢魘，哪怕現在偶爾想起，他都想吐。

可他又不明白，眼前的美婦到底是誰？

山上的老屋是以前柳獵戶留下來的，現在是蕭遠山的沒錯……

徐茂文滿心滿眼都是剛剛那驚鴻一瞥的人，以至於腦袋都有些漿糊了。

「砰！」眼前的美人沒有理會他，反倒是把門給關了。

徐茂文忙去敲門。「請問……請問劉春芽在嗎？

「我是徐家村的秀才徐茂文，我來找劉春芽有些話要說。」

「嘎吱」一聲，門又開了。

徐茂文忙整理衣衫，又用手摸了摸鬢髮，確認自己的儀容沒問題之後，就向劉芷嵐拱手。「這位娘子，請問劉春芽在嗎？」

劉芷嵐面無表情地問：「你找劉春芽做什麼？」

徐茂文忙道：「我是來請她不要在村裡散播謠言，說什麼她變醜是因為春桃母女給她下毒的話，春桃好歹是她妹妹，她那樣壞姊妹的名聲實在是有些可惡。我跟春桃會在五月間成親，還望她莫要來打擾。如今她早已經嫁人，既然嫁人就該守婦道。」

在美人面前，徐茂文說話就含蓄多了。

只是他剛說完，兜頭就被澆了一桶的臭水。

「滾！往後再敢上山，見你一次潑你一次！」劉芷嵐放下木桶，冷冰冰地道。

這桶水可是蕭遠山處理過的肥水，被潑了一身臭水的徐茂文當場就吐了。

「妳……妳這位娘子為何這麼不講理？我來找劉春芽，她在不在，妳跟我說一聲便是，為何要如此作踐人？」

「呵，我作踐人？怎麼能比得上你徐秀才把劉春芽作踐死？劉春芽便是有萬般不好，那也是一條人命！徐茂文，你個殺人犯！自從你那天推了那一下，這世間再無劉春芽了……殺人犯，也不知你死了會不會下地獄？」

徐茂文。「……

「妳……妳是誰？劉春芽明明就沒有死！她嫁給蕭遠山了！」

剛才那番話是為原主說的，那桶臭水也是為原主潑的，幹完這兩件事，劉芷嵐心裡舒坦了。

劉芷嵐指著自己嘲諷地笑道：「我就是劉春芽，我劉春芽在此感謝你，若不是你，以前的劉春芽不會死，現在的劉春芽不會生！徐茂文的不娶之恩，我可得好好謝謝你，讓我能嫁給山哥這麼好的人！讓我有機會改頭換面過新生活、過好日子！對了，既然你要跟我妹妹成親，我在這裡祝你們一對賤人珠聯璧合、百年好合，省得禍害旁人！」

她就是劉春芽？她在感謝自己的不娶之恩？

她……她真跟村裡人傳的一樣，貌若天仙……

雖然劉芷嵐口口聲聲說以前的劉春芽死了，但是徐茂文並沒有往靈魂轉移上頭想，他最多理解為劉春芽對他死心了。

有時候遮遮掩掩不如坦坦蕩蕩，你坦蕩說實話了，別人反倒不會相信！

說完，劉芷嵐嫌棄地捂了鼻子。「秀才公，我勸你還是趕緊回家換衣服，若是久了這臭味鑽入體膚，你怕是要臭一輩子！」

徐茂文被劉芷嵐一提醒，才回想起來自己這會兒有多臭！

「媳婦！」這時，一道冷冽的聲音響起。

徐茂文轉頭一看，就見蕭遠山黑著臉走過來，掃在他身上的目光跟刀子似的，似乎隨時都會撲過來把他大卸八塊。

徐茂文不由得腿軟。

「山哥，你回來了！」劉芷嵐提著裙襬笑著迎上去，一雙能媚死人的桃花眼裡滿滿全是蕭遠山的影子。

曾幾何時……這雙眼裡裝的全是他！

是他，徐茂文！

他不甘心，可那又如何？佳人已嫁作他人婦！

徐茂文落荒而逃，腦袋嗡嗡作響，裡面轉悠的全是劉芷嵐那幾句尖酸不已的話，還有她撲向蕭遠山的樣子。

「他來幹什麼？」蕭遠山十分不高興。

這一早起來就沒來由心浮氣躁，原來是小白臉上山來歪纏他媳婦了，這小白臉上山就沒安好心！

「他啊，來警告我別去村裡造謠生事，說他下個月就要娶劉春桃了，叫我這個當姊姊的別去搗亂，教訓我既然嫁給你就要守婦道……我不耐煩聽下去，浪費了一桶肥水。」劉芷嵐說完就十分嫌棄地聞了聞自己的手，好像有味道。「不行，我得去洗洗手！」

蕭遠山盯著她著急慌忙的樣子，忍不住笑了，胸腔中的陰霾悶氣頓時消散無蹤。他去院裡打水把門口沖乾淨，又好好收拾了一番，才對小媳婦道：「走，咱們回家，我替妳燒水洗澡，去去晦氣！」

「好。」劉芷嵐把手放到蕭遠山伸出來的大掌上，被他緊緊握住，由著他牽著自己往新宅走。

「媳婦，秀才成親，想去瞧瞧熱鬧嗎？想去的話咱們就去，給他送一份大禮。」路上，蕭遠山問劉芷嵐。

「那就去啊。」聽蕭遠山說送「大禮」，劉芷嵐就有些小期待。「你想送他們什麼？」

蕭遠山笑道：「到時候妳就知曉了，現在說出來沒意思。」

「遠山哥，我現在就想知道。」劉芷嵐不甘心，搖著蕭遠山的手臂撒嬌問道。

可蕭遠山卻不鬆口。「現在告訴妳就沒有驚喜了，乖，到了那天，我帶妳去看熱鬧！」

沒想到你是這樣的人，蕭遠山！竟然死瞞著她！

「栓子呢？怎麼不見他？」

見蕭遠山不說，劉芷嵐也就放棄了。她心理年齡一大把，這麼撒嬌還是有負罪感。

驚喜就驚喜吧！這漢子那麼腹黑，肯定不會給徐茂文啥甜頭。

「我先回來了，栓子待會兒去他大哥那裡，幫著蓋房子。」蕭遠山道。

「那你去幫忙嗎？」

蕭遠山搖頭。「我不去，墩子請了人。」

他蓋房子是不想讓別人知曉，所以只請了方家人，但是栓子和墩子蓋房子沒這個避諱。

「妳去前頭幹麼？」

劉芷嵐回道：「菜地草多，我想鋤草。」

蕭遠山摩挲一番她的手。「往後這些粗活，妳別動，我來做！」

媳婦的手又白又嫩，他可捨不得糟踐。

「好。」劉芷嵐應下。

看媳婦這麼乖，蕭遠山忍不住摟過她，親了親她的臉頰，這才進灶房幫她燒洗澡水。

山裡日子過得快，轉眼就到月底，昨天村裡就有人來喊蕭遠山夫婦，請他們隔天一早就去村頭。

劉芷嵐納悶是何事，蕭遠山卻知曉是移民到了。

第二天，蕭遠山和劉芷嵐沒有特意早起，劉芷嵐還是像往常一樣睡到自然醒，等她起床的時候，粥熬好了，饅頭蒸好了，蕭遠山已做完地裡的農務，雞鴨也餵了。

方栓子有些興奮地走進院子，對著堂屋喊：「山哥，嫂子，走，咱們下山了！」

三個人到村口的時候，已經烏壓壓的全是人。

儘管村裡有流言說蕭遠山的媳婦變漂亮了，可相信這話的人沒幾個，不過是日常八卦說得熱鬧而已。

這會兒圍在外頭的村民不經意轉頭，一瞧蕭遠山身邊跟了個天仙似的小媳婦，一個個愣是沒回過神。

蕭遠山心裡不舒服，帶著媳婦遠遠地跟在後面，沒往前頭擠。

村長徐豐收高高地站在磨盤上，村外的道路被一輛輛牛車、騾車、馬車給擠滿了，放眼望去除了車輛，還有黑壓壓的人。

「……這是衙門分到我們村的移民，一共五十戶，三百三十二人。」

「移民……哪來的移民？」

「咱們村還有地方安置他們嗎？」

「應該是外姓人多吧，這下村裡不會徐姓一家獨大了。」

「這是怎麼回事啊？是受災了還是犯事了？」

村民們聞言，大家嗡嗡嗡地議論不停。

「都給我閉嘴！」徐豐收呵斥道，他一發火，村裡人一下子就安靜了。

「從今天起，我們村就多了幾百個人，往後大家要好好相處，不可鬥毆，否則縣衙的大牢等著你住！好了，好了，把你們招來就是說這件事，大家現在都知曉了，那就散了吧！」

雖然村長說散了，但沒有人散，畢竟對於村民們來說，移民可是天大的事。更別說一來就來五十戶，這是直接移來一個小村子啊！

「等一下。」此時，一名衙役高聲喊了起來，他也跳上石磨。

「徐家村現在多了三百多口人，一個村長就管不過來。朝廷另外增設四名保長，一名副村長。副村長是顧翰墨，顧老爺。」

衙役介紹到這裡，就邀請顧翰墨往前走兩步。

只見一名身材頎長、一身文氣的老者，朝眾人拱手笑道：「不才顧翰墨，是徐家村的副村長，往後要仰仗諸位的地方還多……」

顧翰墨穿著鴉青色的細布長袍，袍子八成新，沒有半點補丁，頭上戴著方帽，帽子的正中嵌著一片青玉。

站得近的人還發現這顧老頭的手白皙修長，沒有繭和裂紋，一瞅就是沒做過粗活的人。

村民們又不傻，對方一來就被衙門任命為副村長，肯定是家底厚實。

在村民們揣度打量顧翰墨的時候，徐豐收的肺都要氣炸了，剛開始知曉朝廷要在他們村裡安置移民的時候，他還很高興。

為何高興啊？人多了，油水多唄！

好比每年收稅的時候，一戶人家多收個十斤，五十戶人家就能多收五百斤，這些都是銀子啊！

可沒想到朝廷竟然搞出一個副村長，搞出副村長不說，還搞出幾個保長來！

弄這麼多人出來，往後就不能愉快地撈錢糧了，就算撈著了，還得分出去一些，否則副村長和保長不用打點嗎？

這真是……多的都虧出去了。

「衙門只管任命村長，保長就由兩位村長各自點兩人出來當就成了……」衙役又道。

顧翰墨這邊點了兩個人都姓顧，不用想，一定是顧家的子姪。

徐豐收那邊，自然也點的是徐家子姪。

只是顧翰墨這邊點了兩個人之後就靜悄悄的，可是徐豐收點了兩個人之後就熱鬧了。

保長雖然一年沒啥錢，但是架不住有小權力，有小權力就能撈錢！

為了爭奪這兩個保長的位置，徐家人鬧翻天，就連徐家其他族老這回也不站在徐豐收這頭了，不認他點的兩名保長。

最後，徐豐收只能採納族老們的意見，保長各房輪著出人當，一年一輪，才把這事給平定了。

這邊徐家讓人看熱鬧，那邊顧翰墨就組織移民們跟著衙役往村尾去，跟著衙役去畫宅基地。

有村裡人跟著去看熱鬧，這一轉頭往村尾走，不少人都瞧見遠遠站著的蕭遠山夫婦。

這劉春芽還真變漂亮了，傳言沒錯啊！

怪不得劉家的人要給劉春芽下藥，敢情這張臉這麼好看，不把這張臉毀了，秀才不可能不要劉春芽而去娶劉春桃。

「秀才公，那是春芽吧……」

「茂文啊，可惜了，這麼好看的一個美人兒。」

「這劉春芽才配當秀才娘子！」

「別說秀才娘子，就這長相，官太太也是當得了。」

「茂文啊，你被劉春桃給坑了啊！」

村民們說話沒忌諱，出一張嘴就圖個痛快。

徐茂文被這些人你一言我一語說得心裡煩躁極了，同時也深恨上劉春桃和張氏。

若不是張氏和劉春桃下毒，現在劉春芽溫柔以待的人就是他！被村裡的後生們羨慕的人也是他！

不是蕭遠山！

劉春桃離徐茂文不遠，自然聽到了村民們的議論，眼眶頓時就紅了，眼淚也滾了下來。

「茂文哥，你別聽他們瞎說，我和我娘沒有給她下毒！這都是他們胡說八道！」

往常劉春桃這副潸然淚下的樣子有多惹人憐愛，現在就有多惹人噁心！

徐茂文壓住心裡翻騰的恨意和厭惡，臉上露出一抹笑容來。「妳想多了，捉賊要拿贓，沒憑沒據、捕風捉影的事情，我不會相信的。春桃，妳是個好姑娘，別跟他們計較，他們就是說說而已。」

「茂文哥，你能相信我就行！」劉春桃顯然被徐茂文的話給安慰到了，她破涕為笑，十分羞澀地低頭。

可惜徐茂文現在打心眼裡厭惡她，她越是這般作態，越是令他作嘔。沒有比較就沒有傷害。

以前徐茂文總是對著劉春芽的那張醜臉，轉頭劉春桃湊上來勾搭，他自然覺得劉春桃漂亮，現下反過來了，瞧過劉春芽的盛世美顏再回頭看劉春桃……

「妳先回去吧！下個月就要成親了，妳還有許多要準備的。我也回去溫書，爭取這次能考上舉人，好讓妳當上舉人娘子。」徐茂文溫聲勸道。

劉春桃羞澀地點頭。「那……那我回去了……」

劉春桃一走，徐茂文就跟在場的村民拱手相求。「諸位叔伯嬸娘還請放過春桃，春桃是我未過門的妻子，還請大家給我一個臉面。」說完，他還看了一眼劉芷嵐和蕭遠山，不過很快就收回目光。

大夥兒忙應下，然後又誇讚徐茂文是好樣的，不為美色所動，是個有情義的人，將來一定會有大出息。

這齣戲讓劉芷嵐看得目瞪口呆，心道：也難怪原主到死都忘不了他，這賤人真能裝！

「栓子，你家可以開個雜貨店！」免費看了一場鬧劇之後，劉芷嵐果斷轉移話題，賤人還是少看兩眼，看多了影響食慾。「現在村裡人多了起來，平常少個什麼小東西也不好去鎮上買，你和墩子反正在拉車，要進貨也容易。」

「可我家太偏了啊。」方栓子也覺得可以開個雜貨鋪，可是他家在村尾，位置不好。

「你傻啊！」蕭遠山罵了栓子一句。「你轉頭瞧瞧，瞧瞧這幫衙役們在啥地方給新來的人畫地？」

小媳婦一提這個意見，他就覺得好，他的小媳婦怎就這麼聰明呢！

方栓子轉頭一瞧，果然，衙役們帶著移民往村尾去了，村尾靠著山腳下，有大片的荒地可以用來蓋房子。

等移民的房子蓋好了，他們家就不是在村尾，而是在村中心！

「好！我這就去跟我爹娘商量！」方栓子說著就要走，被蕭遠山一把拽住了。

蕭遠山道：「這事別嚷嚷出來讓人聽見了，晚點到家再跟方叔和方嬸商量。現下除了開雜貨鋪，還有個掙錢的活計，想不想幹？」

方栓子忙問：「啥活計？」

蕭遠山望著陸陸續續往村尾荒地去的那幫移民，笑道：「蓋房子！」

方栓子一拍大腿。「對啊！五十戶人家呢！山哥，你之前讓我幫你訂磚瓦，你是不是早就知道朝廷會安置移民啊？」

蕭遠山頷首。「年前的時候在縣城聽了一嘴消息，不知道真假，回來就沒好好跟你們說。後來我想著，反正磚瓦交的訂金不多，就算是虧了也虧不到哪兒去，便讓你幫我去磚瓦窯下定……」

劉芷嵐聞言便看向蕭遠山。她家漢子嗅覺還真敏銳，若是擱在現代，也是能掙大錢的人。

「還跟賣魚一樣，你去荒地那邊敲破鍋，就說蓋房子包工包料多少錢一間……」蕭遠山不方便出面，這是要避免老蕭家的人來歪纏，到時候一鬧會影響生意。

「成！」這個主意好。

方栓子拔腿就往方家跑，蕭遠山和劉芷嵐忙跟上他。

到了方家之後，蕭遠山就跟方栓子細細說明蓋一間房子收多少錢，左右沒有功名的人家，朝廷有規定牆和屋子的高度，這個不難控制。規格不同，銀錢收得不同，因為方家人都會泥瓦匠的活兒，聽蕭遠山一說就知曉一間房能賺多少。

蕭遠山道：「我已經訂了青磚和泥磚，明天請栓子跑一趟，讓磚瓦窯把貨送過來，至於人手……栓子，人手就要靠你了，你朋友可不少。」

大雪封山之後，蕭遠山可不是每天除了吃吃吃就啪啪啪。

他打了一個冬天的如意算盤，方方面面都算到了，各種規格的院子該怎麼收錢，若要加建又怎麼收錢。

因著他這邊都計算好了，所以就只剩下人手問題。

「山哥，我那些朋友都是混混。」方栓子撓撓頭道。

方墩子看了他一眼。「你不也是混子？」

方栓子想了想，也是。

「你的朋友裡總有兩、三個是有手藝的，把他們叫上，再請幾個手腳麻利的雜工就成了，若是人手還不夠，那就從縣裡請人！」

周圍幾個村子都有移民，所以在鎮上或是村裡肯定請不到人。

「好，那我這就去問有沒有人蓋房子！」

「我跟栓子去！爹，您和山哥再合計合計。」方墩子跟了出去。

方老樹別的不行，但蓋房子是把好手。方家兩兄弟出門之後，方老樹就跟蕭遠山叨叨地說了起來，蕭遠山十分認真地聽著，不時還會問上一、兩句。

劉芷嵐跟徐梅花去了灶房，方家留飯，反正她也沒啥事，就進灶房幫忙。

「這五花肉是昨兒墩子從縣裡買回來的，嫂子，妳看咱們晌午怎麼做？」徐梅花從水缸裡端出一個瓦盆來，瓦盆裡躺著一塊煮過的五花肉。

這是怕肉壞了，先煮好裝盆，放進水缸裡用涼水浸著。

劉芷嵐瞧了瞧灶房中的食材，見有鹹菜和豆豉，便道：「做一道扣肉，家裡有紅糖和糯米嗎？對了，有沒有紅豆？」

「有的。」徐梅花忙道。

聞言，劉芷嵐便道：「那就再做一道龍眼肉、一道鹽煎肉。梅花，妳再摘些青菜回來，炒兩個素菜，再燒個煎蛋青菜湯就成了。」

「成，嫂子我這就去。」徐梅花說完，就挎著籃子去屋後的菜地摘菜。

三樣肉菜都不用單獨擱油，用五花肉本身的油就行了，炒素菜和煎蛋湯也用不了多少油。

畢竟在別人家做飯，可不能跟在自家比，無法那麼放肆用油。

鹽煎肉簡單，鹹菜多洗兩遍，去掉過多的鹽分，然後切絲墊在盤子裡，五花肉切大片，加調味料拌勻之後醃製一會兒，便鋪在鹹菜上，放蒸籠蒸熟。

龍眼肉要複雜一些，先要把紅豆煮得熟爛，然後混著紅糖碾成泥，五花肉切成兩指寬、四指長的薄片，將紅豆泥捲進去，放在蒸好的糯米飯上。

其實若有蜜棗更好，五花肉裡裹上去核的蜜棗，咬一口，肉香和果香混在一起，吃得滿嘴流油的感覺，簡直舒服。

劉芷嵐將兩樣蒸菜放進蒸籠裡，徐梅花那裡不但將菜採摘回來，還洗好切好了。

晌午，方家吃的主食是雜糧餅，徐梅花負責揉麵做餅，並聽從劉芷嵐的建議，把餅子做得小一些，就巴掌大小。

餅子起鍋之後，劉芷嵐讓她把每個餅子都從邊上開個口子，方便往裡面塞菜。

等方栓子跟方墩子回來之後，正好飯菜上桌。

「嫂子，辛苦妳了啊！」方墩子不好意思地道。

這一桌子菜一瞧就不是他婆娘的手藝。

「不辛苦，趕緊坐下來吃吧！」劉芷嵐笑著招呼。

因著兩家人熟悉，也就沒分男女桌，都在同一桌吃飯。方家沒那麼多的臭規矩。

劉芷嵐喜歡吃扣肉下面鋪著的鹹菜，鹹菜浸夠五花肉的油水，加一筷子塞進雜糧餅子裡咬一口，鹹香的菜和餅混在一起口感十分好。

一口餅子，一口煎蛋湯，再來一口炒青菜，這頓飯每個人吃得十分有滿足感。

這才叫過日子，舒坦啊！

「嫂子，我能給妳伙食錢，天天上妳家吃飯嗎？」把桌上的飯菜都吃光之後，方栓子打著飽嗝問劉芷嵐，那亮晶晶的小眼神讓人無法不心軟。

「老子打死你個饞嘴貨！」方老樹一筷子敲在方栓子的頭上。「家裡的飯菜怎就不能吃了？你怎沒被餓死，還長這麼大的塊頭？」

「我錯了！我開玩笑的！」方栓子立刻認慫。

方墩子吞了吞口水，他心裡其實也是這麼想，當初想在山上蓋房子，其實也是想多去蹭幾頓飯。

哎喲……鹽煎肉！

哎喲……龍眼肉！

「媳婦，妳瞧會了沒有？」方墩子問徐梅花，做人不能不要臉面，他只能將希望寄託在他媳婦身上。

徐梅花笑著點頭。「這幾道菜，嫂子都教我了，改日我來試試。」

鹽煎肉、扣肉和龍眼肉都不費油，她倒是敢做。

「嘿嘿，我努力掙錢，掙錢買五花肉吃！」

「我也努力掙錢買肉吃！」

「你先張羅把媳婦娶回來吧！」蕭遠山忍不住道。

這傢伙沒媳婦就總想著往小媳婦跟前湊，實在是礙眼。

眾人閒聊之際，蕭遠山開口問：「說說你們這一趟的收穫？」

剛才一進院子，兩兄弟就被飯菜的香味勾了魂，進屋就一頓吃，生怕慢了撈不著，哪裡有心思說這事。

「哈哈……山哥，你猜猜我們接了多少生意？」方栓子興奮極了。

「多少？」

方栓子臉上的笑容根本就掩飾不住。「我們接了十戶，明天就開工！山哥，顧村長也請我們蓋，你猜猜，他要蓋多大？」

蕭遠山挑眉。「多大？」

方栓子道：「顧家買了二十畝荒地，全部都蓋成房子！顧家人口多，這次移民三百多人，光他們顧家就有六十多人。怪不得衙門要讓顧老頭當副村長，光顧家這個人數就能跟徐家打擂臺！」

方墩子道：「顧老爺子的意思是正中央蓋個三進的院子，然後圍著這座三進的院子再蓋五座兩進的院子，這五座兩進的院子既要能獨立開門，又要能連通三進主院。另外還要蓋三座一進的宅院，顧老爺子說他明天要看圖紙，這事就只能煩勞嫂子了。」

劉芷嵐點頭。「你們趕緊去把地丈量了，給我一個數，我回去就畫。其他家也要畫圖紙，你們先丈量顧老爺子的地，然後再去丈量別家的。」

「好，這事我去辦，栓子趕緊套車去張羅人手，明天就要動工。」

「銀錢呢？可都收了訂金？」蕭遠山問。

方栓子道：「訂金都收了，價錢也是按照山哥定的來收，不少人講價，但我沒鬆口。咱們的磚瓦是提前訂的，這會兒移民一多，磚瓦肯定漲價。」既然磚瓦要漲價，那他們蓋房子的價錢可以說是十分便宜了。「四十兩的房子兩戶，五十兩的三戶，七十兩的三戶，二十兩的一戶，顧老頭那裡是四百兩。訂金收了一半，這是銀子，山哥你先拿著。」

蕭遠山接過方栓子遞過來的錢袋，裡頭有銀票還有銀子。

「你怎麼說動他們的？」蕭遠山問。

很明顯，這生意比他預期的好太多了。

方栓子十分得意地道：「他們有騾馬，我帶著一些能騎騾馬的人上山看了我的房子，給他們試了試下水道和淨房，他們稀奇得很，也就不嫌棄我們喊的價格高了。顧老頭特別滿意淨房和下水道，所以他根本就沒跟我講價，只是都要磚瓦房，沒有要泥瓦房。山哥，你訂的土磚能不能退啊？」

蕭遠山笑著搖頭。「退啥，拉村口來賣就成了。」

磚瓦鐵定漲價，他們可以加點價格上去賺點錢。

方栓子一拍腦袋。「瞧我這腦子笨得……」

蕭遠山催方栓子。「成了，你趕緊去找人，明天就要幹活了，再去磚瓦窯讓他們明天送磚瓦來。」

「我這就去！」方栓子立馬起身。

劉芷嵐卻攔了攔他，轉頭對蕭遠山道：「怎麼分成，你要跟栓子他們說清楚，還有工錢怎麼算……」

蕭遠山道：「跟騾車一樣，咱們五五，至於工錢，栓子應該清楚，咱們照著市面上的價給。」

「五五太多了，咱們家一分銀子都沒給。」方老樹搖頭。

蕭遠山道：「叔，你這樣我就找別人了啊，別人萬一坑我……」

劉芷嵐：又是這套！能不能換句臺詞？

方老樹道：「成，叔不說了，你說怎樣就怎樣！」

劉芷嵐扶額。手段老套，卻是一如既往的好用……

方栓子出門後，方老樹和方墩子就去量地，蕭遠山跟著去。因為是方家人招攬生意，蕭遠山跟去就是做幫工。

等幾個人量地回來就一道去山上，山上還有不少木料都得拉下來，將來蓋房子要用。如今存的木料不夠，還得再多砍些，反正就是事情多！

徐梅花跟著上山，走起路來腳都是飄的，心裡只有幾個字「大生意」。真的是大生意，光是訂金就收了四百多兩……她長這麼大第一次見到這麼多的銀子！

不只徐梅花激動，就連方老樹父子臉上的笑容都沒停下來過，他們只有一個念頭，這事做好了，方家就發財了！

方栓子往各處都跑了一趟，人手好找，很快就找齊了。

那些朋友別看都是混混，但大部分還是講江湖義氣，加上有錢掙，誰不願意？

方栓子找齊全幹活的人手，還找了好幾個守工地的人，一個個都是膀大腰圓，往哪兒一站就能嚇唬人。

工地必須得有人守著，否則誰使壞把材料偷了怎麼辦？

方栓子在縣城還去找方嬸，家裡要幹大事很需要人手。再說劉芷嵐提議的雜貨鋪也即將開張，村裡那麼多人，特別是三百多個移民，遠遠地搬遷過來不可能什麼都帶夠，肯定隔三差五會買點東西。

村裡的生意肯定比不上縣裡和鎮上，但蚊子再小也是肉，更何況是在家門口就能掙兩個錢。

姚掌櫃十分通情達理，而且也在方嬸面前誇讚方栓子這個想法好，還給方栓子介紹進油鹽醬醋的地方，讓人帶著他們去。因為有姚掌櫃介紹，對方給的價格就十分低廉，也不嫌棄方栓子拿貨少。

事實上對於姚掌櫃來說，一個雜工而已，不是缺一不可的人，當初他讓方嬸來迎仙樓幹活，純粹是為了分散村民們的注意力。

方栓子進完貨，拉著自家老娘，趕在城門關閉之前回家。

方嬸直到進了家門，對於眼前的變化，都還沒緩過神來。

第十八章

劉芷嵐雖然採用速寫的方式處理這些圖紙，但還是一直畫到深夜，蕭遠山心疼不已。

可她認真畫畫的樣子十分恬靜美好，蕭遠山幾次想打斷，都把到唇邊的話給吞了回去。

他忽然覺得自己是不是做錯事了，搞這麼個陣仗出來累死自己媳婦……

但媳婦臉上掛笑的樣子又好像很喜歡做這些事……

蕭遠山陪在劉芷嵐身邊差點把自己糾結到死。

等劉芷嵐忙完，蕭遠山忙前忙後地伺候她洗漱，上床摟著人也不敢瞎弄，規規矩矩地睡覺。

劉芷嵐卻睡不著，黑暗中，她眨巴下眼睛，翻身面對著蕭遠山。「遠山哥，你何時琢磨這事的？」

他其實也不是故意要瞞著劉芷嵐，只是真不知曉該如何解釋，畢竟自己重活一回這件事太詭異，他怕嚇著媳婦，萬一媳婦當他是妖怪，不要他了怎麼辦？

「賣毛皮那次聽見有人說起，我就放心上了。媳婦……我不是故意瞞著妳的，我……我就是……」

劉芷嵐在他的懷裡拱了拱。「遠山哥，明日我再拿些銀子給你，大男人的身上沒銀子可不成。」

蕭遠山悄悄地幹了這麼大一票事情，身上的銀子肯定花光了。見媳婦一點都沒有追問和責怪的意思，還心心念念要給他銀子，蕭遠山的心頓時就不忐忑了。

媳婦怎這麼好呢！

「遠山哥，朝廷為什麼要遷移這些人過來啊？」

故土難離，遷徙這種事可不好操作，如果強制遷徙有很大的機率會弄得民怨沸騰，逼迫得緊了，造反都是有可能。

「聽說是遭了牽連，本朝有個大書院叫青山書院，這個書院每三年都會出十來個進士，出的秀才舉人更是多如牛毛。不過書院的山長在一次高官的宴席上喝醉了酒沒管住嘴，他在宴席上大聲斥責當今聖上不是東西，殺兄霸嫂，老天爺不會看著不管，他的皇位坐不穩當。他很快就被人抓起來，負責抓他的將領說他誣衊皇帝，犯了誅九族的大罪。他回道，別說九族，就算是誅他十族，這話他也得說！

「聖上到底沒有誅他第十族，下令誅滅九族，查封青山書院。青山書院自他當山長之後出來的學子，以及他的朋友鄰里，有官職的革職罷官、有功名的革除功名，查封所有房地，發配偏遠山區，三代以內不得科考……」

九族為父族四、母族三、妻族二，這已經牽扯十分廣泛，所以皇帝把第十族定為該山長的朋友和學生。

跟被殺相比，只是沒了房子、田產等財產，但被允許帶銀子細軟上路，這幫人已經謝天謝地了，沒有人怪皇帝，這幫人只會感謝皇帝的仁慈，唾罵那圖自己一時痛快的傻子山長。

劉芷嵐聽得目瞪口呆。她記得明朝就有個人，一張嘴上下一碰就害了十族人，那就是方孝孺。明成祖要他歸順，命他寫詔書，他不幹，明成祖說你就不顧念九族人的性命？方老哥說你就算殺我十族又如何？

明成祖一怒之下，把他的門生朋友列為第十族給殺了。他倒是盡忠了，可是害了八百多條性命。

跟明成祖比，當今聖上真算得上仁慈，饒了第十族的性命，還能讓你在滾蛋的時候帶上銀子和細軟。

但是範圍擴大了，不只整個青山書院的學子，連學子所在的家庭、家族也包含在裡面，所以遷徙的人數十分龐大，以至於像徐家村這樣的地方都能安置五十戶三百多人。

劉芷嵐大略算了算，心道：這回被傻子山長連累得遷徙的人怕有幾千。

「睡吧……」劉芷嵐抬頭親了親他的下巴，便閉上眼睛。這消息太驚悚了，她得消化消化。

劉芷嵐心想：往後她和蕭遠山的孩子還要不要去考功名？貌似當官和考功名的風險都很大，可也不能因噎廢食！

第二天一早天還沒亮，方栓子就跑過來了。

蕭遠山把圖冊交給他，讓他先下山，自己則在山上把所有的事情做完，吃了媳婦做的早飯才下山。

山上如前世一般，不少人搬了上來，這批移民不是都像顧家那麼有錢，大多數還是普通人家。

有些在移民前家境還能過得去，但是經過這麼一折騰，家底差不多就耗光了，山高路遠，路上少不得要打點押解的官兵這日子才能稍微好過些。

劉芷嵐收拾完了，帶著小黃去菜地摘菜的時候，也發現山上的不同，遠遠地望去，從山下到方墩子家的林地附近冒出二十來處窩棚。

方栓子家附近有兩處窩棚，他們家附近也有兩處窩棚，也就是說五十戶有一半的人家安排住在山上。

整個徐家村後頭的山，也就他們家這一片適合建房子，因為這片山的坡度比較緩，不像別的山頭陡，若想修建房屋會比較費工費時。

顧翰墨看了圖紙之後一直誇好，起先他還有些擔憂窮鄉僻壤出來的人手藝不好、能耐不大，不能修造他滿意的房子。

方栓子兩兄弟找上去問的時候，顧翰墨也是對這邊不瞭解，找不到可心的匠人，只想著是村裡人，他們初來乍到要給個臉面，又聽他們說下水道和沖水茅廁十分新奇乾淨，再加上著急入住，這才應下，其實心裡並無多大期待，只道能住人就成。

不承想，他們竟真能拿出圖紙來！

顧翰墨心道：果真是人不可貌相，窮鄉僻壤之處還是有高人隱居。

他心裡的擔憂頓時去了大半，並對新宅院生出幾分期待來。

「先蓋兩棟一進的出來，然後再蓋別的……」顧翰墨指著圖紙對方栓子兩兄弟道，蕭遠山扮演的角色是方家兄弟的幫工。

「若工期能提前半個月完工，我這裡再賞你們五十兩……」

顧翰墨添了一句話，可讓方栓子等人高興壞了，更讓他們高興的是，顧翰墨為了能早點住上宅子，便讓家裡年輕力壯的僕從出力。

這些人都是白幫忙，不用他們算工錢！

雖然忙亂，方家的雜貨鋪也開張了，沒工夫弄門面，方嬸跟徐梅花就在自家大門口搭了個小攤，不承想，還真有生意，打醬油的、買針線的、買鹽的……雖然賺錢不多，但也是進項。若每天都能掙這麼多，算一算好歹比她在迎仙樓幫忙做工拿的銀錢多！

方家心裡越發感激蕭遠山夫婦了，蓋房子的主意和本錢是蕭遠山出的，他們家只出力氣還占一半的股，這雜貨鋪的主意是劉芷嵐發想的。

「……所以說這人要心善，我們也就是蕭老大在蕭家吃不上飯的時候偶爾給了兩口吃的，你看，這福報就來了吧！」沒事的時候方嬸就拿這些話來教育兒媳婦。「只是這善心要用在好人身上，像老蕭家那群白眼狼就不成，你對他們越好，他們越是恨不得把你吃得骨頭渣都不剩。遠山那孩子就是心善，好在讓蕭家趕出去了，涼了心，不然……」

「娘……我知曉。」徐梅花笑盈盈地道，要說她這輩子最感激她爹娘的事情，就是將她嫁進方家。

雖然她爹娘是為了聘銀才將她嫁進方家的，但方家二老和善，婆婆性子軟，公公不多話多事，男人老老實實的，也知道疼人。小叔子雖然是個混人，但對她十分尊重。

成親兩年了，她肚子裡沒動靜，公公婆婆沒有二話，還總勸她放寬心，緣分到了孩子就會來。

而且方家還有栓子呢，兄弟兩個不管是誰，能有孩子就成了。

徐梅花覺得她的日子過得比村裡所有的媳婦都好呢！

正因為方家人都拿真心待她，所以她也不願意幫著娘家揮霍夫家，成親前她娘老在她耳邊說要記得多拿銀子回娘家，娘家人才是她的依靠，往後她在方家受氣了，還得娘家哥哥給她撐腰……

她信了才有鬼！

她兩個哥哥啥德行且不說，婆婆比她娘更像親娘，什麼都為她著想，處處維護她。

這人就是禁不住叨唸，這頭徐梅花心裡剛想起娘家，她娘跟妹妹就來了。

「喲，親家母，我聽村裡人說你們開雜貨鋪了，沒想到是真的啊！」李氏說笑著就伸手俯身在小攤上挑挑揀揀。

「就這麼點東西啊？這麼點東西就敢開雜貨鋪？我說親家母，你們多弄些東西來啊，這些東西根本不夠挑揀啊！對了，聽說你們還有賣油鹽，沒瞧見啊，在哪兒呢？」

方嬸剛要開口，徐梅花就攔住她，然後她也滿臉堆笑地跟李氏說話。「娘啊，妳們這是要買東西嗎？油鹽自然是有的，娘要買多少？先給銀錢，給了銀錢，我就去拿給妳！」

以為她不知曉她娘打啥主意？是想白拿！

「妳這孩子怎說話的，怕妳娘不給錢？話說回來，我是妳親娘，就算先拿回去，往後也會把錢補給妳。妳這個不孝的東西，嫁人了就不認親娘了？」

李氏嗓門大，很快就引來一堆看熱鬧的婦人。因為想占小便宜的人多，可方家咬死了說不賒帳，所以她們挺樂意李氏跟梅花吵起來，若是李氏能賒帳，開了這個口子，她們就能跟著賒帳。

「梅花啊，妳怎能這麼摳門呢，這是妳親娘！」

「可不，不孝順的人可會被天打雷劈！」

「妳嫁人兩年了，肚子還沒動靜，可見是福德少，再忤逆不孝，不怕一輩子沒兒子？」

沒兒子這可是徐梅花的痛處，婆家人不計較不代表她心裡不介意。

「嬸兒啊，妳倒是生了兒子，可妳那兩個兒子不是爛賭就是爛醉，怎麼，妳還沒挨夠兒子的打啊？生出那樣的兒子來，妳上輩子是造大孽了！妳都不想著積德，這會兒跑來跟我說孝道，憑什麼？

「老娘告訴妳們，想賒帳，門兒都沒有，別跟老娘說啥鄉親不鄉親、親戚不親戚，有本事去鎮上、縣裡賒帳，妳們能賒到，我就向妳們鞠躬賠罪！」

說完，徐梅花沒去管被她嗆得白眼直翻、眼瞧著就要坐地撒潑的婦人，而是看向李氏和徐荷花，這母女倆一邊嫌棄她們攤上東西少，一邊沒少拿，一人摟了一懷的東西。

「娘，您是我親娘，這些東西少說得六十文，您給五十文就成了，回頭我跟老二說說，畢竟這是老二的生意。」徐梅花以方栓子為由頭。

方栓子是遠近有名的混子，他可不管你是誰，該揮拳頭就揮拳頭，男女老少就沒有他不敢揍的人。

這也是為啥方栓子不好說親的原因，但凡心裡有點在乎閨女的人家，就沒人願意把閨女嫁給愛打人——還打女人孩子的男人。

事實上因為方栓子的緣故，方墩子也不好說親，方家把攢了好些年的錢全拿出來才幫他娶到一門媳婦。

「啥……這些就要六十文，妳怎不去搶？」李氏尖叫道。

「姊，妳真是白眼狼，娘生妳養妳，妳孝敬點東西給娘不行嗎？方家不賒帳，妳不能拿妳的私房銀子把帳給結了嗎？」徐荷花扯了扯李氏的袖子，陰陽怪氣地數落徐梅花。

李氏一聽，小閨女說得對，她胸脯一挺。「荷花說得對，這些錢妳付，妳是我閨女，給我買東西應當應分的！」

「梅花……」方嬸想說算了，再吵下去還是梅花吃虧，東西讓她們拿走，大不了這雜貨鋪往後不開了。

開個雜貨鋪隨時遇到這種人也是鬧心。

「好，我掏錢買給您，不過娘啊，我婆家最近忙，我這會兒跟您回娘家吃飯。」

妳拿方家的東西，那我就去徐家吃飯，啥時候吃回本啥時候回來。

「好端端的回娘家幹麼，老方家不給妳飯吃啊？」李氏警惕地看著徐梅花。

徐梅花理直氣壯地道：「吃飯啊！我身上沒錢，妳要的東西我給不出錢來買，就只好不吃老方家的飯，得把這五十文的伙食省出來。娘，妳可是我的親娘，不會忍心看我餓死吧？娘，我要是餓死了……妳用這些東西還能安心不？」

李氏。「……」

徐荷花。「……」

眾人。「……」

這操作有點太騷氣了！

沒想到，徐梅花這麼精明！

李氏聞言就跳腳罵道：「妳想得美！嫁出去的閨女潑出去的水，妳是方家人憑啥吃徐家的飯。」

開玩笑，回娘家吃飯，娘家才沒有餘糧養方家媳婦！

徐梅花笑了，她徒手搶回兩人懷裡的東西。「娘都說我是徐家潑出去的水，是方家人，沒道理方家人替徐家人買東西！」

她、她怎麼被繞進去了？

眾人瞧見李氏吃癟，一頓哄笑，但再也沒人敢跳出來說啥了。這徐梅花對親娘都這樣了，更何況是她們？她們只是跟著來看熱鬧的，有便宜就占，沒便宜就散。

徐梅花完勝！

「梅花啊……委屈妳了！」等徐家母女氣急敗壞地離開，看熱鬧的人散了之後，方嬸拍了拍梅花的背脊，嘆道。

徐梅花無所謂地道：「娘，委屈啥啊，不委屈，反正無聊，就當她們是送上門的樂子罷了。娘，我跟您說，這賒帳的頭可不能開，一開就收不了口！就徐家村這些人的德行，妳賒帳給他們，他們不但不會還，還不會念我們家的好。憑啥啊？親爹娘也不該這麼慣著他們！娘，往後有這種事您別管，只叫我來應付就成了！」

「好，娘知曉了！」方嬸樂呵呵地笑道。

誰也不想有個搜刮婆家補貼娘家的媳婦，他們家梅花啊，是真的好！

晚間收工，方栓子不想折騰了，就在方家老房子歇下。

蕭遠山則騎著騾子上山，這樣會快些。

一進院子就看到灶房和堂屋點著燈，嬌俏的媳婦匆匆跑出來迎接他，他的心瞬間就被塞滿了。

「我先去把騾子安頓下來。」他身上髒，克制住自己沒去抱媳婦。

「那我幫你放水，你先洗一洗？」漢子身上有股汗味，想來這一天的活兒不輕巧。

「好！」

見蕭遠山應下，劉芷嵐立刻轉身去幫他張羅洗澡水。

洗澡換了衣裳，他感覺清清爽爽，十分舒坦。

小媳婦把飯菜都擺好了，她做的飯菜就沒有蕭遠山不喜歡吃的，他邊吃邊跟小媳婦說山下的事。

劉芷嵐聽說顧翰墨如此大方，還能帶著不少家僕一起搬遷，便感嘆這人家底豐厚。「想來顧家沒被連累前十分有底蘊吧？」

「我聽顧家的僕役說，顧老爺是書院的教授，顧家一門三進士，顧家大爺做到三品官，二爺也是五品官，這場飛來橫禍讓顧家的兩位爺全丟了官不說，還落到這麼一個境地。他們家老太爺和老太太原本多硬朗，聖旨下來之後就直接去了……」蕭遠山十分唏噓地道。

顧家也沒有隱瞞的意思，畢竟這麼大的案子，想瞞也瞞不了，索性大方些沒藏著掖著。

「聽他們說，顧家打算開族學，家裡人就算不能科舉也要唸書，顧老爺的意思是，不能斷了讀書的脈絡，即便是三代不能科舉出仕，他現在也是有孫子的人了，等重孫子出生之後便能科考……」

劉芷嵐嘆道：「這顧老爺是個有遠見的人，也是堅強的。」

多少人遭遇這個打擊能迅速站起來？一門三進士，大兒子都當三品官了，就被個醉鬼給連累成這樣，家裡的老人還因為這件事撒手人寰，這打擊太大了。

「不堅強又能如何？重要的是活下去，日子總要過下去的。」蕭遠山道。「他們來了也好，村裡的風氣搞不好會變一變。」

「對了，我們多了幾家鄰居！」劉芷嵐跟他說起山上的事。「今兒有人來咱們家借鋤頭，挨著我們這邊的兩家人都姓喬，是兩兄弟。挨著栓子那邊的一家姓簡，一家姓陳。下晌的時候陳家嬸子來找我嘮嗑，把幾家的事跟我說了。」

這四家都是寒門，咬牙供著自家子弟唸書，好不容易拚出一個有出息的學子，還考上青山書院，那兩年他們的日子真是風光不少，不承想竟倒楣地攤上這件事，三家都有受不住被氣死的人，還有上吊自盡的人。

喬旭弘家的兒子喬明軒就受不住打擊上吊死了，他在死前寫了和離書給妻子，他的妻子也就沒有跟著一起遷徙到徐家村。

當時出事的時候喬家沒分家，上頭的老人承受不住打擊去世後，兩兄弟也起了嫌隙，便分家了。不過到了陌生的地方，到底需要相互扶持，兩家人買地還是買在一處。

「咱們先冷眼看著，看看這幾家的秉性，若是能交好就當一般鄰居走動，若是不能交好就遠著點。」蕭遠山道。

總的來講，遠親不如近鄰，誰家總有需要搭把手的時候。

希望他們的近鄰是好的吧！

忙碌中，徐茂文和劉春桃成親的日子也到了。

因著徐茂文每天都要去顧家找顧老爺子請教學問，所以他成親這天也請了顧家眾人，家裡開了三十桌席，徐家村從來沒誰辦喜事辦得這麼體面過。

當然，辦喜事的銀子，劉春桃私下有拿一些給徐茂文。

村裡一大早就開始敲敲打打，十分熱鬧，劉家從裡到外掛著紅布紅紙，很是喜慶。

村裡的女眷紛紛去劉春桃屋裡對她說吉祥話，劉春桃樂得嘴角一直都沒垂下過。

「春桃這丫頭就是好看，難怪秀才公能相中。」

「現在是秀才娘子，等秋天過了就是舉人娘子了！」

「春桃就是福氣好，妳們瞧春芽，他男人只能賣力氣，可是春桃的男人卻是要當官的。」

「可不，我們春桃早晚要當誥命夫人！」

「茂文哥還是個秀才，誰知曉將來會不會……」劉春桃羞澀地道，通紅的臉上喜意更明顯。

「新郎官來了！」

「新郎官騎大馬來的，還請了轎子！」

「哎喲，春桃就是個有福氣的！」

「走走走……出去看新郎官！」

劉家喜氣洋洋，原來徐家村的人大部分都來了，蕭家老二的兩個小子也來了，他們跟著一群小毛孩竄出竄進找東西吃。

劉春桃出嫁，張氏很大方，買了許多乾果、瓜子還有水果。

畢竟女婿可是秀才公，她可不能給秀才公丟人，往後劉家還要靠秀才公幫襯呢！

方栓子手裡抓著一把花生糖，吊兒郎當地往劉家走，他一邊走，一邊把糖拋得高高的，然後張嘴接住。

很快地，他就把一群孩子給吸引過來。

一群小孩都盯著他看。

方栓子忙捂了糖。「不許看，看了也不給你們吃！」

孩子們還是眼巴巴地瞧著他，實在是方栓子吃得太香了，他邊吃還邊發出聲音，收回手的時候動作幅度十分大，刻意在蕭習文和蕭習武的鼻子下停了停。

那香甜的氣息讓兩兄弟忍不住吞口水。

這會兒，徐茂文已經把劉春桃從劉家接出去了。

方栓子瞧著時機差不多了，就道：「老子怕了你們，這糖是向新娘子要的，不過她不肯輕易給人！」

「那怎樣才能讓她給糖？」立刻就有孩子問了。

方栓子笑道：「我知道她幹的事，全村就我一個人知道，她要是不給，我就把事情嚷嚷出來，她害怕，就把糖給我了！」

孩子們想了想就犯難了，他們可不知道劉春桃幹過什麼壞事。

「滾吧！別擋著老子，去徐家看新娘子吧！」方栓子開始趕人。他在徐家村名聲不好，孩子們還是怕他，所以他這麼一說，大家就一哄而散。

蕭習文和蕭習武也跑了，方栓子拿兩顆糖砸在他們的後腦勺上，兩兄弟立馬停下來，從地上撿起糖胡亂在衣裳上擦了擦就塞嘴裡。

真好吃啊！

「你倆知道她幹的壞事嗎？」方栓子問。

兩兄弟忙搖頭。「不知道！」

傻子才告訴方栓子呢，告訴他了，糖就沒有他們兄弟的分兒了。

「切，稀罕！」方栓子又扔了一顆花生糖進嘴巴。「你們去要花生糖，她要是不給你們，就跑院裡大聲把事嚷嚷出來，看她敢不敢不給！老子看你們機靈，才提醒你們，你們要是能把糖要出來分老子一半，老子就收你們兩個當小弟，往後天天帶你們上縣裡吃肉！」

兩兄弟一聽眼睛都亮了，方栓子有騾車，他天天都要去縣裡！

在分一半花生糖和天天吃肉之間，兩兄弟稍微糾結了一下就選擇吃肉了。

「大哥，你就瞧好了吧，我們一定能把糖要來的！」兩兄弟說完拔腿就往徐家跑。

方栓子在遠處撓了撓腦袋。

這兩人是山哥的姪兒，叫他大哥……不就把輩分生生給叫矮了一輩？

山哥啊，為了幫你辦事，兄弟我犧牲好大啊，完事後讓嫂子做一頓好吃的，成嗎？

蕭遠山帶著劉芷嵐下山，他說好久沒去縣城，趁著今兒騾車空著想去縣城一趟。

早上起來，他親自替劉芷嵐挑了一套淺藍色的衣裙，穿在劉芷嵐的身上十分好看，將她的膚色襯托得更加白皙。

劉芷嵐梳妝好了，蕭遠山又挑了一支銀步搖幫劉芷嵐插在頭上，跟她的耳璫、衣服都能配得上。

媳婦這麼一打扮，漂亮得讓他挪不開眼。

路過徐、劉兩家的時候，蕭遠山轉頭撩開車簾，看向劉芷嵐。

劉芷嵐笑問：「遠山哥，怎麼了？」

蕭遠山怔了怔，便道：「媳婦，妳要不要去看熱鬧？」

劉芷嵐搖頭。「沒啥好看的，都是不相干的人。」

這個男人啊……

劉芷嵐瞧著他小心翼翼的眼神，臉上的笑容就更大了，心也軟得一塌糊塗。

這男人故意選這天去縣城，心裡肯定在盤算什麼，不過，她是真沒看徐茂文成親的興趣。

「山哥，嫂子，你們這是去幹麼？」方栓子瞧見他們兩個，忙跑過來打招呼，其間還跟蕭遠山擠眉弄眼。

方栓子從兜裡抓了一把瓜子出來往馬車裡遞。「嫂子，嗑瓜子！」

馬上就有好戲看了，看戲哪能少得了瓜子。

「蕭遠山，劉芷嵐，你們怎來了？又沒請你們，你們來幹麼？」有人跟張氏說瞧見蕭遠山，張氏頓時就氣炸了，不管不顧地跑過來。

為了讓自己的閨女能夠嫁給徐秀才，她可是耗費力氣心血，半點都容不得人破壞。

「滾滾滾，不要臉，沒請你們都上趕著往上湊。」張氏氣哼哼地趕人，這番動靜引來不少人。

方栓子聽了冷笑一聲，立刻高聲嚷嚷起來。「哎喲，劉家嬸子說我們不請自來的是不要臉，都是一個村的，喜都不讓道了！真是當了秀才公就瞧不上村裡人了……」

徐家辦喜事，還真有不少不請自來的，可這對主家來說是榮幸，是好事，辦了席桌坐不滿才丟人。相反的，席桌坐不下要安排二輪，反倒顯得主人家人緣好，而且是旺家的象徵，所以不管哪家辦喜事，都不會把不請自來的客人往外推。

「親家母，來者都是客！」徐德功匆匆忙忙地從院裡出來，他心裡十分瞧不上張氏，厭惡張氏不分輕重，不分場合地鬧場。

他雖然也不喜歡蕭遠山，但蕭遠山好歹將劉春芽給收了，況且有蕭遠山在，萬不可能讓劉春芽亂來，畢竟沒有男人願意瞧見自己的婆娘想著別的男人。

「親家母，妳先回去吧，劉家還有客人要招待！」徐德功勸道。

張氏十分不甘心地轉身，轉身前她還指著劉芷嵐威脅。「妳給老娘老實點！」

張氏走後，徐德功假惺惺地問：「蕭老大，你這是要去縣城趕集啊？」

他不希望蕭遠山和劉芷嵐留下，但說話就藝術多了，沒張氏那麼蠢，直接就把心裡話給說了出來。

蕭遠山點頭。「對，難得栓子家的騾車空了，我就租來去縣城一趟，祝秀才公跟新娘子百年好合！」

蕭遠山說話好聽，徐德功也只能跟著客套。「事情要不要緊？若是不要緊就留下來喝口喜酒。」

「不了，家裡缺銀子，我們得上縣城賣點東西。」蕭遠山拒絕。

從頭到尾劉芷嵐都沒吭聲。

「新娘子是個壞女人！是她不讓我們出來，好讓大伯和大伯娘大半夜進山找我們！」

「她說只要我們乖乖躲著不出來就給我們錢買糖吃，可是一直都沒給我們！」

「我們要花生糖，不給不行！」

眾人：大熱鬧啊！

院外的人忙往院裡擠，奈何人多根本就擠不進去。

蕭習文和蕭習武兩兄弟坐在地上大聲嚷嚷，村民們就紛紛議論起來。

「哎喲，原來還有這事啊！」

「這心可是真毒！」

「蕭遠山半夜進山，因此傷了腿還被老蕭家給趕出去了。」

「劉春桃這是想要蕭遠山和劉春芽的命啊！」

「毒婦啊！秀才公可不能娶毒婦！」

「族長，我們徐家的秀才公可不能娶毒婦！」

在新房坐著的劉春桃聞言是又氣又怕，她什麼也顧不得，扯了蓋頭就衝出新房。「我撕爛你們的嘴！你們瞎說！」

「壞女人不給糖要殺人滅口啦！」

「救命啊！」

蕭家兩個熊孩子的戰鬥力可不弱！

「劉春桃，妳個爛了心肝的賤人，原來是妳在整我們家！」老蕭家的二媳婦徐氏也在場，聽兩個兒子把事情嚷嚷出來，又見劉春桃撲出來要打她兒子，她哪裡能忍得住，扒拉開人群就朝劉春桃撲去。

「要不是妳哄騙我兒子，老大也不會半夜上山，老大不半夜上山就不會受傷，咱們家也不會分家！不分家勞役就該老大去，我男人也不會斷腿……都是妳這個毒婦害的！」

分家之後，蕭家人才知曉沒有蕭遠山的日子有多難過，怒氣攻心之下，徐氏把心裡話全都說出來了，完全沒想過這話有多不要臉！

蕭遠山打獵賣的錢真不是小數目，以前蕭家能吃飽飯還能供一個人唸書，真全是託了他的福。

新仇舊恨加在一起，徐氏腦子一熱，撲上去就抓了劉春桃的頭髮，抬手就給劉春桃一巴掌。

劉春桃哪裡吃過這樣的虧，她尖叫著反抗，也抓了徐氏的頭髮。

可徐氏是做慣粗活的人，劉春桃卻是嬌養的閨女，兩人之間力量懸殊，不過轉眼工夫，新娘子就被徐氏騎在地上打。

徐德功父子一下子就黑了臉。

「夠了，住手！」村長徐豐收擠了進來，呵斥住兩人。

「呀……春桃的臉這是怎麼了？」

「怎麼滿臉的紅疹？」

「跟當初春芽一樣。」

劉春桃慌忙爬起來衝進屋裡，披頭散髮的樣子十分狼狽。

徐茂文瞧見她這般模樣，眼底閃現出濃濃的厭惡。

這絲厭惡轉瞬即逝，但偏巧落入顧翰墨的眼中。

賓客們樂得看熱鬧，顧翰墨微微搖了搖頭，也沒跟人打招呼，帶著顧家人就走了。

這事從發生到現在，徐茂文只知道站在徐德功的身後，沒有絲毫反應。

顧翰墨之所以答應教導徐茂文功課，也是在向徐家示好，畢竟他們是外來人，加上他自家不能科考，想幫助徐茂文，留一份香火情，往後他入仕了稍微照拂一下顧家，顧家的日子能順遂些。

可惜……徐茂文如此冷情，怕是個得勢就會忘恩的人。

徐氏被村長吼走了，蕭家人嚥不下這口氣，就跑到劉家去鬧，這會兒他們也不怕得罪什麼秀才娘子，斷人錢財如殺人父母！

蕭家人是從上到下都在後悔將蕭遠山給分出去……

這頭徐家的喜宴開不下去，那頭劉家讓蕭家人鬧一場也辦不下去。

打架的時候鍋碗瓢盆都摔了，雖然有勸架的人，但基本上都是藉著勸架的時候起鬨，嫌熱鬧不夠大呢！

因為大家都覺得，劉春桃這麼壞，秀才公不一定會要她，搞不好剛成親就會休了她。

這一天，村裡人愣是看夠了熱鬧。

一個個精神煥發地議論著，這八卦夠他們津津樂道嘀咕一整年！

「嫂子，怎麼樣？精彩不？滿意不？」方栓子湊到劉芷嵐面前擠眉弄眼，低聲說。

劉芷嵐就知道這裡有貓膩，笑了笑。「這會兒可不是說這事的時候！你生怕別人不知曉？」

方栓子立刻就閉嘴了。

「遠山哥，我們走吧！」才看了一會兒熱鬧，劉芷嵐就覺得沒意思。

「好！」蕭遠山把劉芷嵐攙扶上騾車，轉頭看方栓子，想了想。「你也去縣城吧，給你家雜貨鋪進點貨。」

方栓子道：「我家雜貨鋪不缺貨。」

蕭遠山道：「品種太少了，該再補充些，別磨蹭了，趕緊上來趕車。」

方栓子莫名其妙就當了車夫！

徐茂文站在門口，看著美得不可方物的劉春芽被蕭遠山攙扶上馬車，她的背影轉眼就消失了，可是他卻挪不開眼了。

劉春芽本該是他的啊！若不是劉春桃母女作祟，他怎麼會厭惡劉春芽，一心跟她撇清關係？
新婚這一天，劉春桃心心念念算計來的丈夫，對她的厭惡達到前所未有的高度，可以說是到達頂峰！
「媳婦。」蕭遠山摟著劉芷嵐親了一口，拿臉蹭了蹭她的脖頸。「妳好像不開心。」
「遠山哥，今兒是你們在幫我出氣嗎？」劉芷嵐抬手捧著蕭遠山的臉，讓他跟自己對視。
「嗯。」蕭遠山點了點頭。
可是媳婦不開心，他是不是做錯了？好忐忑……
這會兒的漢子可憐巴巴地望著劉芷嵐，臀部就差一根搖著的尾巴。
「我很高興。我真的很高興，有人關心我、惦記我，記得我曾經受過的欺負，會幫我報仇，幫我找回場子，遠山哥……」劉芷嵐的盈盈媚眼裡暈染出無盡的歡喜，像是桃林剎那花開，一片片的全是粉色的海洋。
她湊上自己的唇，探出舌尖，輕輕地、一點點地去描漢子的唇。
要了老命了！
漢子抬手扣住媳婦的後腦勺，捉住她的舌頭，拚命跟她糾纏。
「山哥，咱們晌午吃什麼啊？去迎仙樓吃怎樣？你可得請我吃啊，今兒這事兄弟我可是出了大力氣！

「山哥啊，別那麼小氣嘛，要不這樣，迎仙樓太貴了……咱們吃得月樓怎樣？

「算了，得月樓的菜肯定沒嫂子做得好吃，要不然咱們去街頭的餛飩攤子吃餛飩吧……

「山哥成不成你說一聲啊，要不嫂子說吃啥？」

方栓子在外頭叨叨叨了半天沒聽見回應，扭頭挑開簾子一看，手似被燙著般將簾子扔下。

山哥欺負人！嗚嗚嗚……欺負他沒媳婦！

山哥他不安好心，所以才抓自己當車夫。

不行，回家他就得催催他娘，得趕緊給他說個媳婦。

到時候，他也能抱著媳婦啃了！

第十九章

徐家的賓客散了之後，作為村長的徐豐收留了下來。畢竟徐茂文是徐氏宗族的第一個也是唯一一個秀才，容不得他不重視。

「這件事你們打算怎麼辦？」

徐德功遲疑了一下，問道：「族長您覺得呢？」

徐豐收道：「照我的意思就該休了她！這種毒婦我們徐家要不起，況且茂文往後是要當大官的，這樣的夫人如何帶得出去？關鍵是，我怕她將來給茂文招禍！」

徐德功覺得徐豐收說得對，他頻頻點頭。

徐茂文卻道：「族長，休妻太涼薄了，畢竟我唸書花費不少劉家的銀子……可恨這母女倆早早就算計了春芽，若是春芽的話……族長，我是這麼想的，不休妻，不過她也不能為妻，只能是妾室。將來我若舉業有成便另聘高門之女，這樣對我的仕途也有幫助，只要我仕途順遂了，我們徐家也能順遂。」

徐茂文的不掩飾，十分得徐豐收的心，他認為徐茂文是將自己當親近的人在看。

「你這個主意不錯！」徐豐收道。「但由妻變妾……劉家人怕會不答應。」

徐茂文道：「我寫一張抬妾書，您帶去給張氏畫押，到時候避開她兒子劉興。張氏不識字，您只管說是聘妻書就成了。不過……也不能直接給張氏畫押，一會兒您陪著我爹去一趟劉家，先說要休妻。」

徐豐收點頭。「成，還是讀書人的腦子精明！」

徐茂文假惺惺地道：「其實我也不想這麼做，但張氏母女真是做得太過分了，我這也算是幫春芽出口氣吧！若是沒有這對母女從中作梗，春芽已經嫁給我了。她們作的孽，自然是要還的。況且我也不會虧待春桃，只要她好好幫我照顧爹娘，等我舉業有成，該給她的榮寵一分也不會少。」

「那成，我們這會兒就去劉家，你去看看你媳婦，必須把她的性子給掰正了！往後再也不能做那些坑害人的事，不能壞了我們徐家的名聲！」徐德功叮囑徐茂文。

徐茂文頷首應下，送徐豐收和徐德功出門。

送走人後，他臉上的表情就變得陰沈起來，想了想，還是抬腳去了新房。

「茂文哥……茂文哥，他們都是瞎說的！」劉春桃的眼睛都哭腫了，看到徐茂文進屋立刻起身朝他撲過去。

徐茂文接連後退幾步，沈聲道：「到了這個時候，妳還騙我？劉春桃，妳騙得我好苦啊！以前我真以為像是妳說的，在劉家是春芽處處在欺負妳……之前我也信了妳說的話，覺得村裡的那些傳言，那些關於妳們母女陷害春芽的傳言是假的。可是今天……春桃，我是秀才，我要名聲的！妳怎麼能做出那樣殘忍的事情？幸好蕭遠山和劉春芽沒死，若是他們死了，妳的良心能安嗎？算了……妳也不必在我面前做出一副無辜的模樣，就這樣吧，今晚我在書房睡。過兩天我就出發去府城，秋闈後再回來。」

一說完，徐茂文就轉身離開。

劉春桃聞言一驚，一把抓住他的袖子。「茂文哥，你說過要帶我去府城的！」

徐茂文厭惡地甩開她的手，冷冷地道：「妳看看妳現在的模樣，我怎麼帶妳出去？還有妳做了這麼多的錯事，我不在家的時候，妳好好反省反省……」

劉春桃聞言，「哇」的一聲又哭了起來。

徐茂文停下腳步厲聲道：「閉嘴，妳若想我能金榜題名就別嚎了，讓我安安靜靜地看一會兒書！」

瞧見徐豐收和徐德功來了自家，張氏頓時就有了主心骨，拉扯著徐豐收的袖子痛哭道：「村長，親家，你們可得替我作主啊！我孤兒寡母的被老蕭家一窩子雜碎給欺負了！」

徐豐收黑著臉將她甩開。「不要動手動腳的！成何體統！」

張氏這才訕訕地鬆手。

「老蕭家太過分了，他們欺負到我們家……你們瞧瞧，這讓他們給砸得……」張氏哭訴道。

劉家的院子裡的確一片狼藉，滿地的碎瓷片，屋裡的櫃子都被推倒在地。

「他們還搶了我們孤兒寡母的糧食……村長，幫我報官，我要報官把他們都抓了！」

「閉嘴吧妳！」徐豐收怒斥道。「報官？就妳和劉春桃兩個做下的事情，就算報官抓的也是妳們！當初幹壞事的時候，妳們沒想過今天？人在做，天在看！妳們覺得神不知鬼不覺，總會留下蛛絲馬跡給人查！

「再說了，報官？衙門朝南開，有理無錢別進來，妳打算拿多少銀子去衙門打點？報官之後，劉春桃可是要去公堂對質，她去了公堂，妳讓茂文的臉往哪兒擱？茂文還敢不敢要她這個媳婦？」

他這麼訓斥一通，張氏瞬間就洩氣了。

「難不成……難不成就這麼算了？」張氏不甘心。

徐豐收給徐德功遞了一個眼色，徐德功就道：「不用去衙門，劉春桃這個媳婦我們不敢要，你們這門親家我們也不敢結，這婚事就算了吧！妳把劉春桃帶回去。」

「親家……親家你說啥？你不能這樣啊，我們春桃是被冤枉的！」張氏聞言就急了。費了那麼大力氣才替自家姑娘謀了這麼一門好親事，可不能黃了啊！

如今女兒嫁過去就是秀才娘子，等女婿考上舉人之後，女兒也會跟著飛黃騰達，就算到時候不能更進一步，舉人也是可以當官的，最差也能進縣學當先生。

這些，她可是專門去縣城打聽過的。

本朝的舉人還有個好處就是五百畝田產免稅，一旦當了舉人，就有不少人家來投獻田地，相當於不必繳稅給朝廷，但是要給舉人好處，這個好處比起朝廷的稅收便宜，故而一旦誰家出了舉人，周遭有地的人就會擠破頭獻地。

現下說舉人還有些遠，但徐茂文現在是秀才，本朝的秀才能免一百畝地的稅收，他這秀才一考上，跟他們家親近的幾戶人家就把地掛在他名下。

村長就掛了三十畝地，劉家也掛了十畝。

若是春桃被休棄了，這個便宜往後就占不了了。

徐德功冷笑道：「冤枉？怎麼不見他們冤枉我？不見他們冤枉村裡其他人？總之，劉春桃這媳婦我們不敢要！連顧老先生都說，我們茂文的學問好，這次秋闈很可能會桂榜題名，到時候，他什麼樣的好姑娘娶不到，非要一個壞了名聲的人給他丟臉？往後他當了官，讓他如何在官場行走？人們都會笑話他，笑話他娶了個心思惡毒的婦人，還可能會因此而防備他！我是不會讓妳閨女禍害我兒子的！」

「茂文爹！」徐豐收出聲打斷他，看了一眼縮在張氏身後的劉興，提醒道：「興哥兒還是個孩子……在孩子面前，你話別說得那麼難聽。」

張氏聞言忙讓劉興回屋，又忙請兩人去堂屋說話，堂屋也是一團亂，不過把門關上說話便私密很多。

「親家……親家您不能把春桃休了啊！要是把春桃休了，她這輩子就沒臉見人了。再說了，兩個小崽子嚷嚷的話也算不得數……」

「村裡人都知曉兩個孩子沒丟，搞不好就有人瞧見……別廢話，妳若是不去把人領回來，我就把人趕出去！」

「德功，你冷靜點，劉興娘說的話又不是沒有道理，茂文跟春桃又有感情，若是沒有感情，怎麼讓我把聘書拿來給劉興娘畫押？」

張氏一聽婚書，眼睛就亮了，忙道：「對對對，村長說得是，寧毀一座廟不拆一樁婚，親家，您就看在兩個孩子的面上饒了春桃這一遭吧！往後她一定會改，會孝順你們，會伺候好茂文的。」

徐德功不吭聲，臉色臭得要死。

張氏心裡直打鼓，嚇得手都在抖。

徐豐收乘機道：「德功啊，你不是前兩日還跟我借銀子嗎？說茂文趕考花費大，光有春桃的嫁妝還不夠。我這兒湊了湊也只湊了二十兩銀子，你看還差多少？劉興娘，茂文的事是大事，妳要不幫著辦了？」

村長給張氏使眼色。

張氏一下子就明白他的意思，忙問：「親家，茂文趕考還差多少？兩個孩子都成親了，都是一家人，你可別見外。」

「不行，這個媳婦我們徐家不能要！」徐德功繼續道。

「德功，行了啊！那些風言風語還沒個定論，你別太過分。」徐豐收呵斥完，又轉向張氏說話。「妳自己拿誠意出來，想等德功開口，怕是劉春桃被攆出來，他也不會開這個口的！」

張氏猶豫了半天，便試探地道：「五……五十兩？我這裡也沒多少銀子了。」

「當老子上門來要飯的？老子是上門來休兒媳婦的！」

張氏一著急就咬牙道：「一百兩、一百兩，我這就拿去給親家！親家啊……這真是我們老劉家最後一點家底了，當初她爹拿命換來的這些銀子，只剩下這麼多了。」

捨不得孩子套不著狼，等女婿中舉，也能幫襯她兒子劉興。

徐豐收做好人。「德功，差不多就行了，這些錢也夠孩子去趕考了。」

徐德功這才臭著臉道：「我這是看在村長，看在我們老徐家族長的面子上！」

張氏千恩萬謝地進裡屋拿銀子，十錠銀元寶，十兩一錠，全是標準的官銀！

不管是徐豐收還是徐德功都感嘆，他們還是小瞧了劉家。

當初劉義昌到底弄了多少銀子回來啊？

徐德功有些後悔沒多要些，但他轉念一想，不能要太狠把事搞砸了，於是沒再吭聲。

徐豐收拿出抬妾書和印泥來，指引著張氏畫押按手印，完事以後道：「這個我要拿去衙門過了明路。」

張氏自然是願意的，連忙道謝。千恩萬謝地將兩人送出院子，瞧著兩人走老遠了，她才回身。

將兩尊神送走之後，張氏整個人都要虛脫了。

她的銀子，不是一兩，不是十兩，是一百兩！

閨女和銀子都給人了，張氏心疼得要死！

半道上，左右瞅著沒人，徐德功就拿了一錠銀子塞給徐豐收，想了想，又咬牙再掏出一錠銀子。

這件事多虧村長幫忙，劉春桃就從妻變妾，他也能從劉家敲詐出一百兩銀子。

徐豐收推脫了一番之後便收下，道：「你放心，茂文是我們老徐家的大功臣，我們老徐家往後還得靠著他，絕對會護著他。」

徐德功自然是道謝不已，回到家就進兒子書房，將銀子一錠不剩地全給他。

「爹先收著這抬妾書，明日跟族長一起去縣衙，在縣衙過了明路，往後就算他們老劉家想鬧也鬧不起來。」

「辛苦爹了！」徐茂文笑著頷首。「夜深了，爹快去睡吧！」

徐德功道：「你也回屋去睡吧！這女人啊，要成了你的人，生了你的娃，才會一心向著你……」

徐茂文回道：「我知曉，爹。」

徐茂文回屋後就立刻吹了燈，他實在不想看到劉春桃的那張醜臉。

劉春桃本來就害羞，也沒覺得有何不對，就算身上的男人十分凶狠地要她，她也覺得這是應當的，因為她娘跟她說過，女人頭一回都會疼……

卻不知徐茂文之所以凶狠，是真恨上她了。

原本以為甩掉一個醜八怪，娶回來一個好看的，不承想兜來轉去地，跟他的人還是醜八怪！

怎麼能不氣？

怎麼能不恨？

蕭遠山幾個人去了迎仙樓，姚掌櫃見到他們夫妻倆可熱情了。

「哎喲……你們兩個可來了！我還以為你們小倆口把我這個老頭給忘記了呢！」

「哪能啊！」蕭遠山笑著接過茶杯，跟劉芷嵐一起坐下。「山裡事多，我們在山上建了房子，後頭又是大雪封山，這開春之後又移栽果木，養雞、養鴨……現下又有移民進村，我就幫人蓋房子，接了點活計，今兒也是恰巧有空，這才趕緊來縣城買點東西。想著既然來了縣城，就跟您打個招呼，我們也馬上該趕回去了。」

姚掌櫃聽他說得誠懇，也知曉蕭遠山是個老實人，便道：「我還說你們好不容易進城一趟就住幾天，好好逛一逛、玩一玩。既然你們忙，那我就不留你們了。」

姚掌櫃這麼一說，劉芷嵐就想起自己之前的打算，便笑問：「姚叔，我想問您認不認識可靠的中介人，我們想在縣城買宅子。」

「自然有相熟的！迎仙樓好歹在縣城也開了幾十年，妳姚叔還是有人脈的。你們著不著急？著急的話，我現在就把人給請來。」說完，姚掌櫃就要叫人。

劉芷嵐忙攔著他道：「您跟他打聲招呼，我們想買兩進的宅子，最好是帶鋪面的。請他幫忙我們先尋著，若是有，就讓栓子或是墩子幫我們帶個信兒回去……」

姚掌櫃認識方家兄弟，他也覺得挺好，便點頭應下。「成，這事就交給我。」

劉芷嵐忙道謝。「那就多謝您了，等我們忙完村裡的事，就來請您吃飯，煩勞您來山上玩一、兩天。」

「那敢情好，妳替我收拾一個房間出來，我要多住幾天！」

他惦記著劉芷嵐做的菜呢！

他才不客氣，客氣是傻子！

劉芷嵐回道：「那成，我們就先告辭了，等家裡忙完之後就讓栓子送信給您，您到時候就跟栓子說一聲來山裡的時間……」

「等等，你們帶些點心回去，我們迎仙樓的點心也是極不錯的！」姚掌櫃忙喊住兩人，又吩咐小二去取幾樣點心包好給他們。

劉芷嵐和蕭遠山也沒推拒，本來就是跟姚掌櫃當親戚走動的。

說來也好笑，兩人正兒八經的親戚跟仇人似的，反倒是鄰居和接觸不多的姚掌櫃挺像親人。

從縣城回到村裡，天已經黑了。

方栓子把車卸下來，又幫蕭遠山將他們買的東西綁在騾子上，讓蕭遠山把騾子牽回山上，比起用人力搬運更省事。

劉芷嵐留下兩包糕點在方家後，夫妻倆回到家已經月上中天了。

洗漱過後，躺上床，兩人說了一會兒話，就都睡著了。

忙碌的日子總是過得很快，因著人手足夠，材料也不缺，顧家兩棟一進的宅子只用幾天工夫就建好了，再晾一晾便能住人。

原本顧家大宅預計兩個月完工，蕭遠山他們為了五十兩的賞銀，提前半個月將宅子建好。

尾款收到，賞銀也收到，扣除磚瓦、石料還有人工的成本，淨賺一百五十兩銀子。兩家人五五分，一家七十五兩，可把方家人高興壞了。

他們頭一次手裡賺錢獲得這麼多銀子！

顧家大宅交屋了，接下來就是幾家小宅院，方栓子已經請人做好基礎工法，剩下的事情做起來也快。

方家開的工錢高又包兩頓飯，這幫人幹活的勁頭也大，除了一早就下訂金的房子，後頭又陸續有幾家找上他們來蓋房子，忙碌了三個多月，兩家人又各賺了一百六十兩銀子。

方嬸作主，給兩個兒子一人分五十兩。

「現下空下來，也該給栓子尋個媳婦了，村子裡現在人多，我瞧著很多姑娘都很好，讀書人家的姑娘都挺文靜的，就是不能幫忙田地裡的農事。」一家人同坐一桌吃飯，方嬸就道。

徐梅花道：「娘，咱們家現在有銀子了，而且咱們家的雜貨鋪也有進項，栓子和墩子跑車也能掙錢，弟妹不會幫忙地裡的農活也沒什麼，咱們要是忙不過來就請人。家裡有個知書達禮的人，往後方家的孩子也有人教導，您說對不對？人往高處走，我想的是，萬一往後生了閨女，總要把她教得好好的，往後嫁個好人家，不用下地吃苦，您說呢？」

在徐梅花看來，這可是栓子的機會，擱在往常，他們家可不敢打讀書人家閨女的主意，人家絕對看不上栓子。

可誰讓徐家村一下子就遷來這麼多人，還都是家裡出過讀書人的人家。

雖說他們都是被連累得三代不能科舉的人家，但這跟閨女沒關係，畢竟嫁出去的閨女就是別人家的人了。

也正是因為這些人家都是被朝廷趕到這個窮山溝裡，所以也不存在門不當戶不對的問題，反正放在眼前的機會可不能錯過，錯過就可惜了。

「栓子，你怎麼想的？」方嬸被徐梅花勸得心動了，就問方栓子。

方栓子嘿嘿笑了兩聲，就跟方嬸道：「我覺得嫂子說得有道理。娘，您可以先幫我打聽著，左右要好看、脾氣好，還識字的。」

方嬸應了。

且說這三個月裡頭，有好幾家移民的閨女都嫁給村裡的後生。為啥會這麼快？實在是因為這些人家不會蓋房子，又不願意拿錢出來請人，就只好嫁閨女。聘禮是一回事，最重要的條件是未來的女婿要幫他們把房子蓋起來，否則夏天雷雨季節一來，窩棚可是抵擋不住。

喬家的小閨女喬芳就嫁給徐賴狗。徐梅花的二哥徐茂林也娶上媳婦，巧了，是方栓子的鄰居，簡家的姑娘。

讀書人又怎樣？讀書人落難了，也賣兒賣女，賣姊賣妹！

徐茂林能娶上簡娟，徐賴狗能娶上喬芳，價錢就是五間土坯房！

土磚自個兒做，房梁自個兒砍，房子是自個兒加上家裡的兄弟一起蓋，竟是一點銀錢都不耗費！

徐梅花上山來給劉芷嵐帶姚掌櫃的口信，順帶跟她聊八卦。「聽說喬芳識字，還會畫畫，說喬家以前是將她嬌養著，打算說一門好親，沒承想喬家竟落到這種地步……」

方家雜貨店現在成了村裡八卦的集散地，誰家有啥動靜，他們家都能知曉，絕不會漏下。

劉芷嵐很是唏噓，她一直記得前陣子來借東西的喬芳，小姑娘膽怯的樣子十分惹人憐愛，樣子也好看。

徐賴狗則人如其名，關鍵還是廢掉一個膀子的殘廢！

「嫂子，聽說那徐賴狗打媳婦，天天晚上打得喬芳直哭。他們家隔壁的人，在我們家鋪子裡說了那些糟心事，還說徐賴狗恨喬芳看不上他個泥腿子，要把她給打服了。」

劉芷嵐聽了直皺眉頭，道：「五間草房能花費幾個銀子？二兩銀子不到就能蓋好吧！自己做磚只需給工錢，一天五十、一百文的……我看喬家也不是真的到了山窮水盡的地步，況且他們家還有三個大男人，怎麼就忍心把一個小姑娘往火坑裡推？」

「嫂子，要不是這幫人還要點臉面，覺得自個兒是讀書人，搞不好會將家裡的姑娘賣青樓去……跟了我二哥的簡娟，下定的時候，她哥還跟她爹娘吵架，說虧了，還不如往樓子裡賣，他們三代都不能科舉，還算啥讀書人，還要啥臉面！還是簡娟的爹娘打死不同意，這才便宜了我哥。其實想娶簡娟的人家不是沒有別家，是我二哥耍賴才便宜了他！」

她二哥瞧上簡娟，又知曉不少人在打簡娟的主意，便設計讓簡娟落水，然後他跳下河把人給救起來。

這下在徐家村，簡娟只能嫁給他了。

徐梅花又道：「可惜了簡娟那姑娘，竟讓我二哥給算計了。不過我瞧著簡娟也不是吃虧的性子，我二哥往後的日子不會清靜……不過老徐家怎麼鬧，我都不會管，省得沾染一身騷。」

劉芷嵐在給蕭遠山做秋天穿的薄襖，徐梅花從旁幫忙，不時遞個剪子給她。

「妳能這麼想就好，晌午留這兒吃飯吧！」劉芷嵐放下東西就從房間出來，打算做午飯了。

徐梅花忙擺手。「不了嫂子，我也得回去，家裡備了我的飯。」

劉芷嵐也沒強留，只送她出門，然後道：「八月十五你們全家上山來吃飯，大家一起過節也熱鬧熱鬧。」

八月中秋不是臘月三十，沒有家裡不能留外人吃飯的說法。

徐梅花十分爽快道：「成，我回去問問爹娘！」

送走徐梅花後，劉芷嵐就進灶房先將飯煮上，然後從泡菜罈子裡撈了一些酸薑、酸辣椒、酸青菜等東西出來切碎備用。

劉芷嵐昨天說想吃魚，打算做一道酸菜魚片，蕭遠山就說他晌午前把魚抓回來。

徐梅花走了沒多久，蕭遠山果真回來了，他手中提著兩條大草魚，背簍裡還裝了一窩小野兔。

野兔是活的，大的兩隻被蕭遠山打死了，拴在腰間。

「我先把魚和兔子處理一下，等會兒去弄兔圈。」蕭遠山把背簍放在牆角，然後拎著魚和兔子去灶房外頭。

「遠山哥想怎麼吃？」劉芷嵐替他搬了張小凳，放在他臀部下面，然後問他。

蕭遠山歪頭想了想。「一隻做冷吃兔，這玩意兒下酒，另外一隻滷了……」

這一年，他的胃口都被媳婦給養刁了，點菜也點得順溜。

「媳婦，啥時候能做風乾兔啊？」蕭遠山十分想念風乾兔的味道，吃起來好香啊！

風乾兔和風乾牛肉的味道不一樣，風乾兔香料味更重一些，風乾牛肉則是牛肉味更重一些。

「得等天氣徹底涼下來之後才成！」劉芷嵐道。「到時候再請姚掌櫃幫我們買些牛肉，風乾兔和風乾牛肉一起做。」

「好！」聽媳婦說要做風乾牛肉，蕭遠山就開心不已。

跟喜歡的人在一起研究一天三餐吃什麼，幸福其實真的很簡單。

一大盆的酸菜魚片，青色的酸菜，紅彤彤的酸辣椒，雪白如玉的魚片漂浮在油綠色的湯汁裡，光看著就十分有食慾，更別說濃郁的香味刺激得人直吞口水。

耗費了兩個大魚頭熬煮出來的魚湯也裝了滿滿一大盆，濃稠雪白的湯汁上漂著一把翠綠的蔥花，就像是開春的時候，雪地裡冒出來的嫩綠草芽……

蕭遠山吃得滿頭大汗！

鮮嫩的魚肉入口即化，吸飽湯汁的粉絲更是入味，酸酸辣辣的十分開胃。

每天讓媳婦這麼養著，蕭遠山覺得自己的飯量越來越大了！

他家還頓頓吃細糧，不成啊，他這麼能吃，得趕緊進山打獵換錢，否則這家早晚讓他給吃垮了！

「姚掌櫃讓墩子帶信，他八月十五上山。」吃飯的時候，劉芷嵐跟蕭遠山說。

蕭遠山微微皺了皺眉。「八月十五？他不在家過中秋？」

劉芷嵐笑道：「我們當初說就依他老人家的時間，這會兒你又嫌棄人家八月十五來！我想著左右姚掌櫃要來，就把方嬸他們一家子叫來，大家一起過節熱鬧熱鬧。」

蕭遠山有些心疼。「請這麼多人啊……我怕妳累著。」

劉芷嵐笑道：「到時候我會請梅花早些上山來幫我張羅，有些菜可以前一天就準備。」前一晚可以把滷菜準備好，弄幾樣滷菜還是很占地方。

「月餅也能提前做，至於肉，可以請梅花幫我們買點上來。你再去林子裡瞧瞧，獵些野物回來，咱們家地裡的菜是夠的，魚也多撈幾條，草魚、鯽魚也要幾條……」劉芷嵐盤算著。

因著漢子太能幹，她現在已經將後山當成自家後院了，漢子從未空手而歸！

想到這裡，劉芷嵐就有些小驕傲，自家漢子能幹，她覺得臉上特別有光。

「成，聽妳的！」蕭遠山答應下來。

說起來，姚掌櫃幫他們良多，方家對他們也是多有照顧，請這兩家人吃飯也是應該的。

距離中秋也沒幾天了，劉芷嵐打算下午就做月餅。

五仁月餅、金鉤月餅、蓮蓉月餅、冰皮月餅……前頭幾樣可以下午做，唯有冰皮月餅必須十四晚上做，因為冰皮月餅比不得另外幾種，不好放太久。

晚上，蕭遠山洗完澡，劉芷嵐將做好的薄襖拿出來給他試穿。

衣裳挺合身！

這男人的眼睛很清亮，只要把鬍子刮乾淨了，臉也是十分俊俏，可以說是老蕭家的顏值巔峰。

蕭遠山算是老蕭家的異類，蕭家幾兄弟不是像蕭萬金就是像楊氏，唯獨蕭遠山是誰也不像。

蕭萬金和楊氏的樣貌都十分平凡普通，蕭家幾兄弟也是如此，但蕭遠山的樣貌十分出眾。

劉芷嵐忍不住問了出來。「遠山哥……你不是老蕭家親生的兒子吧？你看，你哪兒有蕭家人的模樣？」

也是跟蕭遠山在一起久了，知曉這個男人對蕭家是真的死心，她才敢問。

蕭遠山想了想。「若不是他們親生的更好！」

上輩子他就想不明白，為何同樣是兒子，不管他如何努力，他爹娘都對他不好。

劉芷嵐上前摟著他精壯的腰身，把臉靠在他的胸膛聽著他有力的心跳。「遠山哥，你有我。」

你有我，我有你，我們相依為命，這就夠了。

蕭遠山的目光頓時柔似春水，他垂首親了親劉芷嵐的髮頂，輕笑道：「是啊，我蕭遠山這輩子有妳就夠了！媳婦，不要離開我，我們生生世世都在一起。」

「嗯。」劉芷嵐窩在他懷裡乖如小貓一樣。「遠山哥，你想不想知道真相？萬一你是被他們偷來的呢？」

劉芷嵐怎麼想，就覺得蕭遠山一定不是親生的。

有些事不是怕對方傷心就不說，蕭遠山很好，這麼好的孩子，萬一是被偷來的或是被拐來的，父母該多傷心啊！

她想起現代很多丟失孩子的案例，不少人家為了找尋丟失的孩子傾家蕩產，甚至有人找了一輩子都沒找到，絕望之下瘋癲、自殺的人比比皆是。

蕭遠山沒有說話，他何嘗沒想過這個問題？孤零零死在山上之前，他其實就看清楚，自己不是蕭家的子孫。也曾想過，若是重活一世，他一定要把這件事情弄明白，找到親生父母，問清楚當初他們為何不要他！

可是跟媳婦過了這麼久的日子，他就漸漸把這件事放下了。

沒親人又如何？他有媳婦，別的什麼都不看重了。

「隨緣吧！」蕭遠山說。「若是有緣，怎麼樣都會見到；若是沒緣分，我還有妳。將來我們還會有孩子，等有了孩子，若是男孩，我就教他習武，教他打獵，在村裡請個有學問的先生教導他識字唸書。若是能考個秀才舉人也好，考不上也能不當睜眼瞎。至於做官就算了，有個功名不用服勞役、兵役，不用繳田稅就成。」

當官看著風光，可是風險很大，像他們這種寒門，一點背景都沒有，孩子進官場還不得被人欺負死。

有好處的事輪不到你，背黑鍋的事少不了你！

「若是女孩，咱們就嬌養著，她喜歡什麼就學什麼，不喜歡的咱們也不逼她，嫁不嫁人都無所謂，左右我們不能養她一輩子，還有她兄弟！當然了，實在不行，買個好樣貌的孩子從小養著，給她當童養夫就成。」

劉芷嵐。「……」

「這個世道對女子不公，在家嬌養的閨女嫁到別家去伺候公婆，應付妯娌關係，還得伺候自己的相公，萬一嫁得不好讓人欺負了，咱們又不知道……」蕭遠山光是想想都心疼。

「遠山哥，孩子的影兒都還沒有呢！」劉芷嵐提醒道。

這漢子也擔心得太早了吧！

童養夫……他還真敢想。

蕭遠山把話題岔開了，劉芷嵐也就沒再往回拐，反正這些事在他心中有數就成了。

八月十四，劉芷嵐上午將鴨子、兔子和肥腸滷上，下午就開始做冰皮月餅。

家裡的桂花開了，她做了不少桂花糖。在玫瑰盛開的時候，她將那些花瓣也全摘下來做成玫瑰糖和玫瑰茶。

除了桂花糖和玫瑰糖，還有用蜂蜜做的柚子蜜糖，而家裡還有紅豆和牛奶。

劉芷嵐打算做四種口味：桂花、玫瑰、柚子和紅豆。

方嬸和梅花在十四日下午就過來幫忙，很多菜要十五日當天做，前一天可以先備料。晚間，劉芷嵐留兩人在家吃飯，她們推拒了，說家裡有煮了。

因為方墩子的房子還沒弄好，方家婆媳兩人晚間就歇在方栓子的房子，畢竟十五日一大早就要過來幫忙，還是住得近些方便。

劉芷嵐也沒強留，不過卻送了一些月餅給兩人拿回家去吃。

第二天，婆媳兩個天不亮就跑來幫忙，幫著殺雞、殺鴨子、破魚。

蕭遠山反倒閒了下來，索性就不管家裡這一攤事，去餵家裡的牲畜，順帶清理雞鴨兔圈，糞便清掃乾淨，就混了水去澆果園。

做完這些事，他就拿個筐子去摘果子。他們家這地還真是肥，第一年移栽的果木竟然都結果了，而且果子個頭大，吃起來也十分甘甜，唯一美中不足的是數量不多。

今天的菜餚十分豐富，劉芷嵐用鮮菌燉了一隻母雞，一進灶房就能聞見香味。

前一天滷好的肉菜，這會兒方嬸切成片，肥腸、鴨子、兔子、豬爪、豬頭肉等等，一個大盤子裡擺上幾樣，中間放個裝了辣椒、花椒、蘑菇粉等調料的碟子，一份滷拼盤就算是好了。

接下來的菜單便是豆角燒鴨、雙椒兔丁、涼拌鯽魚、烤草魚、毛血旺、爆炒雞雜、麻油雞絲、涼拌鴨腸、糖醋裡脊、椒鹽排骨、韭菜炒河蝦、涼拌秋葵、包菜粉絲、桂花蓮藕⋯⋯這些對於劉芷嵐來說都是家常菜。

可在方嬸和梅花的眼中就不那麼簡單了，她們滿腦子想的都是：這菜居然還能這麼做！

山下，方栓子在村口等來姚掌櫃。

姚掌櫃的馬車停下來之後，方栓子就跳上馬車，跟姚掌櫃寒暄幾句，便跟車夫坐一塊兒幫他指路。

「栓子，這是你家貴客啊？」一路上，一些村民見了就湊過來問。

「嗯，一個長輩，要上山住兩天。」他也沒瞞著，關鍵是想瞞也瞞不住，現在山上又不是只有他和山哥兩家人。

「今兒可是中秋啊！」有村民道。

不少人心裡就琢磨開了，這栓子行啊，總是搭上富貴人家，而且關係很好，好到人家願意中秋佳節跑來他家。

方栓子道：「哈哈哈，老爺子就是租了山上的房子住兩天散散心。」

方栓子沒說姚掌櫃是去蕭遠山家，只說山上，至於他們怎麼想就跟自個兒沒關係了。

跟村裡人說話必須藏一半，這是方栓子這麼多年來總結的經驗。

村裡這些人，你說他們壞，其實也不是壞，真的就是窮，以至於誰家有點好處，就容易惹人眼紅、說三道四的，總之麻煩。

「噯，栓子，你家可算是改換門庭了啊……」有人酸道。

方栓子笑罵。「老子又沒考上秀才，算哪門子的改換門庭，少酸老子！」

怕老先生走不動，方栓子讓車夫把馬車在山下卸下，讓姚掌櫃摟著孫子騎馬上山，他老人家帶來的東西用騾子馱著。

車夫牽騾子，方栓子牽馬。

路窄，有些地方讓人走得心驚膽顫。

姚掌櫃緊摟著興奮地四下張望的孫子姚文淵道：「怎麼就住這麼偏啊！」

方栓子笑道：「要到目的地還得走半個時辰！」說話間，他探手從一邊的藤蔓摘下一串鮮紅的小果子去逗姚文淵。「這個可以揪下來扔著玩，只是不能吃！」

「謝謝叔叔……」姚文淵十分高興地接下，笑咪咪地道謝。

「哎喲……真乖！」方栓子忍不住探手揉了揉孩子的頭。

他真得抓緊時間娶媳婦了，娶了媳婦生十個、八個！

姚掌櫃抽了抽嘴角。「你們村到鎮上才多長時間，從村裡上山都快比去鎮上久……」他環顧四周，瞧見一片山坡上星星點點的人家。「這麼多人住也該修路了，聽說你們村新來的副村長顧翰墨一家以前是名門望族，這件事你們找他說。」

「成！有空，我去找副村長。」

話雖然這麼說，但是方栓子並沒有將這件事放在心上，實在是村長徐豐收給他的印象太深刻了。

村長不苛刻村民就不錯了，給村民辦實事？有得等了！所以對副村長，他從來不報奢望，自個兒關起門過自個兒的日子就好。

姚掌櫃是精明人，聽方栓子這語氣，就知道這臭小子沒聽進去，他也不多說，琢磨著跟蕭遠山夫婦說這件事。

如果道路修寬敞些，能讓馬車通行，上下山也能快一些。

姚掌櫃清楚老蕭家是怎麼回事，故而他也十分理解為何蕭遠山要遠遠地住在山上。

等到了目的地，姚掌櫃下馬，跟方栓子一起到蕭遠山的新房子，黑瓦青磚的大院子掩藏在樹林中，剛踏入青石磚鋪上的小徑就能聞到一陣陣瓜果香。

「怪不得他們不願意去縣城住，這山上還真挺不錯！」姚掌櫃讚嘆道。

走近了，便聽到一陣犬吠聲。

方栓子挺著脖子大聲喊：「山哥，客人到了！」

他走在姚掌櫃身側，這冷不防的一嗓子，差點把姚掌櫃的耳膜給震破了。

這小子，咋咋呼呼的，活該娶不到媳婦！

「您快點，我嫂子肯定把菜都做好了！」說完，方栓子將姚文淵這個小胖子架在自個兒的脖子上，逗得小胖子直樂。接著他又攥了姚掌櫃的胳膊，扯著他快步往前走。

他聞到香味了！
嫂子做菜好吃，能飄香十里地！
姚掌櫃。「……」哎喲，他的老胳膊、老腿兒！
「栓子，你幹麼呢！」方墩子聽見動靜，跟蕭遠山跑出來一看，就瞧見自家弟弟脖子上架著一個哈哈大笑的小胖子，手裡攥著氣喘吁吁的姚掌櫃，連忙呵住他。
方栓子鬆手，跟小胖子道：「走，栓子叔帶你去吃好吃的！」
小胖子。「駕駕……」
方栓子配合演出道：「嗒得兒嗒得兒……」
眾人。「……」
「哎喲……這哪兒來的福娃娃？」
「姚掌櫃的孫子！」
「婆婆好，仙女姊姊好，漂亮嬸嬸好……」小胖子這麼稱呼劉芷嵐，把她降了個輩分，不過沒人注意到。
「哎喲，這孩子真乖，趕緊下來，婆婆拿果子給你吃！」
姚文淵生得明眸大眼、白白胖胖，比年畫上的孩子還好看，他一進門就擄獲以方嬸為首的三個女人心。
徐梅花對小胖子又親又抱了一會兒，放下小胖子後，她便下意識地摸了摸自己的肚子，心裡嘆道：這肚子怎就這麼不爭氣呢！要不……就聽聽她娘的法子？

徐梅花的心亂了幾分，不過她很快地就被別的事情轉移注意力。

劉芷嵐把水果做成果盤，上頭插著牙籤。

小胖子先給了劉芷嵐一塊，然後是方孀，最後是徐梅花。「漂亮孀孀，給妳吃！」

徐梅花忙道：「你吃。」

小胖子笑咪咪地說：「妳吃，還有很多呢！」

徐梅花這才接過牙籤，把上頭的桃子肉吃下去。

小胖子吃了一塊柚子，眼睛頓時就亮了。「好甜……我喜歡吃！桃子也好吃，又脆又香甜。哎呀……這個葡萄真好吃……」

小胖子把果盤裡的水果嚐了一遍，越吃眼睛越亮，他瞧見自家爺爺進院子了，忙端著果盤去獻寶。「爺爺，仙女姊姊家的水果好好吃，比咱們家的水果好吃一萬倍！」

「哈哈哈……是嗎，那爺爺就要嚐嚐了！」姚掌櫃覺得自個兒的孫子說話誇張，結果他嚐了一口桃子——

娘咧！脆甜多汁，桃香濃郁！

等他把柚子、葡萄、梨子等也嚐了一遍，便激動地抓著蕭遠山的手問：「這些……這些都是你們院外的果樹結的？」

蕭遠山點頭。「是。」

他們家風水好，他隨隨便便移栽回來的果樹結的果子都這麼美味。不，應該是媳婦旺家，若不是媳婦有這個提議，他永遠不可能去費那力氣移栽果木。

「你家的水果不要賣給別人，都賣給我，我有大用！」姚掌櫃忙囑咐蕭遠山。「價錢好說，我不會虧待你們的，我瞧著地裡還有不少掉落的……可惜了啊，反正你們家也吃不完，多的都賣給我！」

想著那些掉落在地上發爛的水果，姚掌櫃的心如針扎般發疼。

誰讓他是個商人呢？見不得有些人浪費銀錢！

「您跟我媳婦商量。」蕭遠山可沒答應姚掌櫃，他們家是媳婦當家作主。

「成，我跟阿嵐商量去！」說完，他老人家就把蕭遠山給推開了，腳步如風地走到劉芷嵐面前。

劉芷嵐已經聽到他的話，也沒等他問就道：「咱們吃完飯再說！姚叔放心，我若賣果子，一定優先考慮您！

「遠山哥，這席面是擺在院子裡還是擺在堂屋？」劉芷嵐問蕭遠山。

蕭遠山道：「擺在院子裡吧！今天日頭好，也不冷。」

院子裡的桂花開得繁盛，味道很香。

方栓子和方墩子幫著搬桌椅，幾個女人就往外端菜，席面很快就布好了。

他們家用的是八仙桌，不過劉芷嵐讓蕭遠山做了個大圓桌的桌面，像今兒客人多就把圓桌放在八仙桌上，然後用栓子扣好，就穩穩當當的。

滿滿一桌子的菜，那香味混著周遭的桂花香一個勁兒往鼻孔中鑽……

姚掌櫃聽見方栓子吞口水的聲音，心中慶幸，幸好這莽娃站在自己身邊，幫自己遮掩了一把，否則他這些年的老臉都得丟光了。

沒錯！堂堂迎仙樓的掌櫃吞口水了！

「姚叔快坐！方叔，方嬸快坐！」劉芷嵐招呼大家坐下，並讓蕭遠山開封一個小酒罈，然後替每個人面前的酒杯都滿上了。

紅寶石的顏色，酒香四溢。

「這是……」

「這是我用早葡萄做的葡萄釀！」劉芷嵐笑道。「再放一陣子味道會更醇厚一些，不過現在喝也行。」

默默地嚐了一口葡萄釀的姚掌櫃，心想：阿嵐是個寶啊！小小年紀在吃喝上的造詣簡直絕了！

「今兒是中秋佳節，咱們中午聚一聚，我祝各位長輩身體健康、長命百歲，祝我們所有人年年都能團團圓圓，祝姚小朋友健康快樂、平安順遂！」

劉芷嵐站起來舉杯，大家就都跟著站起來，小胖子也想站起來，可他站起來就更矮了。

方栓子捨不得他著急，就單臂將他抱起來。他手裡也端著杯子，不過裡面裝的是劉芷嵐榨的混合果汁。

「也祝仙女姊姊越來越好，早點生個小妹妹，往後好給我當媳婦！」

「你這孩子！」姚掌櫃沒料到自個兒的孫子冒出這麼一句話，害他差點把嘴裡的酒噴出來。

噴倒是沒噴，卻讓他嗆了一下。

眾人被小胖子給逗樂了，劉芷嵐笑道：「承你吉言，妹妹肯定會有的，但是妹妹將來要不要嫁給你，得看她喜不喜歡你。」

小胖子昂首挺胸道：「放心吧，仙女姊姊，我一定會努力讓妹妹喜歡我的！」

蕭遠山。「……」這熊孩子，我閨女還沒影兒就惦記上了！好想揍他怎麼辦？

圓桌的桌面是帶轉盤，這巧法子是媳婦想出來的。桌上菜多，蕭遠山十分有眼色地瞧著，不時地轉一轉，好讓每個人都能吃到自己喜歡吃的菜。

「真是巧心思啊！」酒過三巡，姚掌櫃稱讚起這個桌面來。

蕭遠山道：「這個簡單，姚叔您想要，我跟您說是怎麼弄的就成。」

法子是媳婦想的，不過媳婦囑咐過他，若是別人問起，就說是他自個兒琢磨的。

姚掌櫃喝了一口酒就笑道：「哈哈哈，那敢情好，我得找好木匠弄幾張放酒樓裡用。」

這滿桌子的菜都好吃，看著家常，但是每樣都有特色。

好比那烤魚，他們酒樓也有烤點心的烤箱，怎就沒想過用烤箱來烤魚？還有那涼拌鯽魚，他們怎就沒想過魚還能這麼吃？

「你們兩口子的日子會越過越好的，都有巧心思，也都願意鑽研。」姚掌櫃嘆道。

劉芷嵐道：「因為嘴饞，所以才想方設法，變著方法搗鼓吃食。再說了，山間的日子無聊，不找點事情做，真的是閒得慌。」

見大家都吃飽了，劉芷嵐忽然冒出這句話來。「我忘記把月餅拿出來切了！」

「晚上吃吧！」蕭遠山說。

現在拿出來，還不得把這幫人給撐死啊！

第二十章

姚掌櫃到底是上了年紀，吃完飯就犯睏。

劉芷嵐早就幫他整理好房間了，被褥用品都是新的，雖說比不上他家裡用的東西那麼精緻華貴，但細布做的被褥床單，睡起來還是很舒坦。

小胖子精神旺盛，方栓子喜歡他，就願意寵著他玩，於是便帶著他和小黃去後頭的林子，帶他去抓野兔、野雞。

雖然方栓子打獵的本事不行，但是他知道蕭遠山抓兔子的地點在哪裡。

方栓子為了逗小胖子開心，可以說是連臉面都不要了，他在陷阱裡找到兔子之後，說成是自個兒的功勞，看著小胖子拍手誇他，他都得意得能飛上天了。

「兔兔真可愛！」小胖子盯著背簍裡的兔子道。

「不只可愛，還好吃呢！回去讓你仙女姊姊料理了，保准你吃了一隻還想吃兩隻！」

小胖子聞言，兩眼放金光。「真的嗎？那太好了！」

「想不想吃魚？叔帶你去抓魚！」方栓子舔了舔唇，中午的涼拌鯽魚真是夠味啊，晚上還想吃。

烤魚也好吃！

哎……他啥時候能找個有嫂子一半能耐的媳婦，再生一串像小胖子這麼可愛的孩子，他的人生就圓滿了！

「好啊，好啊，我們去抓魚！」小胖子聽說要帶他去抓魚，高興得手舞足蹈。

「但是你要答應叔叔不許下水，水裡有水鬼，把你抓走就完蛋了。你就再也見不到你爹娘和爺爺了。」方栓子嚇唬他，怕自己一個沒看住這姚家金孫，有個啥閃失就完了。

小胖子似小雞啄米般點頭。「好，我會乖乖的，不下水！」為了去看抓魚，他也是拚命賣萌。

方栓子看了喜歡，用手揉了揉小胖子的頭。

因為帶著小胖子，方栓子選的是下游河道比較寬敞的地方，這邊的水很緩也很淺。

打獵的本事沒有，撈魚的本事他照樣沒有。

方栓子原本是想在孩子面前顯露幾手，可惜往常瞧著山哥不管是拿背簍罩魚還是拿網兜兜魚都挺容易的，怎麼到了他這兒就不成了呢？

那些魚跟成精似的，溜得可快了。

小胖子在岸邊瞧著都替他著急，不停地揮著小胖手指揮他。

「叔叔，那邊有魚，大的。」

「叔叔這邊這邊……」

「叔叔……快上來，有水鬼！」

「等著，叔叔給你抓水鬼……」方栓子話說到這兒才反應過來，便抬頭一看。

我去，還真有水鬼！

呸……不是水鬼，是人。

一個粉裙姑娘從上游漂下來。

方栓子忙去將姑娘撈起來，一瞧，這不是顧家小姐嗎？

他用手指探了探她的口鼻，完了，沒氣了啊！

村裡人有自己的土辦法，方栓子把人撈上岸之後，就將她的肚子放在自己的膝蓋上顛，他也不知道有沒有用，反正村裡不管誰落水了，撈起來都是先用這一招。

沒一會兒，這姑娘還真就被顛得吐出一大灘水。

他再探鼻息，還好，有一絲絲微弱的氣息了。

方栓子放下她，把小胖子裝進背簍裡揹著，然後又把顧家小姐打橫抱起，飛快地往回跑。

「救人要緊，咱們下次再出來摸魚啊！」沒抓到魚，方栓子怕小胖子失望，邊跑邊跟他解釋。

小胖子把腦袋擱在方栓子的肩膀上問：「叔叔，你要把水鬼帶回家嗎？水鬼可以吃嗎？」

「瞎說，這位姊姊不是水鬼，她是人！」方栓子想撞牆，後悔瞎糊弄孩子了。

「是人啊……」

不是……小東西這失望的口氣是啥意思？敢情你還期待有水鬼啊？

「那姊姊是不是被水鬼纏上了，所以才變成這樣啊？叔叔，姊姊還有救嗎？」

「不知道啊，聽叔叔的，沒有大人帶著你，你可千萬不要去水多的地方玩啊，很危險的。」

方栓子腳下跟踩了飛輪似的狂奔。

方栓子把人抱進自家屋裡，這個時候救人要緊，他可啥都顧不得了。「大哥，大哥，去把陳大夫請來……顧小姐落水了！」

方墩子閒不住在院裡幹活，聽到弟弟咋呼，便抬頭一看。

好傢伙，抱著一個濕透的姑娘跑回來了？

「這是怎麼了？」

「別磨蹭了，趕緊去把陳大夫請來！」

方栓子把人抱進他自己那屋後，然後就往蕭家跑，遇到了劉芷嵐。

「嫂子，借妳一套衣裳，顧家小姐落水了，現下在我屋裡！」

劉芷嵐聞言，忙回屋拿了一套自個兒的衣裳，跟著方栓子去他家。方嬸和徐梅花聽了也跟著往他家跑。

方嬸緊張地問：「栓子，這是怎回事啊？」

方栓子搖頭。「我也不知曉，我跟孩子去河邊抓魚，她是從上游沖下來的。」

「梅花，妳去燒點熱水來，我先幫顧小姐把衣裳換了。」到了方栓子家，劉芷嵐就往屋裡去了，然後將門關上。

她幫著顧小姐從裡到外都換成乾淨衣裳，用手探了探顧小姐的鼻息，氣若游絲，感覺隨時都會斷氣一樣。

劉芷嵐想了想，弄了一滴靈液到她嘴裡。她能做的只有這些了，一條性命擺在眼前，她做不到無動於衷。

「陳大夫，顧小姐在這兒……」聽到屋外的動靜，劉芷嵐就去把門打開，將人請進來。

挨著方栓子家的移民陳大夫，以前家裡是開藥鋪的，他家老大是有秀才功名的大夫，醫術可比徐郎中高好幾個檔次，無奈老二是在青山書院唸書的舉子，是以受到牽連。

陳大夫替顧家小姐仔細地把脈。「救得及時，沒有性命之憂，我開個方子，先給她吃一服藥。」

「那就多謝您了！」方嬸忙道謝。

方栓子跟陳大夫去陳家抓藥，方嬸就讓徐梅花去顧家跑一趟，跟顧家說這件事。

徐梅花進了顧家的門，就開始緊張了，有種大氣不敢出的感覺。

顧家的僕從們走路都十分輕，相互間說話聲音也小，不像他們莊稼人家恨不能嗓門把天吼破了。

一路被僕婦領著穿過幾條迴廊，來到後院，那僕婦請徐梅花在院門口的小屋子裡等一等，她進去稟報。

徐梅花等了一會兒，下人送來的茶水都換了兩次，那僕婦才來引她去見當家大太太。

廳堂中間端坐著一名氣質不俗的婦人，屋裡擺設簡單，擺了一些時令的花草，還有些徐梅花見都沒見過的東西。

廳堂兩側幾個水靈靈的丫頭垂首站著，中間兩名婦人躬身站著跟顧大太太稟報事情。等打發走這兩人，顧大太太端起小丫頭奉上的茶水喝了一口，便問婆子。「這是……」

婆子忙躬身賠笑道：「這是方家雜貨鋪的大奶奶，說是有要緊事跟您說。」

顧大太太聞言這才抬眸，目光落到徐梅花身上，扯唇笑了笑。「原來是方家大奶奶，招呼不周，您別見怪。」

臉上有笑，但十分疏離，嘴裡說著招呼不周，眉目間的神色卻是十分不在意。

徐梅花一個村婦肚裡哪有那麼多的彎彎繞繞，她張口就道：「妳家姑娘掉河裡了，被我們家老二給救起來，這會兒在我們家呢！你們派人去把人接回來，順道帶上銀子。我娘請來鄰人陳大夫幫忙救治，藥錢是我們家墊付的。」

「妳說什麼？」顧大太太一時無法意會過來。「妳再說一遍。」

徐梅花心道：這大戶人家的耳朵還不好使了，難怪她剛進來顧大太太沒聽見動靜，敢情是耳朵有毛病？

「再一百遍也是那話，妳家姑娘掉河裡了，被我家老二救起來了，藥錢是我們家墊付的，你們趕緊帶著銀錢上山把人抬下來。」

「不是說掉河裡了嗎？怎麼又在山上？」顧大太太直覺這人是來訛銀子的。

一旁的僕婦鄙夷地道：「對啊，方家大奶奶，這訛銀子也得找個好藉口，我們顧家的姑娘怎麼可能上山？」

徐梅花再蠢也能從她們的臉上看出不屑來。「愛信不信隨妳！」說完，她轉身就走，走到門口還轉頭來唾了一口。「狗眼看人低！」

就算徐梅花剛開始還遲鈍，但是從剛才僕婦不客氣的言語中，她總算弄明白了，人家壓根兒就看不上她這泥腿子，剛才是故意讓她等，故意冷落她！

顧大太太指著徐梅花的背影，氣得胸口劇烈起伏。「就區區村婦……」

她上輩子是造了什麼孽，堂堂三品誥命現今淪落到被一個村婦頂撞！要是換了往常，敢頂撞她的村婦被打死都是輕的，她有的是法子整治死她們。可現在……

想起自己個兒現下的處境，顧大太太的眼淚一滾就出來了。

旁邊的婆子一瞧這還得了，忙勸道：「太太您也知曉她是村婦，村婦粗鄙，哪裡有懂禮的？您消消氣，咱們如今也是剛來，等在這兒站穩腳跟，想收拾一個村婦還不容易？瘦死的駱駝比馬大，爛船還有三斤釘，咱們家雖然遭了連累，遭了大難，但好歹人沒事。

「再說了，老太爺桃李滿天下，大爺、二爺的人脈也不少……這不，大小姐跟縣令公子訂親了，等過完年嫁過去，就憑著這門親事，您這位縣令公子的岳母大人誰還敢得罪？」

婆子不勸還好，越勸顧大太太心裡越是難受。

她曾經是三品誥命啊，這會兒淪落到要仰仗一個七品縣令……

「太太，您打起精神，周姨娘可是對這門親很眼紅。咱們顧家現在雖然是三代之內不能科舉，可是姑娘嫁出去了，姑爺能考啊！到時候姑爺有出息了，您照樣揚眉吐氣。」

那還能怎樣？只能往好的地方想，婆子這兩句話算是勸到點子上了。

顧大太太扯著帕子，冷哼道：「周氏她也不好好照照鏡子，就她那狐媚子生下的賤種想跟我的婉寧比？門兒都沒有！」

婆子賠笑道：「那是自然。」

就在這個時候，顧崇喜驚慌失措地從外面跑進來，哭著道：「母親……母親不好了，姊姊掉河裡去了，我找不到她……」

顧大太太猛然坐了起來。「你說什麼？」

「大姊掉河裡沖走了，我們沒找到大姊……」

顧大太太聞言，眼前一陣陣發黑，整個人站都站不住了。

婆子嚇得忙扶住她，然後吩咐丫鬟。「快去請張大夫來！去請老爺來！」

廳堂中是一陣子手忙腳亂。

顧大太太被攙扶回房間，安置在床上。顧崇喜一臉無措地站在廳堂中。

顧家大爺顧榮昌進來之後就問：「到底是怎麼回事？」

顧崇喜道：「爹，大姊掉河裡了，我們找不到，母親聽說後就暈過去了。」

顧榮昌聞言臉色頓時就黑了下來，他進屋的時候張大夫正在給顧大太太把脈。

張大夫是顧家帶來的大夫，一家老小一起遷徙路上難免有個病痛，顧家不缺錢，就把往常奉養在府裡的大夫一起帶到鄉下來了。

「大爺，大太太急火攻心，我給太太開一服藥，沒有大礙的，大爺不必擔心。」

「多謝你了！」

顧榮昌派人跟張大夫去抓藥後，便冷聲問：「可有派人去找大小姐？」屋裡的下人跪了一地。

「爹，我跟母親說了，母親就暈了過去，還未來得及吩咐下人。」

「你們都是死人嗎？這事兒需要吩咐？還不趕緊派人去找大小姐！」

「是，老爺！」

「爹……是在山上的那條河，不是村裡的這條河。」顧崇喜忙道。

顧榮昌聞言都要氣死了，一腳踢開顧崇喜。「你大姊向來溫柔嫻靜，怎麼會上山去？是不是你這個孽障騙她去的？」

「爹……我沒有……我真的沒有……」顧崇喜蜷縮在地上大哭，他也知曉是自個兒闖禍了。

「老爺，老爺，你做什麼？有啥事不能好好說？」見顧崇喜疼得厲害，剛醒來的顧大太太心疼死了，掙扎著從床上下來，去攙扶顧崇喜。「崇喜，你傷著沒有……讓娘看看……」

「妳……慈母多敗兒，若不是他，婉寧能掉進河中？婉寧會遭遇不測？我打死他這個孽障！」說著，顧榮昌挽了袖子上前去找顧崇喜。

顧大太太忙將兒子護在身下，哭道：「婉寧沒死，她在山上方家，方家老二把她給救了。」

「真的？」

「真的，剛才方家大奶奶報信來著，我正準備派人去接，哪知身子骨不爭氣……」顧大太太滿心苦澀。

沒想到方家那女人說的是真的……

「還愣著幹麼？趕緊去把大小姐給接回來！罷了，罷了，我親自上山一趟。」說完，顧榮昌轉身就走。

顧大太太哪裡敢讓他上山，她可沒有忘記剛才自己是怎麼羞辱徐梅花！

若是顧榮昌上山聽徐梅花加油添醋的一說，他只會更加厭棄自己！

顧大太太給婆子使了個眼色，婆子忙去喊顧榮昌。「老爺……太太又昏過去了。」

顧榮昌頭也不回。「張大夫說沒有大礙！」

完了！

顧大太太這會兒心中便只有這一個詞。

不過她很快就打起精神來，讓人去找張大夫過來，並趁著這個時間問自家兒子。「崇喜，你告訴母親是怎麼回事，你大姊怎麼會上山？你怎麼會在山上？在山上的還有誰？」

顧崇喜道：「我跟村裡的幾個後生約好了上山去抓野兔，大姊就找來了，然後也不知怎麼回事，她就掉河裡了。」

當時顧婉寧看到弟弟跟幾個外男在一起，沒好意思過去，只把顧崇喜喊到一邊從上到下、仔仔細細地打量了一番，又叫他跟自己回家。

顧崇喜正玩得開心，哪裡肯聽，掙脫顧婉寧就跟那幫村裡的小子去玩了，結果沒多久就遠遠地聽到姊姊的尖叫聲和重物落水的聲音。

等他們跑過去找，岸上除了顧婉寧掉下的一張帕子，哪還有影兒啊。

顧崇喜的魂都嚇沒了，不知曉該怎麼辦，只能往山下跑，跑回家來找人……

顧崇喜說完，張大夫就來了，他幫顧崇喜查看過肚子，有瘀青，可見顧榮昌踹的那一腳很重。

張大夫檢視一番，完事之後就道：「搽點活血散瘀的藥酒就行了，沒有傷到內臟。」

顧大太太讓人將張大夫送出去，然後親自替顧崇喜上藥。

這邊顧榮昌帶著人氣喘吁吁地上山，找到方墩子家，方家人的臉色都不好看。

顧榮昌朝方家人拱手。「鄙人顧榮昌，聽說小女被方二少爺所救，鄙人在這裡謝過。一點兒薄禮，還請你們能收下。敢問我們家婉寧在何處？」

他十分有禮，又讓身邊的小廝奉上一個木頭匣子。

方嬸打開匣子一看，裡面擺著整整齊齊的雪花銀，足足有十錠，這重量……得是一百兩銀子！

方嬸忙將匣子塞回去。「舉手之勞而已，當不得這麼重的禮。」

徐梅花冷冷地道：「我們可不敢要你們家的銀子，你們家夫人說我們是去訛詐銀子的！」

主人不鬆繩子，狗就咬不到人。僕婦罵人，自然是主人的過錯。

再說了，那顧大太太的眼睛都長在頭頂上了，她又不傻……

顧榮昌聞言一張臉更黑了。

「梅花……」方嬸扯了下她的袖子，然後就帶著顧榮昌去方栓子的屋子。「顧小姐在屋裡，剛喝了藥，大夫說沒事了。」

「多謝您了！」顧榮昌又跟方嬸拱了拱手。

他進屋一看，自家閨女臉色蒼白地躺在床上，眼睛緊閉著。

「剛才醒過來了一下，喝完藥就睡著了。」方嬸道。

顧榮昌指派跟來的婆子揹起顧婉寧後，開始打量起方栓子。

他認識方栓子，畢竟方家兩兄弟幫顧家蓋那麼久的房子。

這孩子瞧著不著調，但幹活是把好手，平常看他拉村裡人進城，還捎帶東西回村賣，腦子也是活泛。

人長得高高大大，也很精神，臉還算好看，陽剛，勉強算得上英俊。

顧榮昌快要把方栓子給盯出一個洞來，他收起目光轉向徐梅花，十分誠懇地朝她拱手行禮賠罪。「實在是對不住，我替拙荊給大奶奶道歉。」

這回輪到徐梅花不好意思了。

「沒事，我也有錯，一上門就讓你家太太拿銀子給藥錢，聽起來挺像去訛詐銀子的。」

「這銀子是我的一片心意，對鄙人來說，婉寧的性命是無價的，一百兩銀子不足以表達我對方二少爺的感激之心，這點意思還請你們不要嫌棄。」顧榮昌這回自個兒從小廝手中拿了盒子，然後遞給方栓子。

方嬸不要錢，他就給正主。

哪知道方栓子也不要，道：「藥錢只耗費二十個銅板，您給二十個銅板就是了，鄉里鄉親的不說這些，您把銀子收回去吧。若是您身上沒帶銅板，隨便哪天把錢給我們都成！」

「對，鄉里鄉親的不說這些，舉手之勞而已，跟您拿銀子我們成什麼人了？」方墩子也道。

顧榮昌聞言不再硬塞，再度道謝後就下山了。

方家人都覺得顧榮昌不愧是當過超級大官的人，這人真的是太好了，人長得好，有氣度，還沒架子，關鍵是珍視閨女啊！你看村裡，哪個老爺們會珍視閨女？謝禮出手就是一百兩銀子，家道要是不中落，這還得給多少？

結果等顧榮昌回家之後，整個顧府都知道大小姐落水被方栓子救起來的消息，沒等天黑，整個村子都知曉了。

顧榮昌是當過三品大員的人，這裡頭的彎彎繞繞他能不知曉？

於是，他找來自己的心腹管事，命人嚴查。

晚間，天上高掛著一輪圓月，院裡桂花飄香。

因著有月餅，劉芷嵐晚飯就準備得少，隨便炒了幾樣菜就完事了。

晌午別看一大桌子菜，但不管是方家兩兄弟，還是蕭遠山，一個比一個能吃，一桌子的菜是不可能有剩的。

蕭遠山在樹上掛了好幾個燈籠，院裡被照得亮堂。

院子中央擺著一張小桌子，桌子旁擺著四張躺椅。

姚掌櫃十分愜意地靠在躺椅上，一口清茶一口月餅，這滋味簡直太美。

傳統月餅這幾個口味他都吃過，不過劉芷嵐的手藝好一些，做出來的月餅格外美味。然而，冰皮月餅真是讓他吃得欲罷不能。

姚掌櫃有些後悔中秋上山，他其實該中秋前就上山，然後把冰皮月餅的方子買下來，等到中秋的時候就賺翻了！

哎喲……他的錢啊！

姚掌櫃是吃一口，心疼一下。

小胖子尤其喜歡吃冰皮月餅。「爺爺啊，我們不下山了，好不好？就住山上！」

跟小牛犢子似的小黃狗瘋跑一會兒之後，小胖子又回來抓了一個冰皮月餅往嘴裡塞，甜甜糯糯的，好好吃！

姚掌櫃虎著臉說：「那不行，你還要唸書呢！再說，這個月餅也就中秋吃，哪有天天吃月餅的道理？」

小胖子聞言，臉一下子就垮下來了。

不開心。他就是想天天吃。

劉芷嵐笑道：「這簡單，我把方子賣給你，到時候不做成月餅，也能做成糕點，另外取個名字，比方說，裡面的餡料加的是桂花、菊花、玫瑰花等物，就叫花凍，做的時候模具就刻成各種花朵的樣式；若是用水果做餡料，就叫果凍，模具也可以弄成果子的模樣；若是裡面的餡料就用平常的甜餡，也可以叫做雪凍……」

姚掌櫃聽劉芷嵐說完，眼睛比天上的月亮還亮。

哎喲，真是好主意！他都可以預見這東西拿出去賣有多轟動。

「到時候找好的工匠，把包裝的盒子雕刻得好看、精美一些，專門賣富貴人家！」

賣二兩銀子一個，最低五十兩銀子一盒，弄到京城去絕對要搶破頭。

「阿嵐，這次姚叔一定不會虧待妳，今晚留著些，別吃完了，明兒一早姚叔就帶走。這回姚叔不先給妳開價，姚叔拿去府城給貴人嚐嚐，跟貴人多要些銀子再回來給妳。保證不虧待妳！」

當朝貴妃喜歡甜食，這道方子若是獻上去，討了貴妃的喜歡，他家靠山的勢力會更上一層樓。

「錢多錢少都沒關係，我只有一個要求，就是不能讓人知道這方子是從我這兒出的。」劉芷嵐道。

「這個是自然！」姚掌櫃拍著胸脯保證。

他又不傻，洩漏出去讓人跟他爭？門兒都沒有。

窗戶沒有，耗子洞也沒有，通通沒有！

「我們家沒有冰，所以冰皮月餅只是用山泉水浸的，若是用冰保存著，口感會更好！」劉芷嵐道，她喜歡吃玫瑰味道的冰皮月餅，這會兒一張嘴說話就是滿滿的玫瑰香。

蕭遠山坐在她身旁，聞著若有若無的玫瑰香就口乾舌燥起來，怎麼喝茶就降不下去這股燥意。他起身去灶房，順便跟姚掌櫃道：「我幫您老燒水，您老洗漱休息吧，明兒一早還得下山呢！」

老東西趕緊滾吧，他想跟媳婦親熱了。

姚掌櫃想一想也是，並不知曉蕭遠山已經想打發他了。「成，乖孫走，爺爺替你換衣裳，要洗漱睡覺了。」

小胖子不從。「不要，我還要跟小黃玩。」

對付這小東西，姚老頭可有辦法了，當即就用絕招。「不聽話以後就不帶你上山，也不給你吃冰皮月餅了！」

蕭遠山。「……」我謝謝您，永遠別上山打攪我們！

姚家爺孫歇下了，蕭遠山夫婦也洗漱完了。

劉芷嵐被漢子從背後抱住，她忙推拒。「不是，家裡有客人呢！」

「不怕，他們住得遠，妳若是實在怕，就別叫出聲來。」蕭遠山說著就把門關了，把劉芷嵐咚在門上。

劉芷嵐拿手推拒他，他就將她的雙手捉住，高高舉在頭頂，摁在門上，低頭就吻住她的唇。

媳婦嘴裡還有一股香香甜甜的玫瑰味道，剛才在外頭他就想品嚐了，可姓姚的老東西在。若是那老東西不來打擾，今兒晚上月亮那麼圓，花前月下吃媳婦會更有味道吧？

不過十五的月亮十六圓……

嘿嘿，明天晚上的月色會更好的。

蕭遠山越想越心熱，把小媳婦吻得意亂情迷，他鬆開手，把手滑到她的腰間，微微用力往上一提，小媳婦輕呼一聲趕忙摟住他的脖子，雙腿攀上他的腰。

蕭遠山笑了笑，側頭貼著她的耳朵低低地道：「乖，肩膀給妳咬，別叫出來……」

劉芷嵐悶哼一聲，只能聽話去咬他的肩膀。

這個壞傢伙……

不讓她腳沾地，就這麼顛著她，魂都要被他給顛散了！

屋裡的鴛鴦抵死纏綿，窗外的月亮羞臊地躲進雲裡。

完事後，劉芷嵐躺在床上看蕭遠山忙進忙出地伺候她，她就在想，明明出力的是蕭遠山，為啥每次累壞的人卻是她？

時間還早，劉芷嵐雖然累了，卻沒有睡意。等蕭遠山收拾完回來，她窩在他懷裡，就說起白天的事。

「你怎麼看這件事？」

「我能怎麼看？」

「栓子不去顧家提親嗎？把人家姑娘都抱了。」

古代不就是講究這個？有了肌膚之親就得負責任。

可今兒聽方家人說話的意思，栓子沒提，顧家人也沒提。

「可能栓子不敢吧，顧家雖是移民，也不是一般人家能攀附得起。雖說他們家三代以內不能科考，但是他們已經有第四代子孫了，雖然年紀小，可是他們什麼人家？一門三進士，家裡的子孫再小，過個十年，功名妥妥地考上。顧家，看不上方家的，更何況那顧家姑娘還是顧家大爺的嫡長女。瞧顧家大爺那副緊張模樣，他應該是不會隨便把她嫁掉。」

顧家三兄弟，顧榮昌的子嗣有些艱難，現今四十多歲，膝下就一個嫡女，一個庶女，一個十二、三歲的兒子。

倒是顧家二爺不但兒子多，也生得早，現在孫子都好幾個了。他們頭上還有顧翰墨這個爹在，所以顧家二爺的孫子也就是顧家的第四代，是可以參加科舉的。

劉芷嵐想了想。「也是，兩家人的門第差得太遠了。有時候門當戶對還是很重要的，畢竟兩個人成親，不但是兩個人的事，還是兩家人的事。像我們這樣不管是婆家還是娘家都鬧翻的人真的很少……」

婆家和娘家相差太遠，矛盾多得很，用句糙話形容就是：「都尿不到一個壺裡去，怎麼打交道」？

「所以妳合該配我！妳娘家壞心眼，我家那些也是壞心眼……我們兩個是從壞心眼堆裡挑出來，天造地設的一雙一對！」

「呵呵……」劉芷嵐假笑兩聲。「你臉皮還真厚。」

蕭遠山回道：「臉皮不厚，娃怎麼來？」

劉芷嵐聞言，就從他懷裡把頭抬起來盯著他看。「你想要孩子了？」

蕭遠山口是心非地搖頭。「不想要！」
媳婦肚子沒動靜，堅決不能說想要孩子的話！
劉芷嵐斂下眼。「你不想跟我要孩子？」
蕭遠山條件反射地搖頭。「沒有，我想，我當然想！」
劉芷嵐沒放過他。「你到底是想要還是不想要？頭一句不想要，後一句想要，蕭遠山你嘴裡沒實話是不是？」
蕭遠山。「……」
他到底幹了啥蠢事？誰來教教他現在該怎麼辦？這真是個送命題。
蕭遠山想了想，乾脆堵了媳婦的嘴，讓她沒辦法開口，讓她沒力氣去想這些有的沒的。
可是劉芷嵐不放過他，雖說被吻得分不清東南西北，軟塌塌地趴在他懷裡，嘴上還不忘嘀咕。「你說啊……別以為能躲過去。」
「阿嵐想要嗎？」蕭遠山把問題扔回去。
「想。」劉芷嵐窩在他懷裡說。「想要給你生孩子。」
「阿嵐想，那就生。」說完，他又補充一句。「生一個就是了。」
劉芷嵐搖頭。「兩個吧，等我們不在了，有什麼事至少還有個能商量的人。」
蕭遠山親了親她的頭頂。「好。」

第二十一章

「大小姐，您醒了……」

「大小姐醒了！」

床榻下睡著守夜的丫鬟，整夜都警醒著，所以顧婉寧有丁點兒動靜，她們便醒來了。點了幾盞燈籠，把屋裡照得亮堂堂，外頭又進來兩個丫鬟，顯然是剛從床上起來，頭髮亂糟糟的，衣裳也還沒穿好。

「我沒事，別大驚小怪的。」顧婉寧瞧著自己屋裡幾個焦急擔憂的丫鬟，扯了扯唇，有些無力地笑道。

丫鬟見她掙扎著要起來，忙去攙扶，在她的腰上墊了一個大迎枕。

一名丫鬟見她有些精神，忙轉身出去。「奴婢這就去稟報大爺和太太。」

「回來，夜深了，不必驚動父母親，明早再去稟報。」說完，顧婉寧又問：「是誰救了我？」

丫鬟們聞言就掉眼淚。

她們家小姐怎這麼命苦，堂堂千金大小姐，從小是按照皇子妃的標準來培養，琴棋書畫無一不精，性情溫和，美貌大方。後來顧家落難……小姐淪落到要嫁給區區七品官的兒子，這都已經夠慘了，結果還被一個農家子給輕薄了。

那方栓子，她們聽村裡人說，是極不著調，還會打女人、孩子的那種混子。

「說！」再出聲，顧婉寧的語氣中就帶著冷意。

「回姑娘的話，是方家雜貨店的二爺，方栓子救了您。」

方栓子？顧婉寧仔細想了想。是幫他們家修房子，笑容痞痞的那個男人？

當初，顧家剛到村子住窩棚的時候，條件簡陋極了，她自然也不可能成天窩在窩棚裡一步都不往外走。

「嘿，姑娘，幫忙把草帽遞給我一下唄……」

陽光下，男人臉上滾著汗水，他嘴裡叼著一根草，手中拿著一把像刀一樣的東西蹲在牆頭。

他人看起來很散漫、吊兒郎當，但眼睛很亮，也很乾淨。

那天，她心底是打算不理會他的，可是不知怎的，整個人似被下蠱一般，鬼使神差地順著他的意思，幫他遞了草帽。

「謝了啊！姑娘，改天請妳吃糖。」

聽說方家兩兄弟是輪流趕車拉人去縣城，第二天，他就堵了她，塞給她一把糖就走了。

一句話都沒多說。

而今顧婉寧落水這事在村裡鬧得沸沸揚揚，若說後頭沒人推波助瀾，顧榮昌是不相信的。他不傻，三品大員不是白當的。

往常他忙，沒心思關注後院，可現在他閒下來，時間多了，很多事情一瞥眼就能看得透澈。

他不清楚方家和蕭家的人品，但是從流言蜚語傳播的速度上來瞧，不可能是這兩家人下山透露出去。所以，把消息傳出去的只能是顧家人。

顧榮昌之前叫來心腹管事，吩咐下去要徹查。

他懷疑是自個兒二弟的兩個庶女，這兩個庶女也到了說親的年紀，搞不好就是嫉妒他的婉寧，所以才教唆下人嚷嚷出去。

只是這頭結果還沒出來，那頭他親娘顧老太太就要派人將顧婉寧送去姑子廟，還好他趕得及時，才將女兒給救回來。

緊接著，吳縣令家也來人了，提出換親，說顧婉寧失了清白，不能再做吳家婦，如此便將嫁進吳家的人選換成顧婉珍。

「不成！這門親就算了，我顧家的女兒就不高攀吳家的門第了。」顧榮昌冷聲說了一句。

這會兒他腦子裡響起的是顧婉寧白著小臉說的那句話：「……父親只等著瞧，最後是誰得益，便能知曉誰害女兒了……」

若是沒有顧婉寧這番話在前，他這會兒恐怕也會跟著吳家婆子的思維走，覺得換個女兒結親沒問題。

到時候等他真正意會過來，這門親的人選都已經換完了。可現在……

「我們顧家是書香門第，絕對不會做出換人成親這種讓人戳脊梁骨，墮了風骨的事！」說完，顧榮昌就命人將吳家公子的庚帖拿來，換回婆子手中顧婉寧的庚帖。

「妳們回去跟妳們大人說，別欺人太甚！我們顧家雖然被無辜牽連丟了官職，但也不是他吳志榮可以隨意折辱的！」顧榮昌怒氣沖沖地警告吳家的兩個婆子，就命人送客。

回到正院，顧榮昌派人將顧婉珍叫過來，又吩咐心腹將周氏和顧婉珍身邊伺候的人全都綁起來並分開審問。

他把周氏母女叫到正院之後，又不跟兩人說話，也不讓兩人坐，只自己坐著喝茶。母女倆妳看看我，我看看妳，都不敢吭聲。

顧婉寧屋裡。

顧大太太犯愁。「這出了事，妳往後怎麼說親？我可憐的兒啊……」

「不難，女兒嫁給方栓子就是了。」顧婉寧淡笑著道。

「也是……不對，妳要嫁給誰？」顧大太太嚇了一跳。

「婉寧，別胡鬧，爹知道委屈妳了，妳放心，爹定會幫妳好好找個讀書人，咱們找個貧家秀才，讓妳爹把他培養出來……」

顧榮昌從外頭進來，原本沒打算進女兒的閨房，可是冷不防聽見顧婉寧說要嫁給方栓子，他就什麼都顧不得了。

他顧榮昌的嫡長女，可不能這麼委屈地嫁給一個泥腿子！

「仗義每從屠狗輩，負心多是讀書人……」顧婉寧嘲諷地笑道。

吳家來人換親的事情，下頭的人聽見消息，就來跟她說了。

「婉寧，妳怎能這麼說妳爹呢？妳爹不是負心人！」顧大太太打斷了顧婉寧，嗔怪地看了她一眼。

顧婉寧實在沒忍住，笑了起來。

顧榮昌也是一臉的無奈。

「娘啊，我沒有說父親，父親這樣有風骨又正直的讀書人很少見。」因著氣氛沒那麼壓抑，顧婉寧身上也多了幾分活力。

「爹，娘，讀書人多在乎名聲名節，比如我們家，我只是落水被人救了，老太太就要送我去姑子廟，這還是娘家。若是換成婆家……爹，您說我的日子該如何過？您若把我嫁給窮秀才，現在他們要依靠我娘家，自然不敢對我怎麼樣，但是心裡難免嫌棄。

「等到他考中進士，然後借用爹的人脈平步青雲，那個時候，爹您能保證他還能好好對我、不嫌棄我？到時候即便不能休了我，怕也會百般折辱，甚至養一屋子妾室……婆母由貧變貴，端起身段來折磨我、為難我，爹……您想讓女兒過那種日子嗎？」

顧榮昌張了張嘴，忽然發現自己竟沒辦法反駁閨女的話，他曾經接觸過很多寒門學子，其中真有人飛黃騰達之後就拋棄糟糠之妻，而且還不在少數。

他曾經在當五品知府的時候，手下有個七品縣令，他家老娘就是覺得他兒子配公主都是可以的，平常對於看不順眼的兒媳婦，各種折磨，百般往兒子後院塞人。

「可方栓子也不成啊！一個大老粗，跟妳沒話說。」顧榮昌道。

他教養的女兒，好好的一朵鮮花，捨不得啊！

「爹，除了方栓子，別的男人就算娶了我，剛開始的時候沒什麼，但心裡總會有根刺。若是我不嫁人，留在家中，老太太那裡必定會不滿，家裡別的姊妹親事也不好說。總不能大的還沒嫁人，小的就先嫁人，若是女兒不嫁人，大概只有去姑子廟這一條道了。」

「可萬一那小子是個混帳呢？他在村裡的名聲不好，聽說老人、孩子、女人，他都打過。」顧榮昌最看不上這種打老弱婦孺的男人。

「那就和離啊，和離在家就沒人說嘴了！」顧婉寧道。

顧榮昌心疼啊！

「妳讓爹想想！」

他越心疼顧婉寧，就越恨周氏，對顧婉珍也越失望。

周氏的手段不高明，他的人很快就把周氏和顧婉珍身邊人的嘴給撬開了。

母女倆原本計劃找徐賴狗給顧婉寧下藥，然後將她扛到山上，打算在山上壞了她的清白，這樣顧婉寧就只有兩條路，一個是自盡，一個是嫁給他當妾，最多當個平妻。

徐賴狗果真人如其名，是徐家村的無賴，平常無所事事、偷雞摸狗的那種人。

周氏說這主意是她一個人出的，若不是當時恰巧顧崇喜在附近，讓徐賴狗有所顧忌，說不定顧婉寧已經被糟踐了。

說起來，還真的要感謝方栓子。他送上一百兩銀子，方家都不要，可見方家的人品還是好的。

方栓子再混，也是肯幹活掙錢的那種人，跟徐賴狗完全不一樣。

顧榮昌搖搖頭，把方栓子甩出腦海，抬腳就去書房。

「事情搞清楚了？」顧翰墨在寫字，眼皮都沒抬一下。

顧榮昌點頭。「查清楚了，是周氏……」

他將事情的來龍去脈跟顧翰墨說了一遍。

顧翰墨就道：「把周氏剪了舌頭後發賣，顧婉珍遠遠地嫁出去，嫁到深山。婉寧那丫頭受委屈了，你去讓方栓子來提親，婉寧的陪嫁除了公中的，我這裡出二千兩。」

父親顧翰墨都說要將婉寧嫁給方栓子，顧榮昌也沒話說了，左右女兒也是這個意思。

「我知道你在擔心什麼，咱們顧家往前幾代也是泥腿子。方栓子這小子平常瞧著吊兒郎當，但這個孩子做事很踏實，方家兩兄弟關係好，一家人也和睦，方家兩個老的都是老實人，這門親不會比吳家差。再者，婉寧是嫁在村裡，就在我們的眼皮子下，有我們護著，她也能過得安穩。」

老頭子看得透澈，他們家房子是方家兩兄弟張羅人來蓋，蓋房子期間他算是天天盯著瞧著，所以對方家人還是有一定瞭解。

「那我這就上山，去找方家人說這事。」顧榮昌道。「徐賴狗呢？」

顧翰墨回道：「隨便你怎麼處置。」

顧榮昌心中有數了。「我知道了，爹。」

等顧榮昌走了，顧翰墨就派人去慈心堂傳話，讓老太太待在慈心堂禮佛，就別出來了。原話是，妳既然那麼想讓孫女兒去尼姑庵侍奉佛祖，那妳就在家好好侍奉佛祖吧！

這頭方栓子也愁。

他原以為顧婉寧是顧家丫鬟，瞧她長得好看，沒忍住撩了她兩次，可是後來瞧見有丫鬟喊她大小姐，他才知曉自己撩錯人了。

瘦死的駱駝比馬大，顧家就算落魄了，他們家大小姐也輪不到他一個泥腿子來妄想。

方栓子花費好大的力氣才將人給勉強忘了。

可這會兒，他把人給看了，還把人給抱了。

要知道當時顧家大小姐渾身都濕透了，衣裙緊緊地貼在身上……

方栓子一回想起來就口乾舌燥，躺在床上翻來覆去似煎魚般一晚上都沒睡著，天快亮的時候迷瞪了一會兒，醒來就聞到一股腥味。

他作夢了，夢見了顧家大小姐，還不要臉地親了她，更不要臉的是，他還夢遺了。

方栓子搧了自己一耳光，顧家大小姐遭難了，他竟然還……

他實在不知道該怎麼辦了，就來找蕭遠山。

「山哥，你說我該怎麼辦啊？」方栓子愁眉苦臉地坐在躺椅上，生無可戀地問蕭遠山。

之前顧榮昌抬手就拿一百兩銀子來道謝，閉口不提讓他負責的話，當時他就心灰意冷了。

那會兒他是真想顧榮昌說：「你抱了我閨女，就得娶我閨女。」可惜，人家愣是沒開這個口。

方栓子也知道自己是癡心妄想，他這身分根本配不上顧家大小姐。

蕭遠山道：「讓你娘上顧家去提親，若是顧家願意，你就去縣裡找官媒；若是顧家不願意，你就死了這條心！」

他不明白這人在猶豫什麼。

「山哥……我怕我娘被顧家人損。」他娘性子軟，顧家門第又高，聽大嫂回來說，顧家的大太太挺目中無人的。

「那你就自己去。」蕭遠山道。

「我不敢。」方栓子挺喪氣的。

「活該你沒媳婦！」蕭遠山嗤笑道，說完，就拿腳去踹方栓子。「起來起來，滾出去，別在我家賴著。問都不敢問一聲……嘖嘖，方栓子你是不是男人啊？」

「我怎不是男人！」方栓子跳起來，在蕭遠山面前挺了挺胸膛。

此時，劉芷嵐拿著簸箕出來，簸箕裡是綠豆。

蕭遠山去把她手中的簸箕接過來。「這是要做啥？」

劉芷嵐回道：「把壞的挑出來，晚上我做綠豆糕。」

方栓子這單身狗，瞧著恩恩愛愛的兩個人，心裡十分不是滋味。

劉芷嵐轉頭對他道：「你若是喜歡顧家大小姐，就跟你爹娘說一聲，然後自己去顧家把態度擺明。不管最後成不成，至少這輩子不會後悔，你說是不是，栓子？」

方栓子豁然開朗！

去顧家跑一趟又不會掉兩塊肉，大不了就是被損兩句，他怕什麼！

方栓子剛衝出去，就看到顧榮昌了。

萬丈雄心頓時就冷掉了，他如兔子一般竄回來還把門給關了。

被關在門外的顧榮昌心情不大好，他也看到方栓子了，可是對方瞧見他竟然躲了！

啥意思？不想負責任了？

顧榮昌瞬間就忘記自己先前還嫌棄方栓子來著。

「顧大爺，您請到我家坐會兒吧。」蕭遠山及時出現，也算是給顧榮昌一個臺階下。

「那就叨擾了。」顧榮昌跟蕭遠山拱手道，心裡稍微舒坦了。

見蕭遠山將顧榮昌請進來，劉芷嵐幫忙倒了茶水，便挨著蕭遠山入座。方栓子是個粗人，蕭遠山也是說話硬邦邦的人，她不在場看著就不放心。

方栓子謹記著劉芷嵐的話，跟顧榮昌打過招呼之後就沒吭聲，他緊張，所以就板著一張臉。

顧榮昌見他這樣子，心裡就更沈了。

這小子看起來不樂意啊！

「你有心上人了？」顧榮昌問。他曾經是三品大員，跟下面的人說話自帶氣勢，現在雖然沒當官了，但習慣還在。

這氣勢有點強，方栓子好險沒發抖。

「有……」方栓子下意識就道，可又不敢說瞧上他閨女了。

顧榮昌的臉更黑了。難怪不來提親，原來已經有心上人了，難道他閨女還抵不上一個村姑？

喝了一口茶壓了壓火氣，顧榮昌又問：「可訂親了？可說媒了？」

「沒有。」

方栓子搖頭，在心裡嘀咕：我倒是想娶你閨女，可你能同意嗎？

顧榮昌聞言，心裡鬆了一口氣，要是訂親了，還真不好辦，他心疼婉寧喔！

「你對你未來的妻子有什麼樣的期待？」想了想，顧榮昌就問。

他想問明白了，才好跟方栓子一條條說婉寧的好。

「啊？」方栓子沒反應過來。

「咳咳……」劉芷嵐咳嗽了兩聲。「顧大爺問你喜歡什麼樣的媳婦。」

她也是不明白，顧榮昌怎會這麼問，瞧那臉色，不像是要結親啊。

「廚藝好，溫柔漂亮……最好能識字……」方栓子不敢不說實話，在顧榮昌面前，他是真的怕。

首當其衝就是廚藝，婉寧就算有，他當爹的人也捨不得閨女嫁到農家天天為夫家洗手作羹湯，他閨女的手是用來寫字、畫畫、彈琴的！只要一想到閨女穿著布衣、挽著袖子、圍著灶臺忙活的身影，他就受不了。

「做飯是不可能的，不過婉寧琴棋書畫樣樣精通，不管哪一樣都是有名師教導過的，我們婉寧溫柔賢淑、漂亮大方……不過，我會給婉寧陪嫁一個廚娘。」

真是便宜這臭小子了！

「啊……」方栓子愣了，顧榮昌說的每個字他都能聽明白，可是合在一起他就不明白了。

顧榮昌見他這副摸樣，也覺得自己要拆散人家有些不道德，但是事關他的寶貝閨女，他的良心就暫時收起來吧。

顧榮昌虎著臉。「啊什麼啊，你抱了我們婉寧，難道你就不負責任了？你還算是什麼男人？」

「我……」

顧榮昌道：「我知道這麼做有些恩將仇報的意思，逼你放棄你的心上人是我的不對，不是我們婉寧的。可是你碰了婉寧是事實，你不娶婉寧，你讓我們婉寧怎麼辦？我娘要將婉寧送進姑子廟，我們婉寧才十六歲啊……就因為你不娶她，她就要青燈古佛長伴一生，這可是葬送她一輩子啊！」

不要臉就不要臉吧，只要閨女能好。

「方栓子，我知道，讓你放棄你的心上人娶婉寧對你不公平，為了彌補你，我那兒還有些私房錢，我給你一千兩，當然，這一千兩是給你的，不是婉寧的嫁妝，婉寧的嫁妝另算……」

「爹！我這就去找媒人提親！」方栓子總算反應過來了。

顧榮昌說了這麼一長串，他可算弄明白了，這人是要將婉寧嫁給他的意思。

顧榮昌差點氣死，就這麼一個貨色，聽見錢就不要心上人了，他們婉寧就要嫁這樣的人？

一聽到錢就喊爹了！哎喲，他的婉寧喔，真是命苦。

不過喜歡錢也是好事，至少他不敢對婉寧不好，就算為了從顧家撈錢，他也得善待婉寧。

這麼一想，顧榮昌又覺得方栓子還是不錯，至少能用錢拿捏。

「那就這麼說定了，你趕緊請媒人來提親。」顧榮昌站了起來。

方栓子大喜過望，點頭哈腰、十分狗腿地送顧榮昌。「爹您慢點兒，我送您下山……爹您放心，我一定會對婉寧好的！爹啊……您慢走啊……」

劉芷嵐真是嘆為觀止，沒想到方栓子竟然是這樣的人！

蕭遠山冷笑著，對屁顛顛跑回來的方栓子潑了一盆冷水。「栓子，你老丈人一說給你一千兩銀子，你就立刻喊爹了，這事兒傳到顧家大小姐的耳朵裡，你說她會不會覺得你眼裡只有錢啊？我看顧大爺的臉色就是這麼認為的。」

方栓子如遭雷擊！

「山哥……山哥你說我該怎麼辦？我沒想到這一層啊！我老丈人願意把閨女嫁給我，我一高興就忘形了！」方栓子去扯蕭遠山的袖子，被蕭遠山嫌棄地甩開了。「嗚嗚嗚……山哥，你可不能見死不救啊！你都有媳婦了，你是飽漢子不知道餓漢子飢啊……山哥，你可不能不管兄弟啊……」

「栓子，你還是趕緊去跟方嬸、方叔說，請媒人去顧家的事，上門不能空著手，你還得去縣城買點東西，事情還多著，可別在這兒耗著。這件事，其實也簡單，顧家已經答應把人嫁給你，你若是怕顧小姐誤會，等成親了就將顧大爺給你的銀子，一分不少地交給顧小姐就成了。」

「還是我嫂子好！」方栓子感激地看向劉芷嵐。「嫂子，我買糖給妳吃啊！」

「誰稀罕你的糖，快滾。」蕭遠山踹了他一腳。

不要臉的東西，跟誰都說買糖。

方栓子開心地回家，就跟方嬸和方老樹說了這件事。

方嬸沒想到兒子還能娶到顧家大小姐，愣了好一會兒，不過到底還是反應了過來，要跟兒子進城去請媒人。

畢竟這些事，一個小夥子張羅不好，還是得她來。

「娘啊，晚了就別急著回來，在縣裡住間房，第二天帶著媒人一塊兒回來。」徐梅花跟方嬸道。

栓子能娶到顧家小姐，那也是栓子的福氣。

方嬸回道：「欸……知道了。」

等方栓子跟方嬸走了之後，方墩子就嘆氣。「也不知這大小姐的品性如何，往後栓子會不會被她給壓著？還有顧家勢大，咱們這是高攀，往後……」

方老樹也覺得有點犯愁，不曉得這事到底是好是壞，往後難道要他們兩個老的也捧著兒媳婦過日子？

徐梅花拍了方墩子一巴掌。「能娶到顧家大小姐是栓子的福氣，人家嬌養著的大小姐下嫁到我們家，我們不該把人好好伺候？你想想，顧家是書香門第，咱們跟二弟妹把關係處好了，往後生了兒子要唸書，是不是就能請顧家人幫忙？

「顧家是啥人家，哪是鎮上的夫子能比的？反正我是打算將來把弟妹供著，咱們老方家將來能不能改換門庭，可得沾弟妹的光。再說，顧家大小姐我也見過兩回，那是真溫柔，跟自個兒的丫鬟說話都是笑咪咪、溫溫柔柔的！

「爹，您別聽墩子的，您要是怕跟顧家小姐處不好，等栓子成親，咱們就分家，您跟著我們過，這樣村裡人也嚼不了舌根，說我們老方家靠著老顧家。」

徐梅花是把方方面面都想到了，要是有外人在，肯定要罵她傻，在這個節骨眼上提分家。但是徐梅花心裡清楚「遠香近臭」，想搞好關係就得分家，況且，她也不想占弟媳婦的便宜，只想將來有了兒子，弟媳婦能幫忙教一教，聽說顧家要弄學堂，到時候求弟媳婦把她的兒子弄進去，她就感天謝地了。

「老二成親就分家，這也是我們先前就定好的。」

分家不分戶，這是他們老早就商量好的，沒必要變動。老大媳婦說得對，分家之後，他們夫婦是跟著老大，不是跟著老二。

想清楚這層關係，方老樹就不糾結了，心裡也舒坦了。

當天晚上，方栓子和方嬸沒去住店，而是住在迎仙樓。兩人也是碰巧遇到姚掌櫃，姚掌櫃聽說他們要去客棧，就讓他們住在迎仙樓裡，說第二天一起去徐家村，他這邊的事情辦完了，正好要去找蕭遠山夫婦。

聽說方栓子是來請官媒上顧家提親，姚掌櫃向方栓子道恭喜，還說成親那天要去湊熱鬧，討杯喜酒喝。

第二天，方栓子請的官媒就上門了。

請官媒在村裡可是大事，官媒一進村，村裡人就奔相走告，方栓子請官媒去顧家提親這事也就傳開了。

人們都道：「方栓子走了狗屎運，竟然能娶到顧家大小姐為妻。」

徐賴狗混在人群中，臉色十分難看，顧家大小姐應該是他的，竟然便宜了方栓子，他不甘心。

徐賴狗不知道顧榮昌去找方栓子的事情，他心裡冒出無數個念頭，最終還是決定跟著方栓子去顧家看看。既然方栓子救了顧婉寧就敢請媒人去顧家提親，他為何不能？這事還不能進顧家說，還得在顧家大門說，要讓鄉親們都聽見才成。

想著顧家的大宅院，顧家的銀錢，徐賴狗就心熱不已。

「您這是……」顧家門房見方栓子帶著人來了，就問。

方栓子道：「我是請官媒上門來跟你們家大小姐提親的。」

門房早就得過吩咐，不過是照例問一問。

提親進行得很順利，方栓子還見到了顧翰墨。老爺子跟他說了幾句話，讓他好好待婉寧，就讓他走了。顧家同意了，當場交換庚帖，定下成親的時間。

婚期定在來年三月。方栓子歡喜不已。

也不知道是不是因為顧榮昌在，這回顧大太太全程都是笑著，對方栓子還有方嬸的態度都很好。

方嬸簡直受寵若驚，本來聽梅花說顧家大太太不好相處，她進顧家就是提著心，可沒想到顧家從上到下對她都很客氣。可惜沒見著顧家老太太，說是禮佛不見人。

方嬸當時心裡就想：這有錢人家求神拜佛比他們這些窮人虔誠多了。

這邊方栓子的婚事定了，那邊姚掌櫃也上山了。

「冰皮月餅的方子，我這裡出一千兩銀子買。」

前頭幾個方子給百兩銀子，這回冰皮月餅因上頭要送進宮，所以在姚掌櫃的爭取下，給了一千兩銀子。

「上回你說你不要銀票，這一千兩我就給你換成金子帶來了。」說完，姚掌櫃就遞給劉芷嵐一個木頭匣子，裡面裝了十個金錠子，百兩一錠。

劉芷嵐讓蕭遠山把匣子接過來，然後把寫好的方子交給姚掌櫃。

「您拿回去讓廚子照著方子做，這是基礎的方子，多研究研究還能變化更多的花樣。」

劉芷嵐道。

姚掌櫃看了看方子，除了用料，製作方法也寫得很詳細，他很滿意。

「上回走前跟妳說，你們家的果子我要買，可有多的給我？」姚掌櫃將方子好好地收起來，就問起水果的事情了，也不知道這對夫婦怎麼伺候果樹的，那些水果比市面上的口感好太多。

劉芷嵐笑道：「柚子提前摘了四筐，桃子、葡萄這些保存時間不長，現在去摘給您，不過咱們家的水果貴，柚子、桃子和石榴等都按照個數賣，不按斤兩賣。」

她的果樹長期受到靈液的水滋養著，花期、果期都比較早。

「妳這果子多貴我都買！」這批果子可不是拿出去賣，而是上頭拿去送禮的。

「柚子、桃子、石榴都是兩百錢一個，葡萄兩百錢一斤……」劉芷嵐跟姚掌櫃說價格。

她用靈液養出來的果樹，結出來的果子，這個價格真心便宜。

當然了，這個價格放到市面上，大抵會被人罵成瘋子。

不瘋，敢賣這個價？

這個價格在姚掌櫃的承受範圍之內，他吃過果子，自然知道值不值當。

這趟水果一賣，二百兩銀子到手。

蕭遠山的臉笑得很燦爛。

媳婦真旺夫，有句詞怎麼說來著？對了，宜室宜家！

他媳婦可真是宜室宜家啊！

方栓子的親事定下來了，顧家就來人去方栓子的房子量尺寸，這是要替顧婉寧打造陪嫁的家具。

因要娶顧婉寧，方栓子就覺得這山路太難走，往後婉寧想回娘家都沒辦法坐騾車，於是他來找蕭遠山。

「山哥，我想把咱們上下山這條路拓寬，你覺得呢？」

蕭遠山其實跟劉芷嵐商量過這個問題，他們的果子賣得好，但不能只靠姚掌櫃一個人吃這些果子，今年果子少也就罷了，後頭總要往山下運送果子，這條道路早晚都是要修的。

「嗯，修路是必要的，不過這件事還得找顧老先生。咱們這片山住了不少移民，修路是對大家都方便的事。」

「成，那咱們找人去。」

見蕭遠山也支持，方栓子心裡就踏實了，於是兩人前往顧家。

顧翰墨父子對方栓子提出修路的想法非常讚賞，還沒成親就知曉為婉寧著想，說明他心裡裝著婉寧，這也讓顧榮昌心裡稍微舒坦了。

「這事攤派是不成的，畢竟不是朝廷的勞役，是你們自己想要修路，住在山上的人家想他們出錢出力來修路，只能一家家問，但是效果肯定不會好。栓子，你也是泥瓦匠，你自個兒算一算，要把這山路修成馬道需要多少銀子，到時候咱們再商量。」

方栓子道：「我昨晚就想過這件事了，只把路面拓寬夯實，多請些勞力，最多半個月能完工，花費在二十兩以內。鋪上碎石的話差不多五十來兩。若是鋪青石磚，沒有一百兩是下不來的。」

「鋪碎石吧。」蕭遠山道。「我出三十兩銀子。」

方栓子道：「那剩下的二十兩我……」

「這樣，不用你們出銀子，我們顧家出了，栓子你去張羅人辦這件事，就鋪青石磚。找匠人在路口建一座碑，到時候我會寫一篇文章，讓匠人將文章刻上去……」

「爺爺啊，我說修路哪能你們給錢呢！」方栓子急道。

顧榮昌抽了抽嘴角。閨女還沒進方家門呢，這傢伙一口爹一口爺爺喊得可順溜了。

「往後那條路就叫婉寧路，算是我給孫女的陪嫁。」

修一條路當陪嫁，讓村裡所有人、後世的子子孫孫都知曉，那條山路是因為婉寧才會存在。

「成，那就聽爺爺的！」一說是婉寧的嫁妝，方栓子就不爭了。

等路修好了，就讓山上那幫人知道，有好道走都是多虧了他們家婉寧！

從顧家出來後，方栓子沒有回自己的家，而是似跟屁蟲般進了蕭家。「山哥啊，你說兄弟以後幹點啥活來掙錢呢？婉寧有嫁妝，但我也要能養得起她，總不能人家在家吃好穿好，跟我就要吃糠嚥菜，若是她跟了我還花自己的嫁妝，那我還算是個男人嗎？」

蕭遠山拿起桌上的茶壺就往嘴裡灌水，喝飽之後抬手擦了擦嘴角，淡淡地道：「你這房子不是蓋得挺好的嗎？前頭姚掌櫃還說，等生意清閒了讓你去幫著改造，我覺得你就往這邊鑽研鑽研。還有你家那麼大片地方，想著養點雞鴨、種點果樹，這也是進項啊，你瞧瞧那麼大塊地方，至今還空著呢！」

「我這不是騰不出空嘛！爹娘在山下，哥嫂也有事，我一個人顧不過來這許多事。」

蕭遠山道：「往後你媳婦嫁進來肯定是要帶下人的，她那個門第跟咱們原本就不一樣。只是她帶來的下人是伺候她的，肯定不會伺候田地跟雞鴨，所以我覺得你其實可以買幾個下人，到時候地裡、林子裡的事情，還有家裡的粗活就有人做了，你就能騰出手來掙銀子。

「對了，等路修好了，我這騾車就不拿出來掙錢了，不過你和你哥可以考慮合夥買一輛車，這拉客的買賣不錯，你還能乘機倒騰點山珍上縣城甚至府城去賣，這一筆筆的都是進項。」

「山哥！好兄弟，弟弟我謝謝你了！將來掙錢了買酒給你喝。」

兩個男人在堂屋裡閒聊，劉芷嵐進門聽了一些，就開口建議。「栓子，等明年開春，移些我們家的葡萄去種，第二年結果子就賣給我，我用來釀葡萄酒。」

釀造葡萄酒售賣，也是個不錯的進項。

「成啊，那我先謝謝嫂子了！」方栓子忙道謝。

方栓子走後，蕭遠山殺了一隻雞，劉芷嵐剝板栗打算做板栗雞，哪曉得手被板栗殼子給扎破了。

蕭遠山提著雞進灶房就瞧見這一幕，忙將媳婦的手拿來瞧，還塞嘴裡吮。

「妳放著，我來剝吧！」蕭遠山道。

劉芷嵐笑著收回手。「你還得去把雞給宰了，等你忙完都啥時候了，我小心些就成了，這點傷不礙事的。」

「媳婦，要不咱們也買個婆子回來吧？買個人往後這家裡的衣裳就有人洗，還有灶頭上的事也能幫把手。」

劉芷嵐想了想，家裡確實是雜事多，她其實並不是個多勤快的人，能清閒肯定是願意更清閒一點。「成，不過得挑一個手腳麻利、不嘴碎的人。」

見媳婦答應了，蕭遠山的臉上就有了笑容。「等買了人回來，我打算進山一趟，秋天了，獵物們都膘肥肉厚的……」

他還是去年冬天進了一趟山，之後就再也沒進過山。打獵習慣了，猛地歇下來，蕭遠山有些手癢。

劉芷嵐哪裡不曉得蕭遠山的心思，他沒事就把打獵的傢伙拿出來又是擦又是磨，可以說打獵對漢子來說不只是生計，還是他的興趣愛好。

她沒有任何理由阻止。她能做的就是在平常的飲食中添加靈液，讓蕭遠山的身體狀態能一直保持在高水準。

「成，但是你要小心，別冒險，心裡要想著我。你有家了，你的命不是你一個人的了。」

媳婦答應他進山打獵了，蕭遠山臉上的笑容就更大了，他親了親媳婦的嘴角，跟她保證。「放心吧！我可捨不得妳。咱們家現在也不差銀子，我不會像往常那樣拚命了。」

最終蕭遠山還是沒讓媳婦剝板栗，他快速把雞宰好，然後就搶了剝板栗的雜務。

一隻大公雞，劉芷嵐做成板栗柴鍋雞，雞雜沒有單獨炒，跟雞肉一塊燒，香味出來之後，她就在鐵鍋裡貼了一圈的鍋邊餅。

用青椒和板栗燒出來的雞鮮嫩可口，微辣中帶著一絲絲甜味，板栗燒得軟爛，進嘴巴一抿就成粉，沾著濃郁湯汁的鍋邊玉米餅也是十分好吃。

跟媳婦成親這一年，蕭遠山起碼胖了兩圈。不過他的運動量大，身材不能說胖，只能說更加結實了。

第二天，蕭遠山跟方栓子進城，進城之後先去牙行買人，人買到之後，又去牲口市場買騾車，這麼折騰一番之後，方栓子還得去補貨，蕭遠山也跟著補了一些家裡要用的東西。

兩人不知道，他們前腳從牙行出來，後腳就有人進牙行找中介人打聽蕭遠山和方栓子。

而這個人，正是當初皮貨行的那個夥計。

第二十二章

蕭遠山買回來的費婆子手腳很俐落，也十分有眼力，一天到晚就沒歇著的時候，若主家不招呼，她等閒也不會去主家面前晃悠。

教她的規矩都能記得清清楚楚，劉芷嵐對她十分滿意。

費婆子花了幾天時間把事務都搞清楚了，活計也摸索得差不多，蕭遠山就準備進山了。

在進山的前一天晚上，蕭遠山壓著媳婦這樣那樣一番之後，就摟著她道：「媳婦，要不讓墩子媳婦來陪妳住兩天？」

劉芷嵐搖頭。「你別擔心我，家裡有費嬸還有小黃，就小黃這樣的，哪個賊來了都得倒楣。」

黃狗子成年之後就跟小牛犢子似的，膘肥體壯，牙口還鋒利。

「你明天還要進山，早點睡吧！」

兩人相擁入睡。

天不亮蕭遠山就醒了，他沒捨得吵醒劉芷嵐，連飯都沒在家中吃，只帶著劉芷嵐提前給他準備的乾糧等物悄悄出門。

劉芷嵐也醒得挺早，她原本尋思著去送蕭遠山，可是等她醒來，身側的被窩裡已經沒人了。

晌午剛吃過午飯收拾妥當，徐梅花就拎著一個籃子來了。「嫂子，這是我婆婆做的紅薯豆豉，我拿些上來給妳。」

「幫我謝謝嬸子。」劉芷嵐忙接了過來。

紅薯豆豉就是將紅薯煮熟摁成紅薯泥，在裡面添加鹽巴等調味，混上黃豆再做成拳頭大的團子，用穀草編織的小兜子兜住，串成一串掛在房檐下風乾，發酵好之後便是紅薯豆豉，味道重，用來炒五花肉十分好吃。

「就是手藝肯定沒法子跟妳比，將就吃，謝啥。」徐梅花擺擺手道。「我跟墩子商量了，也想買個人打理果園。墩子跟栓子去忙蓋房子的事情，根本就顧不上家裡的地和果樹。」

落坐之後，徐梅花見劉芷嵐在打絡子便幫她分線。

「可以啊，栓子跟牙人熟，墩子跟他進城的時候順道就去把人買回來就是了。」

徐梅花點頭稱是。「嗯，就是這麼商量的，爹娘也贊同。爹的意思是，讓他們兩兄弟去蓋房子掙錢，他來拉家裡買的騾車，每天載人的進項還是很多的。」

村裡的移民，雖然很多人家也有騾車、馬車、驢車，但有這些工具的人家，都沒人出來拉客掙錢，讀書人丟不起那個臉。

沒人搶生意，再加上現在村裡人多了，騾車生意反而更好了。

「爹娘算了一筆帳，這買人或者是請人種地根本花銷不大，兩相比較之下，還是拉車的生意實在。但地是根本，爹娘捨不得賃出去給人種，想來想去，覺得我們那邊買個人照料果樹，山下老宅那邊栓子已經安排了人。至於地裡，爹娘的意思是請人就行了，家裡也沒多少地……對了，外頭有人進村打聽山哥，說是想找山哥買毛皮，那人問了你們的住處，問到老蕭家那兒了，他們來找你們了嗎？」

「沒有。」劉芷嵐搖頭。

徐梅花狐疑道：「那就奇怪了，既然不上門，又來打聽是什麼意思？」

「可能先問一問，以後想買的時候再上門吧！」劉芷嵐也沒多想，還是十分專心地在打絡子。

「是嗎？」

先問一問……這是一天沒事閒得磨鞋底玩呢？

徐梅花想不明白就不想了，她神秘兮兮地跟劉芷嵐道：「對了，嫂子，我上回逛廟的時候買了些藥，我先喝看看，若是有用的話，妳也去買來喝。」

劉芷嵐抬眸看她。「啥藥？」

徐梅花壓低聲音道：「生孩子的藥，擺攤賣藥的說了，包生兒子。而且他生意可好了，還有好幾個抱娃的婦人在攤邊上感謝他呢！」

劉芷嵐。「……」

「哎！我嫁給墩子這麼些年了，肚子一直沒動靜。公婆脾氣好，不催我，墩子也待我好，不跟我急，可我自個兒心裡著急啊……」徐梅花摸著自己的肚子嘆氣。

這女人啊，還得有了兒子才有底氣，心裡才踏實。

「梅花，是藥三分毒，妳若是想要孩子就去正經找大夫把脈，看看有沒有毛病，再來吃藥調理。那走江湖擺攤的很不靠譜，妳說那些抱著孩子感謝他的人，很可能是他事先安排好的……」劉芷嵐勸道。「藥物傷肝腎，亂吃的話身體容易出毛病。」

前世這種拐騙的手段她在新聞中看過不少。有些藥吃了無傷大雅，有些藥長期吃卻是極傷身體。

「嫂子，妳可別嚇唬我啊！」徐梅花平時是挺精明的一個人，但是再精明的人也有軟肋，一旦遇到極為在意的事情，智商就容易打折。「當時買的人有好多，不會都是傻子吧？」

劉芷嵐勸道：「妳聽我的，回去把妳買的藥拿著，咱們去陳家，找陳大夫看看，再請他幫妳把脈，也幫我把脈。」

若是別人，她說一遍就成了，不管對方信不信，提點到了做到問心無愧。可是她不能放任梅花不管，因為她挺喜歡這個姑娘。

「那成，嫂子等我，我現在就下山去拿！」徐梅花風風火火地離開了。

劉芷嵐也沒阻攔她，反正現在剛過晌午，時間還長。

徐梅花再次出現在劉芷嵐面前的時候，她已經午睡一覺起來了。

「嫂子……我……我緩緩啊……」

急匆匆地山上、山下跑了兩趟，徐梅花累得滿臉通紅，頭頂冒煙，癱坐在椅子上大口地喘氣。

劉芷嵐幫她倒茶，加了靈液的茶灌下肚子，人很快就緩過來了。

「走吧，嫂子，咱們去陳家！」徐梅花又變得生龍活虎的。

劉芷嵐就喜歡她這一副朝氣蓬勃的樣子。

兩人去了陳家，陳大夫先是仔細地把徐梅花拿來的藥看了一遍，然後道：「這藥吃不出人命，但是長期吃下去，妳這輩子都別想懷孩子了……還會短壽！」

徐梅花聞言差點被嚇死過去。

「怎會這樣啊？不是那麼多人買嗎？我親眼瞧見還有幾個抱著孩子的婦人在感謝神醫啊！」

「妳若是信不過我，可以去縣城找別的大夫瞧瞧。」陳大夫脾氣好，被質疑了一點都沒有生氣。

「不、不，我不是這個意思！您別生氣，就是覺得這事……這事……」徐梅花一時半會兒還真接受不了這個事實。「陳大夫那我現在怎麼辦啊？我這都吃了不少了！」

可千萬不要懷不上孩子啊，若是懷不上孩子，她這輩子就完了！

陳大夫道：「妳別擔心，只要妳現在把藥停了就成了。孩子這事得靠緣分，妳的身體沒問題，不用瞎吃藥。若是妳還不放心，就讓你們家男人來我這兒，我幫他把把脈。放心，我不會往外說的。」

徐梅花眉頭不展，畢竟墩子有毛病比她自個兒有毛病還惱，若真是墩子有毛病，他那張臉往哪兒擱啊？他可是當家的男人！

「陳大夫，這些藥有啥毛病？」劉芷嵐問。

陳大夫道：「這些藥都是陳藥，藥效快沒了的那種，應該是藥店扔了又被人撿走了。因著是陳藥，所以賣藥的大概覺得吃不死人，才放心大膽地瞎胡鬧。可這些陳藥又不是徹底沒有藥性，亂七八糟的混在一起熬來喝……時間長了，身子骨肯定會垮。」

到時候身子骨都垮了，還生什麼孩子。

「這些個挨千刀的玩意兒，老娘找他們去！」徐梅花氣得肺都要炸了。

「梅花妳回來……」劉芷嵐慌忙去追徐梅花。「謝謝您啊，陳大夫！」

陳大夫在她們身後笑道：「不客氣，都是鄰居。」

追到徐梅花之後，劉芷嵐就把人往家裡拉，然後將她按在椅子坐下。「妳現在跑去都什麼時候了？」

徐梅花的胸口起伏得厲害，破口大罵道：「那我明天去，我就不能便宜了他們！挨千刀的，藥是能給人亂吃的嗎？這幫頭頂長瘡、腳下流膿的玩意兒，早晚生兒子沒屁眼！」

劉芷嵐在她身旁坐下來勸道：「明天也不能去！」

「為啥？嫂子，難道這個虧我就這麼吃了？若是我不去，他還得坑害多少人哪！」徐梅花是真著急了，一個是心氣不平，一個是不解決這件事，她的良心不安。

這孩子不來，是不是她積德行善的事做得少了啊？

「妳別著急，聽我說。」劉芷嵐倒了杯茶塞進她手裡，然後語速輕緩地道：「這種騙子都不是一個人擺攤，妳雖說瞧見的只有他一個人，但是在妳瞧不見的地方一定還藏著他的同夥。妳若是莽撞地跑去當眾揭穿他，那些隱藏在人群中的同夥肯定是不會罷休，說不定會拿刀捅妳！」

徐梅花想想還真有這樣的可能。「那該怎麼辦啊？」

總不能就這樣放過那些人吧？

劉芷嵐笑道：「簡單，妳跟我說擺攤的人長什麼樣子，還有那幾個抱著孩子感謝他的人又是長什麼樣子，我畫下來，然後明日讓墩子或是栓子拿著畫像去縣衙報案。對了，到時候再帶上妳買的藥材。」

「去……去衙門啊？」一聽說要去縣衙，徐梅花心裡就犯怵。

這年頭的老百姓是能繞著衙門走就繞著衙門走，有句老話說得好：衙門朝南開，沒錢有理莫進來！

「妳別怕，這又不是旁的事，若是縣衙把這幫騙子抓起來那就是一件功勞。如果這些騙子害的人多這就是一件大功勞，縣衙裡的人高興還來不及，不會為難你們的。對付這種人，只能用這種辦法，否則妳就這麼去了，找不找得到人還兩說，就算是找到了，也可能惹禍上身！」

「成，就聽嫂子的！」徐梅花豁出去了，咬牙答應下來。

劉芷嵐讓她等一等，起身回屋去拿紙張和炭條，把紙張鋪好後就問徐梅花。「說吧，那個騙子長什麼樣？妳好好想清楚，所有的細節都要說給我聽。」

「那人吧……他長這樣……」徐梅花開口說起來，其實並不抱太大的希望，以前去鎮上又不是沒見過通緝人的畫像，那畫上的人只是拿毛筆隨便塗兩下，誰看得出長相？無非就是能把圓臉、方臉、長臉給搞清楚，至多再看有沒有鬍子，或是有沒有明顯的大黑痣子。

她向劉芷嵐描述那人的長相，答應去衙門報案，真的就是圖一個心安，一丁點都沒指望衙門靠著畫像把騙子給揪出來。

可是，當她看到一張人臉在劉芷嵐的手下逐漸成形，最終栩栩如生地躍然於紙上的時候，整個人都傻了！

這……怎能畫得這麼像呢？

「不像嗎？梅花妳跟我說哪兒不對，我改。」劉芷嵐道。

「不用改，太像了！」徐梅花激動地道。「畫成這樣了，若是還抓不到人，那就是縣衙的人無能！

「嫂子，妳太能幹了！」徐梅花一把抱住劉芷嵐，這會兒已經不知道該如何表達自己的心情。「山哥能娶到妳就是八輩子修來的福氣，嫂子妳就是旺命、旺夫、旺身邊的人！誰跟妳親近誰就旺！徐茂文真是瞎了狗眼，不要妳，要劉春桃……」

「打住打住，越說越沒個正經，往後別說這樣的話，讓遠山哥知道，他該生氣了！」劉芷嵐瞪了徐梅花一眼。

徐梅花吐了吐舌頭，連忙認錯。

「我能嫁給遠山哥也是我的福氣！」對於蕭遠山，劉芷嵐是十分滿意。

「嘿嘿嘿，嫂子說得是，妳跟山哥是天生一對！」徐梅花嬉笑著描補。

「這張畫能用，妳趕緊說說旁邊那幾個婦人長什麼樣子，今兒定一口氣全畫出來，明兒好讓墩子他們送去縣衙，省得耽誤事。」

徐梅花當時聽人家瞎吹牛的時候也挺認真的，所以把幾個人的樣貌，就連幾個孩子的長相，全都記得很清楚。

畢竟她喜歡孩子，當時還逗過那些孩子，就想著沾點喜氣，回頭自個兒也生一個。託她的福，劉芷嵐畫了一疊畫像，徐梅花把這疊畫像帶回家之後，老方家的人都被震懾了。

第二天一大早，方墩子和方栓子就套車往縣裡去。

當兩兄弟報案，把畫像拿出來的時候，又震傻了縣衙的人！

方栓子瞧著一屋子傻呆呆的捕快、衙役、書吏等人，心裡鄙夷他們：還是城裡人……真他娘的沒見識！

有了畫像，捕快們很快就抓到人。

這個時候的衙門辦案還是十分粗暴，若你耍花招，就挑兩個人來大刑伺候，只要有一、兩個人招供了，別人就更不用說了。

關鍵是，透過這個案子拔出蘿蔔帶出泥，不但將賣假藥的人都抓起來，還帶出一個拐賣幼童的大案子。

為何說是大案子？

因為這起拐賣案子裡牽扯到兩家的嬰孩，一個是府城首富曹家的獨苗金孫曹祥，一個是知府家的小姐叫沈春。

這兩個孩子，一個剛滿月，一個七、八個月大。

曹家人帶著曹祥去參加沈春的滿月宴，兩家人是結了娃娃親，兩個小娃娃歇覺的時候便放在一塊兒，女眷就在跟前閒話家常。

結果讓一個不知原因嫉恨主家的婆子用迷香熏暈了一屋子的人，然後把兩個小娃娃偷走，賣給跑江湖的騙子，轉頭這個婆子就跳河自殺了。

等那頭發現事情不對了，婆子已經死了。

饒是知府衙門花了大把力氣找人也是徒勞。

這下老方家的人去報案，算是給吳縣令送了個天大的功勞，吳縣令把案子辦下來之後，好幾天都樂得沒睡著覺。

特別是兩邊府上來人把嬰兒認下的那天，他真的是走路都在飄，只要給他腰間拴根繩兒，他就能飛上天去晃蕩。

原本吳縣令還打算整治老方家一番，畢竟他兒子跟顧家的婚事鬧沒了，他不能對顧家怎麼樣，但是能遷怒方家，誰讓方栓子去救人的？

別說不公平，天高皇帝遠的地方，當官的不跟你講理，你還真只能受著。

這會兒老方家給他送這麼大一個功勞來，他也就不好意思再找老方家的麻煩了。

老方家的人完全沒想到，這麼一個報案的舉動，竟讓他們躲過一劫。當然，若是沒有劉芷嵐的畫像，他們就算報案也不會有啥效果。

兩家人在找回孩子的第二天，曹家老爺就親自去徐家村。

吳縣令那頭雖然他貪功，但也不敢太過了，也沒敢瞞著是方家人來報案，加上曹家人有錢能使鬼推磨，這事的來龍去脈還能查不清楚？

所以吳縣令還是很乾脆，都跟知府和曹家人交代得清清楚楚。

反正沒有他快速反應派人將騙子們抓回來，等他們出了縣城、府城的地界，大人雖然好抓，小孩子就不一定了。

不過因著沈春是個小姑娘，即便她是嬰兒，知府那頭也下了封口令，故而曹家人進徐家村的時候，只說自家孩子被方家救了，別的一概沒說，只是給謝禮的時候多給一份。

曹家人是跟著吳縣令來徐家村，頓時轟動了整個村子。

那一車車的禮物讓人看得眼紅不已，只是有縣令和捕快們在，村民們只敢遠遠地看熱鬧，並不敢湊近。

老方家的人知曉曹家人的來意之後，還有些不知所措。

「聽說畫畫像的人住在山上，不知能否請你們帶路？」一番寒暄之後，曹家老爺就問。

「成，咱們走吧。」方栓子最先反應過來。「山上路遠，幾位貴人還是坐車吧，剩下的人就留在山下。爹娘你們招呼好其他客人，大哥大嫂咱們跟著一起上山。」

有方栓子這番話，吳縣令和曹家老爺就留了一部分人在山下。

「我嫂子獨自在家，不好張揚，還望兩位貴人勿怪。」方栓子把人帶到自家在山上的宅院，就算有人跟來瞧了，他也不虛。

將人領進家門後，方栓子就關上大門，然後跟吳縣令和曹老爺解釋道，一個女人單獨在家，若是讓人知道有貴人帶著東西去找她，指不定就能引來賊人。

這兩人都是世故的人，還是能明白他話裡的意思。

方栓子讓徐梅花去請劉芷嵐，而他陪著兩人閒聊。

他是個混子，認識不少三教九流的人，又做了些日子的生意，這張嘴更會說話，倒是沒讓場面冷下來。

其間，曹老爺喝多了水尿急，方栓子乘機推銷了一把他家這種新型淨房，帶下水道和化糞池。

曹老爺還是挺感興趣的，方栓子說只要有錢還能做得更奢華，比方說把便坑弄成陶瓷的、金的、銀的、銅的都成——這是蕭遠山順口跟他提過，他這小子就記住了。

在等待劉芷嵐的這一小片刻，方栓子還談成了一單生意。

當然，這裡頭曹老爺感謝的成分居多，而且他也不敢拿曹氏大宅給方栓子改動，只拿了一套小別院請他做。

等劉芷嵐來了，就見方栓子在那兒跟人滔滔不絕地瞎吹。

瞧見劉芷嵐，方栓子和方墩子兄弟明顯一愣，不過他們也沒說啥，就跟吳縣令和曹老爺介紹起劉芷嵐。

兩人打量了劉芷嵐一番，心想：長相普通，但是氣質不錯。

劉芷嵐荊釵布裙地站在那裡，臉上抹了薑黃色的粉末，又在臉上點了些雀斑，眉毛也畫得雜亂了些，反正整體看起來跟普通的農婦沒有區別。

「見過大人，見過曹老爺。」劉芷嵐跟兩人行禮。

「坐，坐下說話！」吳縣令道。「聽說那人像畫是妳畫的，可否讓本官再見識見識妳的本事？」

劉芷嵐頷首道：「回大人的話，是民婦畫的，不知大人現在讓民婦畫誰？是口述還是……」

「就畫老夫吧！」曹老爺道。

劉芷嵐來的時候就有準備，徐梅花把竹籃遞過來，她就將裡頭的東西拿出來，擺弄好了之後，就先端詳了曹老爺一番，這才在白紙上動筆。

她在畫的時候大家都沒吱聲，等曹老爺的形象漸漸在紙張上成形，在一旁瞧著的吳縣令眼神就變了。

這回劉芷嵐畫的不只是頭像，而是全身像，真的是栩栩如生，像是把曹老爺整個拓印在畫紙上一樣。

上回因為人物眾多，劉芷嵐畫得快，其實有些細節上的處理很粗糙，但這回不同，又不趕時間，品質比通緝頭像好了不止一星半點。

她這手藝反正是暴露了，這會兒藏拙也來不及了。

等她畫完了，曹老爺一瞧就開始愛不釋手地嘖嘖讚嘆起來，道：「這張畫我五千兩銀子買了！」

劉芷嵐提醒他。「我作畫用的顏料是炭條，畫出來的畫保存不了多久……」

給曹老爺畫的素描畫像，雖然花費的心思多一些、費勁一些，那也值當不了五千兩。

就算這邊沒有這種畫法，物以稀為貴，也不能太過。

「這幅畫您要是喜歡就給五十兩。」劉芷嵐道。

曹老爺搖頭，笑道：「五千兩，多的就算是謝禮。」

劉芷嵐明白了，若不是她畫像清楚，衙門還真抓不到人，遂不再推拒。「那我就收下了。」

有錢人就喜歡用錢來解決問題，不喜歡欠人情。更何況是不同的階級，他們可不想因著人情而惹上源源不斷的麻煩。

雖說劉芷嵐不是這樣的人，方家也不是這樣的人家，但是曹家人要這麼防備著。

「妳這畫法，本官從未見過，是師從何人？」吳縣令問。

劉芷嵐道：「我父親曾經兩次上戰場，他帶回來的戰利品裡就有類似的畫冊，我小時候什麼也不懂，無聊的時候就拿著炭條學塗鴉，時間長了，也琢磨出些門道來。」

「那些畫冊還在嗎？可以讓本官瞧瞧嗎？」吳縣令又問。

劉芷嵐黯然落淚道：「讓我繼母給燒了……」

吳縣令：她繼母是誰？拖出來，看老子不打死她！

吳縣令欲言又止地看了看劉芷嵐，一般婦人家是不願意在外拋頭露面的，若換成以前，他倒是可以直接一道命令就強行把人帶走，可如今麼……

劉芷嵐覺得差不多了，就收了眼淚，低聲道：「若大人有意，民婦倒是可以跟衙門的畫師交流一番，不過得等民婦的丈夫從山中打獵回來再說。」

倒不是給吳縣令面子，而是她覺得這項畫技有助於朝廷抓逃犯，流傳出去也算是為老百姓做一件好事。

「哈哈……那太好了，那本官就等著了……」吳縣令對劉芷嵐的識相十分滿意。

送走這兩人，劉芷嵐回到家，就去查看曹老爺都送了些什麼，綾羅綢緞、珍貴藥材、精緻點心、糕點都有，真的出手闊氣。

劉芷嵐花了些時間把這些東西寫了張單子，就去忙活別的。

她不知道的是，早先有幾個男人偷偷摸摸到山上附近躲著，結果瞧見有一群捕快差役就嚇得趕忙溜了。

山下，方家人關上院門，關上堂屋門，然後對著堂屋裡的幾個箱子犯愁。

綾羅綢緞、山蔘藥材都是他們這種普通老百姓見都沒見過的，這就不說了，其中一個小紅漆匣子裡還裝著一萬兩的銀票。

就算他們家現在因著兩個兒子會掙錢，家裡寬綽了，可最多也就幾百兩銀子。

他們連一千兩銀子都沒見過，忽然之間天上砸下來一萬兩。

方家人的手都在抖。

「要不……送回去？」方老樹吞了吞口水。

這世上想發橫財的人很多，可也有像方老樹這種膽小的老實人，銀錢一多，他就覺得害怕。

當然，若是自家辛辛苦苦攢的錢，他自然不怕，可這錢是別人送來的……

方嬸想了想，道：「栓子，你去問問你老丈人，請他幫忙拿個主意？」

「好，我這就去。」方栓子也不知道該怎麼辦。

「娘，財不露白……」徐梅花怕方嬸糊塗了，忙提醒道。

方嬸道：「顧家是見過大世面的，跟咱們不一樣。再說，這銀子是縣令大人和曹老爺一起送來，顧家就是想貪也會有所顧忌。」

徐梅花其實也就是提醒，這會兒婆婆這麼說，她也就不再攔著了。

方栓子起身要走，方嬸喊住了他。「你就這麼空手去？」說完，她把一盒人參塞給方栓子。「我們莊稼人用不上這玩意兒，你拿去送給顧老爺子，再給你媳婦挑兩疋緞子。」

「對對對，栓子，你給你媳婦多挑兩疋，我和娘用不上這種緞子。」徐梅花也跟著道。

莊稼人家的女人隨時都要幹活，哪能穿緞子衣裳？

方栓子也不客氣，挑了兩疋顏色鮮亮的緞子就往外走。

出門就碰到徐梅花的爹娘、哥嫂和妹子。

「栓子這是要出門啊，上哪兒去？」徐梅花的大嫂小李氏，眼睛落在緞子上都移不開了。

太好看了，簡直是神仙緞子！

「關妳屁事！」方栓子賞了她一句，然後瞪了他們一眼，繞過他們就走，招呼都沒打。

「我呸！狗屁倒灶的玩意兒，什麼東西！」李氏對著方栓子的背影啐了一口。「不過是那下三濫的混子，手上抱的東西還是咱們家大丫頭掙的呢！轉頭就跑去跟他老丈人獻殷勤……」

方栓子離去的方向就是他老丈人家，李氏不瞎，一瞧就知道了。

「娘，咱們還是先找姊吧。」徐荷花扯了扯李氏的袖子道。

剛才那緞子真的太好看了，她好想要。

今兒這事太大了，全村都知道縣太爺和曹老爺帶著禮物上方家的事，因為他們帶來的人多，稍微一打聽就知道是怎麼回事。

因著徐梅花被人騙了，她男人上縣衙報案，然後縣衙把人抓著了，順帶救回曹家被拐走的金孫，所以曹老爺跟吳知縣是帶著禮物來方家道謝的。

「砰砰砰！」李氏使勁拍響方家的門。

方家人慌忙出來把堂屋拿鎖頭鎖好，這才去開院門。

「親家……」瞧著門外的徐家人，方家人的神色很是無奈。

徐家人進方家院子就開始找，找一圈啥也沒找著不說，還瞧見方家的堂屋鎖著。他們都不傻，一眼就知道怎麼回事。

「親家，這是防誰呢？」李氏大嗓門地嚷嚷起來。

小李氏走到徐梅花的跟前，親熱地挽著她的胳膊道：「哎喲，我的大妹，妳可別犯傻，那些東西可是妳掙回來的，怎麼讓方栓子那小子給順去了？」

「是啊，大妹，東西是妳掙下的，就是老徐家的，趕緊把門打開，我們好把東西抬回老家。至於方栓子拿走的兩疋緞子，讓方栓子折成銀錢送過來，咱們老徐家就不跟他一般計較。」徐梅花的大哥徐茂木十分理所當然地道。

「大妹啊，妳姓徐，徐家才是妳的靠山，妳要搞清楚這一點，妳兩個哥哥好了，方家人才不會欺負妳。」徐德慶對徐梅花語重心長地道。

徐梅花氣得笑了。「從小到大欺負我的只有你們，你們不欺負我就算是燒高香了！嫁出去的閨女，潑出去的水，這可是你們說的，想要東西門兒都沒有，你們也瞧見了，今兒可是縣太爺親自來的，你們要是敢在老方家搶東西，我連夜上縣衙告你們去！」

「我打死妳個不孝的東西！」

徐德慶氣得當場脫下鞋子往她身上招呼，李氏也撲上去撓徐梅花。

方墩子見狀，把徐德慶和李氏給掀翻出去。

徐荷花尖叫著從方家跑出去。「不得了，打人了，方墩子打老丈人！」

李氏也癱坐在地上哭嚎。「我不活了……我女婿要打死我……」

一下子不少鄉鄰圍上來，都對方墩子指指點點。

「方家老大，你這就過分了啊！怎麼出手打丈母娘和老丈人呢？」

「可不，不孝要遭天打雷劈的……」
「這是有錢了，看不上窮親戚了啊……縣太爺都來送東西給他們家……」
「方老二又搭上了老顧家，這可不就眼睛往頭頂上長了嗎？」
徐家人在外頭吵吵鬧鬧，引來不少人圍觀，外來移民不敢說什麼，他們地皮還沒踩熱乎，可不想得罪方家。
但是徐姓族人可不一樣，他們眼紅方家不是一天、兩天了，只是礙於方栓子的威名，平日裡只敢在背後嚼舌根，沒人敢正大光明地上門來鬧騰。
這會兒不一樣，方家人欺負徐家的人！
「走，去叫族長，找族人來評理……」
「徐梅花不敬父母，把她浸泡豬籠！」
徐家人去喊來族長和族人，很快地來了一大群徐家族人。
徐梅花的臉血色褪盡，蒼白如紙。
方家人都有點慌了，他們是外來戶，平常方老二混，方老大也能唬人，但是跟徐家整個宗族對上，肯定是他們吃虧！
方墩子上前將徐梅花拉起來。「不怕，有我呢！」
連自個兒的婆娘都護不住，他還算個屁男人！
方墩子從屋裡把砍柴的刀拿出來，並讓媳婦跟父母都進屋，然後他在徐梅花擔心的目光下去關院門。

「墩子……」徐梅花抬手擋住門，她想說有事夫妻倆一起擔。

方墩子對她笑了笑。「照顧好我爹娘。」

說完，他一用力就將門關上，並拿鎖頭將門給鎖上。

第二十三章

「殺人啦！方墩子要殺人啦！來人啊……方墩子要殺老丈人啦……」李氏大鬧起來。

方墩子沈著臉不說話，手中緊握著柴刀。

方家伙食好，不管是方墩子還是方栓子都長得壯實，他就這麼握著柴刀陰惻惻地站在門口，氣勢十分嚇人。

李氏嚎了幾聲見沒人附和她，方墩子又一副真要殺人的樣子，她的聲音就弱下來了。

徐家的族人們很快就來了，一個個手上拿著鋤頭扁擔。到別人家搶奪物品，他們都怕跑得慢沒自己的分兒。

方家是外來戶，就算方栓子攀上顧家又如何？顧家也是外來戶，雖然家大業大，但初來乍到，還是得看人臉色啊。

所以徐家人想著那一車車的東西就眼熱不已。

「方墩子，你竟然砍殺你岳父岳母，你當我們老徐家沒人了是吧？」徐氏族長陰沈著臉，陰陽怪氣地開口。

方墩子「呸」了一聲。「別他娘的廢話，想搶我們家東西，先問問我手中的刀答不答應！你們徐家人是多，老子也打不過這麼多人，不過沒關係，誰先帶頭來，老子砍死一個夠本，砍死兩個賺一個！」

蠢蠢欲動的徐家人頓時就遲疑起來。他們眼紅方家不是一天、兩天了，在吳縣令等人進村之後，忌妒之心達到頂峰，所以徐梅花的兄弟一跑去叫人，徐家人就覺得機會來了。

方墩子打了丈母娘和老丈人，他們徐家人來討公道很合理。討公道的過程中毀壞他家東西也合理。村裡人太多，混亂中方家少了東西就更合情合理了。

到時候，就算方家人上縣衙告狀，縣令都不知曉該如何查。

徐家人可謂十分有底氣，都想著要透過這一次發家致富。

只是如今方墩子拿著柴刀守門，一想到小命重要，大家就都有些怵了。

徐家族長冷笑一聲，指著方家的院牆道：「都給我翻院牆進去，找方家的父母說說道理，兒子打了親家，這件事可沒完！」

眾人一聽，果然是族長聰明，他們翻院牆，方墩子能顧得上誰？

於是大家一哄而上，不過都是繞過方墩子，企圖從兩側開始翻院牆。

「喲，這是在幹麼？」正在這個時候，方栓子跟老丈人顧榮昌帶著家丁走過來。

徐氏族長有些忌憚地看向顧榮昌。

「方墩子打了我們徐家人，還是他岳父岳母。顧先生，這樣的人家，你們還是離遠點兒好。今兒方墩子能對他的岳家喊打喊殺，明兒方栓子也做得出來。您家都是金貴人，可跟咱們不一樣，受不起這等折騰。」

「顧先生，我沒有！他們想搶我們家的東西！」方墩子急了。他覺得自己好像做錯了，若是因為他的魯莽壞了栓子的婚事，那……他可就罪過大了。

「墩子，把刀放下。」顧榮昌道。「鄉里鄉親的別動刀子。」

聽他這麼一說，方墩子就放下手中的刀。

徐家人十分得意。

瞧吧，顧家人不護著你們，看你們怎麼辦。

「墩子，把門打開。」顧榮昌又道。

「顧先生……」方墩子十分委屈。

若是把門打開，家裡的東西就保不住了。

徐氏族長見狀，笑著跟顧榮昌拱手。「讀書人果然是明事理，顧先生英明！」

顧家只要不站在方家這一邊，他們就能理直氣壯地找方家人算帳，順便把方家的東西給瓜分了。

徐梅花的父母也因此興奮地顫抖了起來，兩人也紛紛向顧榮昌道謝，謝謝他肯站出來主持公道。

顧榮昌笑咪咪地看向這些人，轉頭對身邊的管事道：「你記清楚這些人都是誰，一個個把名字登記在冊，若是方家的東西被他們給搶走了，你就把這份名冊送到縣衙去。東西是吳縣令派人送來的，被人奪走了，自然要知會縣令大人一聲。至於說縣令大人如何處置……聽說水渠還有一段要開工，縣令大人正為壯丁招不夠而發愁，我瞧著徐家的青壯年也不少，正好去填補這個坑。咱們村的地太少了，少了徐家這些人，就有多餘的地空出來，也好安置移民。」

顧榮昌這番話可謂是誅心啊，他威脅徐家人不說，還在最後將所有的移民都帶上了。你不是想著要搶方家的東西嗎？那好啊，我就讓別人盯著你們老徐家的地。青壯年們都去幹苦力了，徐家的婦孺能守得住這些地？要知道這年頭，鄉間的地大多都是私契，很少有人捨得多花銀子去官府辦官契，沒有官契的田地，官府是不管其中糾紛的。

徐家人頓時就怕了。

徐氏族長氣得要死，質問顧榮昌。「顧先生，您這是要跟我們老徐家對上啊？您是讀過書的人，應該知道一句話，強龍壓不過地頭蛇。況且，我們徐家也不是沒有人。我們徐家出了個秀才，馬上秀才就要變舉人了。顧先生，你們家大業大，可是家裡卻沒人有功名……」

徐氏族長拿徐茂文出來壓人，也在提點顧榮昌，他們是被皇帝趕到這兒來，家裡人的功名被褫奪不說，子弟三代內還不能科舉，所以顧家在徐氏族長看來不過是紙老虎。

顧榮昌聞言，笑容更深了。「徐家還不配我們顧家看在眼中。」

什麼玩意兒，也敢威脅他！還敢拿話戳他心窩！

瘦死的駱駝比馬大，這個道理啥玩意兒，破族長不明白嗎？還跟他拽上詞了。

「你……」徐氏族長氣得七竅生煙。

顧榮昌沒理會他，只跟方墩子道：「趕緊把門打開，讓他們搶，你家東西有哪些，縣令那裡是有禮單的，左右丟了全算在徐家人身上，有一個算一個，就是嬰兒也跑不了！我倒要看看他們有本事拿，有沒有命吞！」

說完，顧榮昌又對那些來看熱鬧的移民道：「你們都是讀書人，知道今日之事的各種利害，若是今日之事讓徐家人得逞了，今日之方家，就是後日之你們。你們是看熱鬧，還是守望相助、相互扶持……看著辦吧！左右今兒你們只看熱鬧，明兒輪到你們家的時候，我們顧家也只看熱鬧。」

顧榮昌的話音一落，移民們你看看我、我看看你，然後，便有人走向方家，跟方栓子站在一處。

有一個人走了出來，就不差第二個、第三個。

說實話，移民到此地，不少人家都受過徐家人刁難，不少人家都被占了小便宜，甚至還有徐家人強娶移民家的閨女……

見那些外姓移民越來越多站在方家門口，徐家人的臉色都變了。

他們忽然意識到，從今以後徐家村再也不是徐家人獨大，也不再是徐家人為所欲為地欺負外來戶的時候了。

「族長……這可怎麼辦啊？」

「族長，我們夫妻難道就白挨打了嗎？」

徐梅花的父母見狀不對，都期期艾艾地看向徐氏族長。

徐氏族長怨毒地盯著顧榮昌，咬牙道：「你們兩個惹禍精，身上一點傷都沒有，就跳出來說女婿要殺你們……回去都跪祠堂！」

事情到這一步，真把徐氏族長給震住了，所以他只能將氣撒在徐梅花的爹娘身上，順帶強行給自己一個臺階下。

徐梅花的父母聞言就傻眼了。

怎麼要讓他們跪祠堂呢？剛才族人們還如狼似的要分了方家，這會兒族長怎就翻臉不認人了？

「徐梅花，妳個不孝的東西，妳躲著幹麼？」

「妳就不管爹娘了？妳個挨千刀的玩意兒，妳不得好死！」

徐梅花的父母哭嚎著被徐氏族人帶走，一邊嚎一邊咒罵人，不過很快地他們的聲音就遠去了。

徐家人都走了之後，方墩子對最後站出來挺方家的那些移民抱拳。「我方墩子在此謝過諸位，我嘴笨不會說話，若是往後諸位有啥事需要幫忙就招呼一聲，只要我能幫的就一定幫。」

「應該的，我們都是外姓人，顧先生說得對，我們在徐家村是該守望相助，否則都要被他們欺負。」

「對。」

「還得多謝顧先生點醒了我們。」

「我們若是不自己幫著自己，早晚也會被徐家如此欺壓。」

「今日他們能藉口徐梅花不敬父母，就傾盡全族之力企圖搶了方家，豈知將來不會用別的藉口來搶我們？」

「這裡是村莊，不是山匪窩子！」

顧榮昌很是滿意這幫移民的反應，他抬手虛壓了壓。「大家能想通就好，既然朝廷將我們安頓在這裡，這裡就是我們大家的家園，這個村子叫徐家村，但它不姓徐！不是徐家人的！這一點，還務必請諸位都記清楚。」

說完，眾人紛紛附和他，也都知道方家還有事，稍微說了幾句之後就紛紛告辭。

人都走了，方墩子打開大門請顧榮昌進屋去坐，方家兩老也出來對顧榮昌千恩萬謝。

如果沒有顧榮昌威脅徐家，今兒方家兩兄弟肯定要跟徐家人拚命，到時候……方家兩老根本就不敢想那後果。

「親家客氣了，我們兩家是親戚，往後婉寧進門之後更是一家人。徐氏打你們的主意，也等於是在打婉寧的主意，所以親家不必謝我。」顧榮昌這個人態度很隨和，家逢巨變也沒讓他移了心性。

落坐之後，顧榮昌也沒見外，直接道：「栓子把事情向我和我爹說了，我們的意思是這銀子和禮物你們安心拿著就成了。若是你們不拿反而不好，對方會以為挾著恩情想要別的，要讓他們為難並且給不起的東西。」

方老樹夫妻相互對視一眼，都挺為難的，因為這銀錢太多了。

「爹，娘，聽我老丈人的，他們懂得多！比咱們有見識！」方栓子勸道。

顧榮昌也沒計較方栓子還沒跟自己閨女成親就瞎喊，左右他也被這個女婿給喊習慣了。

「只是你們得注意了，如今財還沒露白，一些禮物就引來徐家人的覬覦，今後還是得小心些，說不定他們來明的不成便會來暗的。」

「那可怎麼辦啊……」方嬸方寸大亂，有銀子還成罪過了！

這就是方家自個兒的事了。該說的都說了，顧榮昌起身告辭。

等顧榮昌走了之後，方栓子就道：「爹、娘，我倒是有個法子，咱們將銀票就藏在老宅，然後搬家上山，您二老是跟大哥住還是跟我住都成。那些眼紅的人瞧咱們搬家了，肯定以為值錢的東西都搬山上去了，就算想尋找也會去山上，不會在山下的老宅。咱們給他來個燈下黑！再者，山上的房子是新蓋的磚瓦房，牆高門戶緊，咱們住著也能安穩些。」

方墩子聞言覺得這個想法不錯，忙贊同。「我覺得老二的辦法挺好。爹、娘，咱們搬上山吧！您二老跟我住，村裡的老人都跟老大住。」

「可咱們在山下還有這麼多的地呢！」方老樹捨不得。

方栓子道：「地就租賃出去，或者賣了，還能省下些稅錢。再說，山上的果園還不夠人伺候呢！」

「賣了啊……」方嬸也捨不得。

方墩子也幫腔。「幾畝薄田，捏在手裡也沒啥意思，咱們現在手裡有銀子，可以再多買點山地，山地又不太需要繳稅，真合適。山地就算不能種稻，但是能種玉米，還能弄成果園。嫂子說了，我們種葡萄的話，她要收購用來釀酒，嫂子會釀葡萄酒！」

方栓子道：「娘，您在姚掌櫃那裡幫工過，應該知曉葡萄酒的價錢，真比種地合適。您二老要是心裡覺得不踏實，趕明兒我們兄弟先上街多買點糧食囤起來。爹、娘，山下真沒啥不能割捨的，以前山路不好走，如今山路也鋪上青石磚，上下山咱們可以趕騾車。」

「成吧，都聽你們兩兄弟的，你們大了，見識多。只是這銀票還是不藏在老宅裡，你們兄弟一人分四千五百兩，我們兩個老的拿一千兩傍身。往後我們就跟著老大過，曹老爺送來的東西，你們兩兄弟也都平分了，分了之後想留的就留，不想留的就拿去縣裡換成銀錢。」

方嬸想來想去也沒有更好的辦法，於是便同意兩個兒子的提議。

山上人少，日子還能過得清靜些。

人老了，就讓兒子拿主意吧！

一家人商量好了，銀票也分給兩兄弟貼身藏著。因為銀票太多了，最終一家人晚上睡覺的時候，三個男人貼身裝著銀票睡一張床，兩個女人睡一張床。

隔天一大早，方栓子又跑去顧家，見到顧婉寧之後就將自己分得的四千五百兩銀票交給她收好，他給了銀票就離開，一點都不拖泥帶水。

方栓子想得很開，顧婉寧早晚是他的人，銀子放在她這兒最穩當。退一萬步說，萬一顧婉寧變心，不想嫁給他了，他沒了這個銀子也不傷筋動骨，畢竟這個銀子是意外之財，不是他掙的，他不心疼。

顧大太太從外頭進來的時候正瞧著顧婉寧拿著銀票發呆，便問：「我兒這是怎麼了？」

顧婉寧行禮後，道：「母親，這是栓子剛給我的，說是他娘作主，把曹家給的謝銀分給他們兩兄弟了，給他們一人分了四千五百兩，他把銀票全拿來給我了。」

「什麼？」顧大太太看了眼顧婉寧手中的銀票，簡直不敢相信自己的耳朵。

方家窮成那樣，有一大筆銀子之後，方栓子竟然會一毛不少地全送過來！

四千多兩銀子放在以前，顧大太太是不會放在眼裡的，那是因為以前的她有錢，現在家中劇變之後縮水不少。

關鍵是方栓子沒錢，這四千多兩應該是他的全部身家了。

婉寧還沒過門，他就把全部身家都給了婉寧，這個女婿好啊！

天剛矇矇亮，方家的騾車就載著一大車東西往山上去了。

「喲，方嬸，你們這是怎麼了？」在田間忙活的人紛紛湊過來詢問。

方嬸笑道：「山下的房子舊了，我們都搬到山上去住，兩個孩子的宅子都在山上呢！這麼兩邊跑也不方便。」
「原來是這樣啊。」
「也是，老這麼兩頭跑不方便。」
「那你們的田地怎麼辦啊？要到山下幹活也不方便。」
方嬸道：「我們還沒想好，到時候再說吧！」
賣捨不得，賃出去又怕人不好好侍弄，方老樹還在糾結呢。兩個兒子也不逼老頭，橫豎車到山前必有路。
等方家人走遠之後，這幫人就開始議論了。
「要搬家早就搬了，哪兒等得到現在。」
「依我看……是方家人怕了老徐家，想躲遠點。」
「也是，山上要來往一趟得一個時辰呢！」
「人家老方家無所謂，人家有騾車，可是你老徐家的人想去找麻煩，來往一趟一個時辰，一天才幾個時辰？」
「這個徐梅花也是，明明是老徐家的人，竟連父母都不管了。」
「嫁出去的閨女，潑出去的水。人家就算要管，也不能把方家的家底全搬到徐家去啊，沒這個道理，若是你們，這樣的媳婦你們敢要？」
「不敢不敢。」大家忙道。

「不過這老方家的地，我覺得他們應該會賃出來，趕明兒我得去問問。」

眾人議論一會兒就都散去了，手上都有事情，不幹沒飯吃。

方家兩兄弟來往好幾趟才搬完。

平時瞧著東西少，可輪到搬家這東西就多得要命，即使不是啥值錢的物品，但扔了老人家又捨不得，而且還能用。

當然，從赤貧到富有，方家沒有財大氣粗，反倒誠惶誠恐，越發小心謹慎。

費婆子去摘菜的時候，瞧見兩家的動靜，就回來跟劉芷嵐說了。

劉芷嵐心想：方家人之前也沒說要搬上山啊，莫不是出了什麼事？

劉芷嵐打算去看看。「我去方家一趟，妳去地裡再多摘一些菜，晌午方家人都要過來吃飯。」

方家今日搬家，肯定沒時間做飯。

蕭家挨著方栓子家不遠，但是跟方墩子的房子還是有點距離，方墩子的房子在下山的方向。

於是，費婆子摘完菜回來，在家等了半天，都沒等到劉芷嵐歸來。

她尋思著劉芷嵐多半是留在方家吃飯了，遂沒怎麼在意。

可是到了黃昏，劉芷嵐還沒歸家，費婆子有些不太心安。

她出門想去方家找人，出門就碰見從方墩子那兒回來的方栓子。

「方二爺，我們家太太怎還沒回來呢？」

方栓子讓費婆子問得一愣，撓著腦袋道：「嫂子沒來啊！」

費婆子聞言，差點嚇得腿軟。「二爺，上午我們太太就去大爺家，打算去看看能不能幫上忙，我以為太太被你們留在方家用飯了……這可怎麼辦啊，我們太太怎就不見了呢？」

劉芷嵐是說過要請方家人過來吃，也可能方家太忙了，她就順便留在方家做飯用餐。然而，費婆子沒想到，若是劉芷嵐不回來吃飯，方家也會來個人說一聲。

方栓子大驚失色，忙道：「妳守好門戶等著妳家太太，我這就去找人！」

說完，方栓子如風一般轉頭就跑。

「爹、娘，大哥、大嫂，不好了，嫂子不見了！」

「你說慢一點，到底怎麼了？」方嬸問他。

一家人正在洗漱，見到方栓子著急慌忙的樣子都紛紛停下手中的動作。

方栓子喘著粗氣把費婆子的話重複一遍，這下子方家人全嚇著了。

方墩子道：「栓子，你趕緊下山去顧家求助，借點人手上山。我跟你嫂子先去找人！

「爹、娘，你們守好門戶，別出去亂走，防備著萬一嫂子過來家裡沒人。」

「都這時候了，她怎會過來……」方老樹犯愁道。

方嬸罕見地凶了方老樹。「不會說話就閉嘴，去給孩子弄火把。」

這老頭子，說啥不吉利的話。

「我不是那意思，我是說萬一那丫頭回來了肯定是歸家，不會上咱們家來。」方老樹連忙解釋。

方嬸道：「那咱們也該在家守著，萬一蕭家有動靜，我們就趕緊去看看。」

很快地，方家兄弟兩個和徐梅花都舉著火把出門了。

方嬸叮囑方墩子夫妻。「你們別走遠了，免得芷嵐這孩子還沒找到，你們就在林子裡迷失了方向。」

深山中有猛獸，這可不是開玩笑的。

方墩子應下。「放心吧！娘，我們兩個先在附近找找，等栓子帶人回來，再往林子深處找。」

兩口子急急忙忙地出去找人，一路找一路喊她的名字。

陳大夫家聽到動靜出來問了一聲，然後他們家的男人都拿著火把出來，加入到找人的行列。

蕭家的小黃狗狂吠不已，一時間，狗吠聲和尋人的聲音混雜在一起，原本寂靜的山林變得十分嘈雜起來。

山下。

方栓子氣喘吁吁地拍打著顧家的大門。

門開了，門房一瞧方栓子忙問：「喲……方二爺您這是怎麼了？」
方栓子喘著粗氣道：「趕緊的……幫我稟報，我找我岳父……出大事了……」
門房不敢耽擱，連忙去後頭回稟，很快地，顧榮昌披著衣裳，大步流星地走了出來。
「栓子，發生了什麼事？」見方栓子都要急哭了，顧榮昌忙問。
方栓子哽咽道：「岳父，我芷嵐嫂子不見了……我來跟您借點人上山去找她。」
顧榮昌知道劉芷嵐，吳縣令和曹老先生都挺看好她的。
他立刻吩咐左右。「你帶十個人跟栓子上山找人，你趕緊套車進縣城，拿著我的帖子去報官。」
「謝謝岳父！」方栓子十分感激，帶著顧榮昌給的人就上山了。

山裡。
扛著獵物的蕭遠山加快腳步。自白天開始他就心神不寧，原本在追蹤一頭熊，他因著莫名的心慌就放棄了，往家裡趕。
只是快到家的時候，看到林子裡有不少火光，還隱隱聽見一些人在喊他媳婦的名字。
蕭遠山臉色一變，扔了獵物就往家裡跑去。
「怎麼回事？」
家裡沒有媳婦的影子，方栓子等人舉著火把到處找人。

「太太不見了……」費婆子嚇得發抖，話有些不索利。

徐梅花噼哩啪啦地把事情原原本本說了一遍。

方栓子見蕭遠山著急，就在一旁道：「山哥，你別著急，我岳父已經派人去縣衙報案了……」

其實他心裡很沮喪，縣衙的差役來了又如何？這山太大了……往裡走便有不少豺狼虎豹。

找了這麼久，所有人都覺得希望不大，多半已經遭遇不測。

「你們都回去吧！」蕭遠山道。

天色黑，沒有人能看清楚他的表情和眼神，只能感覺到他身上散發的氣勢非常冷。

「山哥，我們再幫你找找。」方栓子不忍心。

蕭遠山搖頭。「晚上山裡太危險了，你們回去吧，我對山裡熟，我去找。」

說完，他轉頭就要進山，但褲腿卻被小黃狗給叼住了。

蕭遠山就將小黃狗脖子上的大粗鐵鍊給解開，狗子如箭一般射進漆黑的山林中，他忙跟上，兩三下就消失了蹤影。

方栓子跟著追了一陣子沒追上，耷拉著腦袋沮喪地回來了。

「煩勞大夥兒了，大夥兒請回吧！」方栓子道。「改天我方栓子定登門道謝。」

眾人紛紛道：「不用客氣，鄰里鄰居的本來就該相互幫助。」

山下。

老蕭家的大門敞開著，見著有人從山上下來就去打聽。

「怎麼了？人找到沒？」

「沒找到，你們家老大回來後，他進山去找人了。」

等人走後，蕭家幾個婆娘紛紛朝著門外吐口水。「活該！」

幾個男人也是幸災樂禍，都道：「他們都死在山裡才好呢！」

「對了，爹，若是他們死在山裡回不來……山上的房子就是我們老蕭家的了啊！」

「對對對！」

「哎喲，菩薩可保佑，他們兩口子都死在山裡吧……」

這一晚上，方家人擔心得睡不著，蕭家人開心得睡不著。

一大早，縣衙的捕快進村，由顧榮昌出面接待。

方栓子跟在老丈人身邊，很是大方地給幾個捕快都塞了銀子。

拿了銀子的捕快，辦事就很認真，開始在村裡盤查起來，比如有沒有見過什麼陌生人、最近村裡有沒有人跟劉芷嵐結仇什麼的。

這個過程有點慢，但有些事情是急不來的。畢竟茫茫大山，讓捕快直接進山找人也不現實，這幾個捕快進山跟芝麻撒進稻田中一樣，轉眼就沒，怎麼找人？

方栓子急得嘴邊起了燎泡。

顧婉寧吩咐人替他煮了菊花水去火氣，又想辦法見了他一面，勸慰道：「……你如今再著急也沒用，捕快們先要找線索看看是誰擄走嫂子，只要能知道誰擄走了人，有目標去找比如今無頭蒼蠅般去找要強得多。

「況且，嫂子是昨日上午不見的，豈知他們到底是進山還是沒進山？你們如今要做的一就是等，二就是儘量配合捕快，看能不能幫上他們的忙。他們辦案是老手，手段辦法都很多，再來就是伯母和大嫂跟蕭家嫂子感情好，你比她們還著急上火，她們看見了還不得更難受？你心裡再著急也要忍下來，以寬慰大嫂和伯母的心。」

「嗯，我知道了。」顧婉寧一番話讓方栓子有了方向，不再像之前那麼毛躁慌張。「我這就去問問捕快，有沒有我可以幫忙的事。」

顧婉寧道：「如果有需要我幫忙的地方，你也一定要說，我一定會想辦法幫你的。」

「謝謝妳，婉寧！」方栓子低低地說了一句，然後就匆忙出去。

婉寧說得對，與其現在跟無頭蒼蠅般亂撞亂碰亂抓，還不如去幫捕快，捕快讓他幹麼，他就去做。

第二十四章

劉芷嵐被人迷暈了裝進麻袋中，也不知道過了多久，等她醒來的時候餓得不行。真是……真是好日子過久了就放鬆警惕了。

劉芷嵐一邊唾棄自己，一邊豎著耳朵聽周遭的動靜。確定屋裡沒別的動靜之後，她就立刻閃進空間中。

柴房中的大麻袋肉眼可見的癟了下。

重獲自由的劉芷嵐透過空間打量外頭，發現關著她的地方是間柴房，柴房中空無一人。

劉芷嵐餓得要死，還好空間中儲存了一些糕點，她配靈泉水快速吃了幾塊糕點之後就閃出空間，將麻袋上的繩子用匕首割斷，再將原本綁著她的繩子和布條等物胡亂扔到地上。

做完這一切之後，劉芷嵐就閃回空間，氣定神閒地觀察起空間外的情況。

山匪甲道：「老大，那個女人怎麼處置？要不咱們先爽一爽？那女人長得可好了，皮膚白得發光，又細又嫩的。」

山匪乙一腳踹在他的屁股上。「傻逼玩意兒想啥呢？那種極品貨色，肯定是咱們老大先享用！」

說完，山匪乙就厚著臉皮賠笑道：「老大你玩完了，也賞給兄弟們一口湯，成不？」

山匪頭子道：「成，怎麼不成！只是你們知道她是用來幹麼的，可不能玩壞了。等利用她殺了蕭遠山之後……既然是極品，那就賣進青樓，咱們還能再撈一筆！」

「嘿嘿，多謝老大！」下面幾個山匪高興極了。

這幫山匪跟蕭遠山之前殺的那些人是一夥的，蕭遠山跟方栓子進縣城買人，被皮貨行的小二發現之後，皮貨行的小二就跟山匪們報信了。

山匪幹的是打家劫舍的勾當，奉行的是江湖上那一套兄弟義氣。

再說，一次就讓人砍死了好幾個兄弟，此仇不報，他們山寨的臉面還要不要？以後還怎麼在道上混？

所以他們就等來這個機會，趁著蕭遠山不在家，把他婆娘給劫擄上山……

「你，去把那娘兒們給我送屋裡去，老子先嚐嚐看，再交給你收拾！」山匪頭子指著山匪乙道。

山匪乙聞言，立刻屁顛顛地應下，然後哼著小曲往柴房跑去。

「小娘子……小娘子妳可有福氣了，一會兒可要好好伺候我們當家的，說不準我們當家的就留妳當壓寨夫人了……」

山匪乙推門進入柴房，一瞅麻袋裡沒人，他驚了一下，後又想到柴房門是從外頭上鎖，這女人就算跑出來也出不了柴房，遂在柴房中尋找起來。

「小娘子，老子看妳藏到哪兒去，憑妳是隻猴子也逃不出爺爺的手掌心！」山匪乙吐了口唾沫，咬牙切齒地道。
他想不明白劉芷嵐怎麼跑出去的，不過無所謂，人找到了，自然就能知曉。
可惜，他想得挺美，命卻不怎麼好。
「啊……」山匪乙忽然後背一疼，緩緩轉頭，便見滿臉是血的劉芷嵐握著一把帶血的匕首驚恐地盯著他瑟瑟發抖。
「妳……」山匪乙還沒說完，就被劉芷嵐咬牙發瘋似的捅了他十幾刀。
人倒地，死得徹底。
「怎麼了？兄弟？」外頭守著的人聽見動靜就推門進來。
結果見柴房亂七八糟，麻袋裡沒人，地上有血跡。
劉芷嵐沒有給那人反應過來的機會，忽然出現在那人身後並揮起了刀。
接連殺了兩人，劉芷嵐癱坐在地上顫抖半晌。
柴房不是久留之地。
殺了人之後的劉芷嵐雖然腿軟，但她還是咬牙撐著站起來，扶著牆走到門邊，先是將耳朵貼在門縫聽外頭的動靜，聽了一會兒才閃身回空間，等她再次出現的時候，已經換上山匪的衣服。
雖然有血跡，但這個時候已經顧不得了。
她打開柴房的門，左右看了看沒人便趕緊出門，然後用從山匪乙那裡找到的鑰匙將門鎖上。

接著，她快速打量一番周遭環境，聽到不遠處傳來陣陣嬉鬧聲，判斷出這個山寨的山匪不少。

劉芷嵐不知道自己能不能逃出去，不知道出去會不會遇到一大堆的山匪，也不知道這些山匪的實力……加上這山寨顯然在深山老林中，她烏漆墨黑地跑出去，萬一遇到毒蛇猛獸，她就真得交代了。

雖說有空間，但是意外來得太快，她反應不過來也是白搭。

劉芷嵐想了想，轉身去柴房隔壁的雜物間。她先在雜物間找好藏身的地方躲起來，再閃身進入空間。

如今她不見了，遠山哥他們肯定會來找她，肯定會去報官，她只要好好在空間中等著就是了。

空間中有靈泉，有吃食，能等一段時間。

兩天後。

山腳下一個隱蔽的山谷中紮滿營寨，一隊隊士兵不停地穿梭來往。

「將軍，嚮導已經就位。」主營中，一名銀甲將領抱拳跟站在桌前看輿圖的青年將軍稟報。

將軍頷首。「傳令下去，按照原計劃全面包抄山寨，先抵達預定位置，潛伏至天黑……」

這個山頭上有一批悍匪，為禍鄉里數年，劫殺來往客商，劫擄村莊，強搶民女，無惡不作。

奈何山寨建在險要之地，易守難攻，州府衙門來剿好多次都無功而返，每次都要折損不少人在山上，於是更助長這幫人的囂張氣焰，他們竟然將主意打到官府，接連搶劫兩個縣的大商賈，還將人滿門給滅了。

恰巧其中一個大商賈是朝中一名二品大員的旁支族人，二品大員憤而上奏，皇帝震怒，命欽差嚴查，並要將領們協助欽差查案剿匪。

從京城趕到這裡，弄清山匪的位置加部署剿匪，統共花了三個月的時間。

將軍崔博正對著輿圖嘆氣。

如今這是一場硬仗，這一仗不知要折損多少兵卒……

真的是太倉卒了，欽差急功近利，二品大員也派了家裡的子姪跟著催進度，擺明要用人命去堆疊一場勝利。

他不想這麼做，但形勢不允許，因為出京的時候，皇帝就說了，欽差有調配他手中兵馬的權力。

崔博正披掛，他要親自壓陣。

「三爺，山上凶險，還是屬下去吧。」副將不忍他上山冒險，站出來阻攔。

崔博正搖頭。「正因為凶險，我才要親自上陣。」

只有他親自上陣掌控戰局，才能給將士們贏得更多的生機。

「你們不必再勸，崔家人就沒有孬種！

「出發！」

「是，將軍！」兩名副將心裡十分不是滋味，在心裡將欽差罵了個狗血淋頭。

山上。

有小黃異常靈敏的嗅覺開路，蕭遠山不眠不休地追趕兩天，總算是摸上山。

夜幕降臨，山寨燃起火光，因為兩個山匪的死和劉芷嵐的失蹤，山匪頭子以為劉芷嵐是被人救走了。

有人能悄無聲息地進入山寨救人，說明山寨的防禦有漏洞，出事之後，山寨頭子就勒令手下加強山寨的巡邏。

躲在樹上的蕭遠山從背上取下弓箭，拉弓射箭如行雲流水。

「咻——」

一名巡邏的嘍囉中箭倒地身亡。

蕭遠山被靈泉滋養過的身體極為強健也十分靈敏，他射出一箭之後，立刻躍到另外一棵樹上，又射出一箭。

巡邏的山匪一下子就被引進山林。

蕭遠山則帶著小黃狗摸進山寨，他們潛在暗處，遇到一個山賊就殺一個。

這些山賊完全不是蕭遠山的對手，加之他用的是叢林中捕獵的那一套，根本就不跟山賊正面交鋒。

過沒多久，山寨中就躺了不少山賊的屍體，成功地把山匪頭子給引了出來。

蕭遠山躍上房頂，趴在房頂上，一箭射穿山匪大頭領的腦袋。

頭領死了。

山匪們一下子就亂了。

軍心一亂，他們想的就不是死守，而是逃竄。

「咻——」

又是一箭，又一個頭領倒下。

蕭遠山長年在山中打獵，進出山林跟進出自家一樣，對崔博正他們來說的困難，放在蕭遠山的眼中根本就不是難事。

這座山的確險要，必須經過幾道天塹才能抵達山寨。

山寨派少數人在天塹埋伏，好比一寸天，三尺澗，這些地方的道路十分窄小，只能容一個人通過，若人稍微胖一點還會卡住。

有大兵來剿的時候，他們真能做到一夫當關萬夫莫開，所以這些山匪才敢那樣囂張。

可蕭遠山自打天天被劉芷嵐滋養，他的身手比猴子還靈活，天塹對他來說根本就不是難事。

抓著藤蔓幾個騰挪就能神不知鬼不覺地上山，還能順手把看哨的人給宰了。

至於小黃狗，天天喝靈泉的狗豈是一般的狗？當然不能，牠奔跑起來速度奇快，關鍵牠不是人，可以大搖大擺地從天塹的埋伏跑過去。

崔博正不是庸才，他是個十分合格的將領，但他帶兵上陣殺敵行，搞這種山林戰，兵再多還真不如蕭遠山一人一狗來得有效。

正當崔博正拿出赴死的心帶著大部隊摸黑上山的時候，蕭遠山已經在山寨中大開殺戒。

他不是不想馬上去找劉芷嵐，可若不把這些山匪殺個七七八八，他找到劉芷嵐之後下山就會有很大的風險。

他要儘量降低風險。

蕭遠山的身體緊緊地靠在牆上，把自己隱匿在黑暗中。

「媳婦，妳等著我，妳一定要沒事……」他低低呢喃，在心裡祈求上蒼對他仁慈一點，讓媳婦好端端地活著。

山寨亂了。

蕭遠山不斷找角度射箭，儘量射殺山寨中有點分量的頭領。

終於，他看到有些山匪往山下逃。

幾名山匪朝他隱匿的地方跑來。

蕭遠山忽然閃出去，以迅雷不及掩耳之勢殺了幾人，只留了一名活口。

他一腳踩在山匪的胸口，刀尖對準他的脖頸。

「好漢饒命，好漢饒命啊……」山匪哭著求饒。

「前幾天你們劫擄來的女人關在何處？」

「她不見了。」山匪哭道。「不知道是不是被救走了……我們山寨當時死了兩個兄弟……」深陷恐懼中的山匪說話有些語無倫次。

被救走？

蕭遠山不相信，誰能神不知鬼不覺地救走媳婦？還有比他更厲害的人？如果有，這人是誰？又為何要救媳婦？

蕭遠山只覺得這個山匪是騙他的，想騙他離開山寨。

「你只管說她上山之後被關在何處？」蕭遠山怒問。

「柴房，在柴房……」

蕭遠山鬆了腳，踢了踢山匪。「帶老子去，敢耍花樣老子要你的命！」

說完，蕭遠山往自己臉上抹了一把血，又抹了一把泥灰。

山匪不像朝廷的兵馬還有制服穿，他們都是穿自己的衣裳，所以蕭遠山只要將臉弄髒，在如今山寨這種群龍無首亂糟糟的情況下，自然沒人能一眼看出他的不同。

為了避免被認出來，蕭遠山還將弓箭從身上取下來，只帶著一柄山寨嘍囉們用的刀。

果然這麼一裝扮，一路上碰到人都沒被注意到。

等到被領到柴房，果然見到柴房的地上有一灘血跡。

「好漢，小的真的沒騙你，那女人真被人救走了。當時那兩個兄弟就死在柴房……好漢，抓她的人不是我啊，您大人有大量，把我放了吧！」

放是不可能放的，蕭遠山一刀結果他的性命，山匪求饒的聲音戛然而止。

媳婦會在哪兒？她是被救還是被殺了？

蕭遠山翻遍柴房都沒找到人，只找到一根簪子。

他買給媳婦的銀簪子，就靜靜地躺在牆角……

蕭遠山忽然從心底生出一股恐懼，伸出去撿簪子的手抖得厲害。

「救命啊……」

「官爺救命啊……」

「官爺我們投降……我們歸順……饒命啊……」

一群傷痕累累的山匪見到官兵就跟見到老娘似的，跪下來求饒。

官兵們面面相覷，這是鬧哪一齣啊？

山匪找官兵救命？這真是太陽打西邊出來了。

為首的將官命人將這幫山匪綁起來送去崔博正面前。

崔博正讓他們一個個說清楚發生何事。

「……將軍，山上忽然來了個殺神，見人就殺，厲害得很。」

「是個神箭手，一箭一條命。」

「大人，那人是瘋子，只殺人，根本就不問青紅皂白……」

「將軍救救我們吧……」

周遭的士兵聞言，嘴抽了抽。

他們這幫山匪也配被人問「青紅皂白」？

難怪這一路上來沒有遭遇任何伏擊，也沒有遭到山匪反抗，原來山匪內部出問題了。

有人摸上山殺人，以一己之力對抗整個山寨，崔博正對這個人產生濃厚的興趣。不過他沒有輕舉妄動，而是派遣斥候去打探。

斥候打探來的消息跟山匪們說的無誤，這會兒一個男人正在山寨中大殺四方，砍殺山匪跟砍大白菜似的。

崔博正震驚了，真有如此神勇之人？

崔博正先是派遣一隊人馬包圍山寨，那頭傳了信號之後，崔博正就帶著人馬跟上去。

他們速度很快，等崔博正抵達山寨的時候看見的就是屍骸遍地，一個高大渾身是血的漢子站在血泊中，冷冷地掃視著他們這邊的人。

漢子指著那些被士兵們綁著帶上來的山匪道：「我要殺了他們。」
他雙目赤紅，一雙眼迸發出駭人的恨意，周身的殺意滔天。
「休得無禮，放下武器投降！」崔博正身邊的副將拔刀指向他。
蕭遠山不為所動，他腦子裡嗡嗡作響。
媳婦沒了，他要殺光這幫狗日的。
殺光他們，殺光……
心裡不斷冒出這句話，蕭遠山也舉起了刀。
士兵們紛紛拔刀護在崔博正的跟前。
崔博正微微斂下眼，眼前這個男人給他一種非常危險的感覺。
「汪汪汪……」
忽然，一條狗衝了出來，對著蕭遠山狂吠。
接著，牠又叼著蕭遠山的褲腿往後扯。
「汪汪汪……」狗子鬆開褲腿又是一陣狂吠，牠轉頭往後跑，跑幾步又停下來使勁叫喚。
蕭遠山緩緩轉身，看見黑暗中走出一個女子，他沒了焦距的眼迅速綻放出灼人的光亮，接著邁開腿狂奔。
身後的弓箭手紛紛對準蕭遠山的後背。

崔博正呵斥。「收箭！不許輕舉妄動！」

「是，將軍！」

弓箭手們紛紛將箭放下。

「遠山哥！」劉芷嵐是聽到小黃狗的叫聲才跑出來，當她看到蕭遠山時心一下子就碎了。

她飛奔向他。

他接住了她，把她死死抱著，恨不能將她揉進身體裡。

「媳婦……媳婦……媳婦……」蕭遠山一聲聲地叫著，他怕自己在作夢，怕這一切都是幻覺。

「遠山哥，是我。你怎麼樣了，有沒有受傷？」蕭遠山的身上全都是血，劉芷嵐嚇死了。

「讓我看看好不好？你喝水，鬆開我，先喝水！」

「不放……」蕭遠山抱著她，不敢鬆開。「不放。」

「遠山哥，咱們先喝水行不行？」劉芷嵐哄著他，這頭借著袖子的掩護從空間中弄出一小葫蘆的靈液。

「媳婦……我以為……以為再也……」漢子哽咽了。

高大如山嶽般給她依靠的漢子哭了。

劉芷嵐的心一抽一抽地發疼。「是我不好，我該早點出來。遠山哥，我一直躲著，沒有受罪……遠山哥，你先喝點水好不好？求你了……」

半晌，蕭遠山才鬆開她，然後聽話地將一葫蘆靈液全灌進喉嚨。

水一喝光，他身上的疲憊頓時一掃而光。

劉芷嵐則上上下下地仔細檢查他。

蕭遠山這會兒確定劉芷嵐還活著，又一把將她抱住，拿下巴去摩挲她的頭。「我沒事，我沒受傷，都是山匪的血。」

「遠山哥，你真厲害！」

後怕之餘，劉芷嵐誇讚自己的男人，得伴侶如此，是她一輩子的幸運。

上輩子遇人不淑，這輩子老天爺憐憫她，把她送到蕭遠山的身邊。

他們兩個，就是彼此的救贖，相依相偎，誰都不能沒了誰。

「將軍……」

這兩個人當他們都是死人嗎？當著他們的面摟摟抱抱半天。

「再等等吧。」對於有能耐的人，崔博正有的是耐心。

眼前的漢子，他想收歸麾下。

他看得明明白白，在那個女人出現之後，漢子身上的殺氣就消失得乾乾淨淨。

是個情種啊！這樣的人好拿捏。

過了良久，蕭遠山才鬆開劉芷嵐，兩人手牽著手走到崔博正面前，士兵們立刻拔刀警戒。

崔博正讓人收起刀兵。「本將奉皇命上山剿匪，爾等何人？」

蕭遠山朝崔博正拱手。「草民蕭遠山……」

他簡明扼要地將這件事的來龍去脈說了一番，語氣平淡極了，彷彿只是一件小事，但是聽的人心裡卻掀起驚濤駭浪。

這漢子不簡單啊！奔波了幾天，拖著疲憊之軀還能摸上山寨，並憑著一己之力差點將山寨的人給殺光了。

「事情真相如何，本將會調查清楚，不過在本將調查清楚之前你們先不能離開，就在這山寨先住下吧！」崔博正道。

蕭遠山看了一眼劉芷嵐，見她點頭便答應下來。

崔博正吩咐人先接手山寨，將山寨裡裡外外搜索一遍之後，就讓人找間屋子帶蕭遠山夫婦住下，又吩咐人找些乾淨的衣裳送去。

人要先軟禁，但不能怠慢。

崔博正這頭忙碌一個通宵，將活著的山匪都審問了一遍，山匪的答案跟蕭遠山說的內容也能對得上。

幾天前，的確有人劫擄一個美婦人上山，但是這個美婦人殺了兩個嘍囉逃走，然後他們就等來這個瘋子般的殺神。

隔天早上，崔博正沒有休息，命人將蕭遠山請過來。

這個人能獨自滅了山匪的老巢，若想帶著媳婦神不知鬼不覺地逃離也是十分容易，但他沒有逃，說明他行事坦蕩。

崔博正對他就更欣賞了。

只是一見到洗乾淨換了身衣裳的蕭遠山之後，他差點要跪下了。

「太……太……太子殿下。」

眾人都驚了。

蕭遠山和劉芷嵐更是皺緊眉頭。

蕭遠山冷聲道：「大人認錯人了，我是獵戶蕭遠山，不是啥太子殿下！」

崔博正這個時候才反應過來，自己失態了。他整肅容色，壓著心中的驚疑，喚來文書記錄，把蕭遠山家裡的情況問了一遍。

蕭遠山頭天晚上已經說過一遍，不過昨晚說得有點粗略，這會兒倒是更為詳細。

問完話，崔博正也沒立刻放他們離開，而是說這件事還需要他們配合一下，先暫時在山上住兩天。

蕭遠山跟劉芷嵐能說不嗎？當然不能，所以只能住下了。

兩人也沒多想，這天下相似的人何其多，也許蕭遠山恰巧長得像太子。

劉芷嵐唯一擔心的是，蕭遠山會因為長相被強行帶去當太子的替身，電視劇和小說不都這麼演的嗎？位高權重的人沒幾個替身傍身，都不好意思說自己身居高位。
不過劉芷嵐是不怕的，若事情不對，他們夫妻可以逃，而且她還有空間作弊器，到時候他們兩個人可以躲進空間裡，外頭的人便是掘地三尺也找不到他們。
因著有了應對的方法，劉芷嵐淡然跟蕭遠山一起住在山上，夫婦倆跟往常過日子一般，也不多看、不多問。
崔博正越發高看兩人。若是換成平常百姓嚇都嚇死了，哪可能像他們兩個這般把陌生的地方當家？
崔博正不讓兩人走，其實是派人去徐家村調查蕭遠山的底細，怕兩人回去後跟村裡人互通聲息，他的人查不到有用的消息。
「蕭遠山在蕭家是長子，但是村民們說，蕭家人對他像是對待下人，從不給他吃飽穿暖，一家人靠著他打獵和種地的收入過著好日子……屬下瞧過蕭遠山的父母兄弟，蕭遠山跟他們一點兒都不像。」
崔博正沈吟片刻便問：「你可打聽過，蕭遠山確實是蕭家夫妻所生？可找接生的穩婆問過？」
「回將軍的話，屬下打聽了，村裡人說，蕭家的婆子是從娘家回來的路上生孩子，她懷著孕回娘家，回來的時候手裡就抱了個娃。」
「行了，你下去吧！」崔博正把人打發走之後立刻磨墨寫信，將這些情況都清清楚楚地寫在信上，還強調蕭遠山跟太子似一個模子裡刻出來的人一般。

他知道天下相像的人何其多，但是總覺得不寫這封信回報，他的心就不安穩。

讓人快馬加鞭地將信送回京城後，崔博正也就沒有理由再扣留蕭遠山了。

崔博正吩咐人在山下準備好馬車，然後送蕭遠山歸家，同時從山上繳獲的戰利品中撥了一部分賞給蕭遠山，畢竟這個山寨是憑他一人之力滅掉的。

蕭遠山夫婦終於歸家了。

一到家之後，徐梅花就衝過來抱住劉芷嵐，哭得唏哩嘩啦。她哭完就鬆開劉芷嵐，然後上下打量。

劉芷嵐笑道：「我沒事，真的！」

有人牽掛和關心的感覺真的很好。

「遠山媳婦啊，趕緊來跨火盆。梅花，妳趕緊去燒一盆艾草水，讓遠山媳婦好好洗一洗，去去晦氣！」

「好，我馬上就去燒！」徐梅花抹淚道。

費婆子忙道：「哪用得著大奶奶，奴婢這就去燒一鍋熱水，放兩把艾草進去再添兩把火就是了！大奶奶您陪著我們太太說說話吧！」

蕭遠山也道：「大家進去說說話吧！」

方栓子跟方墩子十分爽快地應了下來，兩人就拉著蕭遠山說話，問他是怎麼找到劉芷嵐。

蕭遠山說自己運氣好，遇到朝廷剿匪把山匪給一窩端了。

方栓子就道：「難怪，前兩天還有官兵來村裡打聽山哥的事，村裡人不敢隱瞞，連老蕭家以前怎麼對你的事全說出去了。」

蕭遠山心裡存疑，還是道：「可能怕我跟山匪是一夥的，所以要來問清楚，問清楚就沒事了。」

方老樹請蕭遠山夫婦晌午別做飯，到方墩子那兒去吃。說完，方家人就告辭了，讓他們洗過澡，好好歇一會兒。

徐梅花堵在蕭家門外，把來瞧熱鬧的人打發走，不過她遠遠地聽到有人嘀咕。

「這女人怎麼被山匪劫走了還好意思回來？人已經不清白了，怎不一根繩子吊死？」

「真是有辱門風！」

徐梅花是暴脾氣，追上去抓著人，抬手就是兩個大耳光賞過去。

那婦人疼得直叫喚，周遭的人都在勸。

「哎喲，有話好好說，墩子媳婦妳可別打人啊！」

「就是，鄉里鄉親的怎就動手了呢？」

徐梅花沒搭理他們，只扯著嗓子喊：「墩子、栓子，趕緊抄傢伙過來！」

她這一嚷嚷，方家三個男人都跑了過來。

「梅花怎麼了？」

徐梅花把額頭散開的頭髮撥開，露出眉眼，指著喬家的婦人道：「這個婆子嘴裡噴糞，我打了她，瞧著這幫老娘們像是要給她討公道。」

喬婆子是移民，村裡的移民都是讀書人，很多人都很迂腐，把女子的名節看得很重。

「我又沒說錯，讓山匪擄走的女人還能有清白？這樣的女人就不該活著，活著就是丟祖宗的臉面，還會連累咱們村裡的姑娘都沒好名聲，將來找不到好婆家！這樣的女人就該沈塘！」

那還有什麼好說的，動手啊！

方墩子兄弟兩個一手攥一個，全給扔進糞坑裡。

本來先前只有喬婆子一個人瞎說，見徐梅花動手打人了，一些同樣看不上劉芷嵐的移民婦人便幫腔，一個說得比一個難聽，甚至想動手去蕭家把劉芷嵐給拖出來沈塘。

方家兄弟沒驚動蕭遠山和劉芷嵐，直接把這幫讀書人的家眷給收拾了。

「再讓老子聽到你們瞎說，全把你們扔糞坑裡！」方栓子放狠話，一幫移民頓時不敢吭聲了。

所謂的讀書人，還是怕這種蠻橫不講理的人。

只是他們轉頭就去找顧家老爺子，請顧家老爺子幫他們作主。

「您給評評理，有這樣的人嗎？」

「這婦人名節都沒了，沈塘不是應當應分的事嗎？」

「鄉野愚民，真的是鄉野愚民！」

「顧老先生，這件事您不能不管啊！若是不管，往後這幫泥腿子可會把我們讀書人的臉面往腳下踩啊……」

一群讀書人群情激奮，紛紛要求顧老爺子站出來幫他們主持公道。

顧老爺子慢悠悠地端起茶杯喝了一口。「你們想我怎麼主持公道？」

「頭一條，方栓子那種魯莽又粗鄙的人就不配當您的孫女婿！」

「再有，讓方家人跪下道歉。」

「劉芷嵐必須沈塘！不能讓她敗壞村裡的風氣，帶壞村裡的姑娘！」

門外守著的丫鬟聽這幫酸腐的讀書人說到這裡，連忙去告知顧婉寧的丫鬟。

顧婉寧的丫鬟嚇了一跳，連忙跑回去報信。

這可怎麼得了，若是老爺子聽了這幫人的話，姑爺跟小姐的親事便會黃了。

這都第二次了，小姐往後可該怎麼辦呀！

「小姐，不好了！」

「慌慌張張地做什麼？」顧婉寧放下手中的書卷，問丫鬟。

丫鬟拍了拍胸口，將她聽到的事跟顧婉寧說了一遍。

顧婉寧皺了皺眉頭，便又拿起了書。「妳別管這件事，爺爺會處理好的。」

「小姐，都火燒眉毛了呀！要不，奴婢去跟二爺說一聲？」

顧婉寧抬眸看她。「妳去跟二爺說什麼？以二爺的脾氣，他知道了還不去把這幫老傢伙們全揍一頓？這不是火上澆油嗎？」

丫鬟苦了臉。「那怎麼辦呀……」

顧婉寧神情淡淡的。「妳別管。」

「小姐，那奴婢去前頭幫您盯著吧！」丫鬟看著顧婉寧。

顧婉寧想了想便點頭。「行，盯著可以，但絕對不允許插言搭語。」

大堂內。

顧老爺子耐著性子聽他們說完，然後就大笑起來。

眾人不明所以，你看看我，我看看你，沒明白老爺子什麼意思。

顧老爺子環視了他們一眼，然後忽然黑了臉面。「你們可記得自個兒是怎麼來這裡的？」

「被朝廷流放到這兒來的！」

「自身的功名被剝奪，不能為官，不能為吏，子孫三代不能科考！就這種類似罪囚的身分，你們還敢嫌棄本地人粗鄙，嫌棄本地人是泥腿子？可是方栓子呢？他是良民！你們哪來的臉面讓一家良民向你們下跪道歉？又是哪來的臉面讓本地的住民沈塘？你們還以為這是以往你們當家作主的時候？還是說，嫌棄這個村子不好，鬧騰開了讓朝廷直接將你們換個地方流放？比如流放到漠北去喝風沙？」

眾人頓時說不出話來，一個個臉紅筋脹。

顧老爺子不想看他們這副嘴臉，端起茶杯。「老夫管不了這事。你們誰有能耐，就誰上蕭家，讓蕭遠山把自個兒的媳婦交給你們，由著你們沈塘。誰有能耐，就誰去找老方家的人給你們下跪道歉。反正老夫是沒有這個能耐！好了，你們走吧，老夫就不送了！

「哦……老夫想起來了，諸位家裡的女眷在流放的過程中，難道就沒被衙役官兵推搡過？」顧老爺子似笑非笑地看著這幫人。

這幫人恨不能把臉埋進褲襠裡，他們灰溜溜地從老顧家出來，生怕走慢了，老爺子會說出一句。「不然先將你們家的女眷沈塘！」

不過這事鬧得挺大的，八卦瞬間就傳遍村子。

老蕭家的人站在門口罵罵咧咧地說劉芷嵐傷風敗俗，合該沈塘。

老劉家的人也上躥下跳，說劉芷嵐肯定失了清白，給老劉家祖宗蒙羞了，但凡有點良心就該自己去上吊。

只是這兩家人再怎麼鬧，村裡人跟著八卦看熱鬧，但是煽動他們去找蕭遠山和劉芷嵐的麻煩，就沒人動彈了！

有好事的人說：「這兩家人，一邊是蕭遠山的爹娘，一邊是劉芷嵐的後娘，這事得你們出面啊，你們當爹娘的出面，那頭肯定聽。」

聽個屁！這兩家人要是敢直接上門找麻煩，還用得著滿村串門子？

老蕭家的人跟老劉家的人，發現八卦中傷沒啥作用，都很失望。

第二十五章

第二天一大早，徐梅花就去找劉芷嵐，她跟村裡一些小媳婦關係好，村裡的八卦很快就傳到她的耳朵裡。

劉芷嵐見她欲言又止的樣子就笑了笑。「有什麼話就儘管說，不用藏著掖著。」

徐梅花就把村裡發生的事跟她說了一遍，然後有些愧疚地道：「都是我的錯，我這暴脾氣……若是我當時沒去打她們，墩子、栓子兩兄弟沒把那些長舌婦扔糞坑裡，她們也就敢嘴上嘀咕，不會去找顧老爺子，這流言也不會傳得到處都是。」

「跟你們沒關係！」劉芷嵐道，她沒生氣，被人這麼維護的感覺真的很好。「謝謝妳啊，梅花，謝謝你們護著我。」

「嫂子，不值當妳的謝，我給妳闖禍了。」見劉芷嵐不生她的氣，徐梅花更內疚了。

「瞎說，怎麼就闖禍了？就算妳不站出來維護我，她們還是會傳難聽的話，畢竟我的確被山匪擄去這麼多天，她們要往壞處想，我也攔不住。這是人啊，上下嘴皮子一翻，只圖自己快樂，根本不會去想這些話一旦出口會有多傷人，若是換個人被他們這般中傷，搞不好真活不下去了。

「不過我是誰？我可不是一般人，我過我的日子管別人怎麼說，我又沒吃她們家的米，也沒穿她們家的衣！只要遠山哥信我，不嫌棄我就行了，別人的想法都算個屁！」

劉芷嵐不在意村裡人怎麼說，在她眼裡，日子是自個兒過，跟別人沒關係。名聲？她的名聲早在原主死前就敗壞光了，不差這一點。

何況她在山上住，山上清靜，村裡那些長舌婦想到她面前來說嘴，還得走老遠的路不說，她又不傻，讓人進屋來說她的不是。

山上的移民本身在村裡就沒有根基，被方家兄弟收拾了一頓之後通通如鵪鶉似的，私下敢說，但絕對沒人敢大張旗鼓地說她的閒話。

日子就這麼一天天地過去，蕭遠山因著上次的事情心裡害怕，再也沒進山打獵了。

家裡又不缺錢，什麼都沒有媳婦來得重要。

蕭遠山是個閒不下來的人，因沒有打算進山打獵，他就在家搗鼓棚子，打算把果園一部分也弄成暖棚，看能不能提早催生一些果子。

還有菜地，全部都得弄出暖棚來，冬天的蔬菜貴，到時候可以直接賣給酒樓，一筆筆全是進項。

見蕭遠山這麼做，方栓子跟方墩子也跟著他學，用徐梅花的話說，人蠢一點沒關係，跟著聰明人學就是了。

蕭遠山弄的棚子很費錢，頂上鋪的雖然是草，可是四周都用白色絹布圍著，還不是土布，土布透光性不好，絹布更透光。

然後還準備不少木炭，這些木炭是他跟方家父子三人一起挖窯燒的，主要就是天氣最冷的時候用在暖棚，至於家裡有足夠的柴火把地龍燒上就成了。

眨眼的工夫就入冬了，頭一場雪落下來之後，蕭遠山讓方栓子送一批青菜進城。剛入冬，青菜不貴，只賣一兩多銀子，但是蕭遠山一點都不嫌棄。等雪再大一點，這菜的價錢就會飛漲。

「去找木匠好好打雪橇，再取幾塊毛皮給騾馬做護腿套子，咱們這個冬天靠著蔬菜和水果好好賺它一筆！」蕭遠山跟方家兩兄弟道。

兩兄弟接連點頭，方墩子道：「山哥，晚上來我家喝酒！我讓梅花炒幾道菜。」

蕭遠山下意識地看劉芷嵐。

劉芷嵐笑著說：「那就去吧！咱們帶火鍋過去。」

方栓子聞言眼睛一亮。「太好了，我老想吃火鍋了，可是娘跟大嫂都弄不出那味道來！」

方墩子拍了下他的腦袋。「有得吃還嫌棄！」

但他也沒說拒絕的話，實在是因為劉芷嵐做的菜太好吃了。

「嫂子準備湯底就是了，我家有肉！」方墩子又道，畢竟是他請客，若是太過了，他心裡過意不去。

劉芷嵐沒跟他爭，兩兄弟就趕車走了。

劉芷嵐也沒真的只帶湯底過去，她弄了魚丸還有火腿、姬菇。火腿是她自己醃製的，姬菇是跟蕭遠山一起進山採來的。

漢子如今時時刻刻都不願意跟她分開，她上個茅房，他都要跟著，可見上次的事情給他造成的心理陰影有多大。

到了方墩子家，方嬸迎了出來。

「墩子和栓子這兩兄弟不靠譜，明明是請你們來吃飯的，竟然還讓你們自己帶菜上門！」

「我們兩家什麼關係，嬸兒可別跟我生分了。」劉芷嵐將菜籃子遞給她。

蕭遠山直接端著鍋進堂屋，堂屋的桌上放著一個紅泥爐，紅泥爐裡燃著炭火。

方栓子跑來邀功。「我就琢磨著你們快來了，所以就提前把爐子點好了。」

方老樹瞪了他一眼，方栓子傻呵呵地撓頭笑。

「嫂子，山哥，你們坐下先吃，我炒兩道菜馬上就好了！」徐梅花在灶房裡扯著嗓門嚷嚷。

劉芷嵐讓他們先坐下喝酒，自己跟著方嬸上灶房幫忙去了。

兩道菜很快就炒好了，徐梅花自己心裡也有數，她做的菜嘛……呵呵，反正這兩道菜應該沒人會動筷子，肯定得留到第二天熱著吃。

「天兒冷了，吃火鍋真是舒坦！」方栓子吃了一口羊肉，又喝了一口酒，十分陶醉地說。

方墩子點頭，他可沒工夫說話。

方栓子起身要給劉芷嵐倒酒。「嫂子也喝一杯啊？」

蕭遠山看向劉芷嵐，見劉芷嵐笑著點頭，便跟方栓子說：「給你嫂子少倒一點。」

方栓子十分不以為意地道：「沒事，嫂子喝不完，不是還有山哥你嘛！」

蕭遠山想了想，喝自己媳婦剩下的酒……好像還有點期待，便沒攔著了。

「今兒有人進村來打聽遠山跟春芽。他們主要問的是遠山的事，我琢磨著，若是他們問別人指不定會聽到些難聽的話，就把村裡人都知道的事跟他們說了。」酒過三巡，方老樹就道。

「都知道的事說了也無妨。」蕭遠山道，反正村裡人都知道，瞞不住。

「之前都有人打聽過一遍了，怎又來打聽呢？」方栓子嘀咕。

蕭遠山神色不變地道：「或許是不放心吧，想再問問。又或許是另外的人來打聽，畢竟衙門除了去剿匪的官員，還有當地的縣官、府官，在他們境內發生的事情可得瞭解清楚才行。若是今後再有人打聽也照這般來。」

方嬸看了眼蕭遠山，又看了眼劉芷嵐，有些擔憂地道：「我就怕蕭家人跟劉家人瞎說，還有那幫長舌婦……」

「不礙事的方嬸，我們家的房子跟地都有地契、房契，村裡人攆不走我們。而且律法也沒有哪一條說，被山匪劫擄過的女人得死。」

所謂的清白貞潔，不過是在律法之外，強加在婦女身上的一道枷鎖。

還是那句話，只要蕭遠山不嫌棄她，外人說啥都是屁！

若是蕭遠山嫌棄她，那也簡單，她離開就好了。

見劉芷嵐跟蕭遠山真不在意，大家就沒再繼續這個話題，就說起了暖棚，以及來年三月方栓子的婚事。

大家說說笑笑一直到很晚才散。

劉芷嵐不知不覺多喝了兩杯，出來往回走的時候有點晃。

蕭遠山乾脆走到她身前蹲下。「上來，老子揹妳回去！」

劉芷嵐其實也沒有很醉，應該是微醺的狀態，她也不客氣，趴在蕭遠山的背上，湊在他的耳邊說：「遠山哥，我們要個孩子吧，我想給你生孩子了！」

蕭遠山。「……」

媳婦說啥？不是在作夢吧？

如此誘人的媳婦，蕭遠山怎麼可能放過，這一晚上，外面的雪撲簌簌地下，屋內卻是滿室的春。

劉芷嵐喊了一夜，蕭遠山這頭蠻牛埋頭苦幹了一夜，把他的一畝三分地仔仔細細、翻來覆去地耕種好幾遍才甘休。

臘八這天。

劉芷嵐原想著早點起床，可等她一睜眼就已經晌午了，她有點發懵。

蕭遠山自打不進山，就把渾身的力氣全使在她身上，每天晚上都不消停。若不是她的身體好，真禁不住漢子這麼折騰。

臘八粥是費婆子準備的，給方家送了一些，方家也給他們送了一些。

晌午吃過臘八粥之後，劉芷嵐又睏了，原本她靠在美人榻上跟蕭遠山說話，沒多久她就睡著了。

蕭遠山把她抱上床，給她蓋上被子，結果她這一睡就睡到晚上。

「媳婦，妳是不是不舒坦？要不我去找大夫？」蕭遠山很是憂心，他媳婦從來沒有這麼嗜睡過。

劉芷嵐也覺得有些不對勁，但是她對自己的身體還是十分有信心，於是道：「太晚了，明兒再去請吧。沒事的，你別緊張。」

被叮囑別緊張的蕭遠山一晚上沒睡覺，因為他媳婦吃完飯上床沾著枕頭就睡了。

第二天一大早，蕭遠山就跑去把陳大夫請來了。

陳大夫來的時候，劉芷嵐還沒醒，蕭遠山也顧不得那麼多，直接帶陳大夫進屋，請他幫忙把脈。

瞧著陳大夫擰著眉頭半天不說話，蕭遠山的心像是被啥東西揪著一般。

「怎麼了？」

終於，陳大夫鬆了手，蕭遠山連忙問。

陳大夫對他拱手笑道：「恭喜你了……」

蕭遠山一下子就急了，一把攥住陳大夫的衣領，怒道：「恭喜啥呀，她都病了還恭喜，你這人……」

陳大夫差點被他搖斷氣，翻了幾個白眼，才聚氣大吼一聲。「你要當爹了！你媳婦有了！」

「砰！」陳大夫被蕭遠山搡得跌倒在地，撞倒一旁的椅子。

屋裡動靜大了，劉芷嵐就醒了。

蕭遠山還在發愣。

劉芷嵐揉了揉眼睛，迷迷糊糊地問：「怎麼了？」

蕭遠山這才反應過來，連忙把陳大夫攙扶起來，然後一直作揖道歉。

他……他是太緊張了，所以才……

「陳大夫，我媳婦她要不要緊？」道完歉，蕭遠山就問。

陳大夫搖頭道：「你媳婦身體好得很，胎象也穩……有一個多月了，頭三個月不要同房。」

哎，跟這樣的莽漢必須什麼話都直說，否則……

陳大夫可不想再摔一跤。

蕭遠山千恩萬謝地將陳大夫送出去，一路上還問他需要注意些什麼，然後給陳大夫足足十兩銀子的診費。

要知道一般在村裡出診不算藥錢的話，診費能收十個銅板就算不錯了。

一下子就收十兩銀子，對被迫遷移到這裡、手頭十分拮据的陳大夫來說，真的是一筆鉅款。所以，看在錢的分上，他原諒了蕭遠山的魯莽與無禮。

送走陳大夫，蕭遠山就在院裡一蹦三丈高，把費婆子嚇了一跳。

然後，他還把跑來的小黃狗摁在地上一頓揉。

哈哈哈……他要當爹了！

陷入狂喜的蕭遠山完全沒有往日的沈穩，他跟孩子似的在院裡瘋了一陣子，然後抬眼瞧見劉芷嵐站在屋門口，又朝她衝過去。

他張著雙臂，跑到劉芷嵐面前的時候停住腳步。

劉芷嵐癟了癟嘴。「我剛才問你話，可是你沒搭理我。」

她的眼眶發紅，眼淚跟著落下來。

蕭遠山一下子就慌了心神，他搭在劉芷嵐肩上的手，往上捧著她的臉，低頭吻去她的眼淚。「沒有。我就是太激動了，所以……」

「有了孩子，你這麼激動，是不是在你心裡，孩子比我重要？」劉芷嵐開啟不講理模式，眼淚一直往下掉。

蕭遠山把她摟進懷裡，輕輕地抱著她，低聲地哄著她。「孩子重要，妳更重要。媳婦，孩子會長大，只有妳會陪著我到老，也只有我會陪著妳到老。而且孩子是我們兩個人的血脈……難道妳不喜歡嗎？」

「喜歡呀！」劉芷嵐的聲音跟在撒嬌似的。

等蕭遠山的吻落下來，她才猛然一驚，自己什麼時候變得這麼矯情了？

她想起來了，孕婦容易焦慮，容易多思多想……

其實，作為老公來說，蕭遠山真的沒得挑，他在山匪窩裡殺紅眼的模樣，劉芷嵐這輩子都不會忘記。

這個男人可以為了她不要命地衝往龍潭虎穴。

這個男人不懼外頭的流言，不管外頭的八卦傳得多麼難聽，他對她都是始終如一。

凡是欺負她的人，不管男女，這個男人下手都不手軟。

他是愛她啊，很愛很愛的那種……

「遠山哥……」劉芷嵐在他懷裡低語。「你說的喔，要陪我一直到老。」

「陪妳！」蕭遠山笑了。

這孩子還沒生出來媳婦就吃醋了，可見在媳婦心裡，他才是最重要的，誰都比不上。

一眨眼就到了三月，方栓子成親這天，劉芷嵐面色紅潤精神地出現在眾人面前，她的肚子已經顯懷了。

村裡許多人都很久沒有看見過劉芷嵐，這會兒一見她，很多人都不認得了。

他們眼前的劉芷嵐，皮膚白裡透紅，眉眼如畫，散發著光澤的烏髮綰成高高的髮髻，髮髻上插著珍珠步搖。

她身上穿著的衣裙也很講究，領口、袖口和對襟上都有精美繁複的繡花，桃色的衣裙外頭罩著稍微深一點顏色的輕紗，整個人瞧著像是從畫上走出來的一樣。

有人碰了碰劉春桃的肩膀，問：「春桃，這是妳姊？妳姊原來這麼漂亮呀？」

「以前在妳家的時候，妳姊不是這樣，滿臉的紅疙瘩醜得要死！」

「要說這女人真得靠男人滋潤，遇到一個好男人……嘖嘖，妳們瞧，這劉春芽的變化才大呢！」

眾人說著話，瞧劉春桃的眼神就變了。

她如今哪裡還有當初出嫁時的風光，整個人乾乾瘦瘦的，臉色蠟黃，滿臉的斑……

有人便問：「春桃啊，妳怎麼獨自一人回村了，妳家秀才呢？」

劉春桃尷尬地笑了笑。「相公他在府城備考，我身子骨不舒服，怕影響他，所以就回村裡來養著……」

去歲秋闈，徐茂文落榜了，之後就回來一趟，說要留在府城唸書。劉春桃是鬧死鬧活要跟著去，徐茂文沒法子，這才將她帶走。

有徐家的婦人擠到她身邊低聲嘀咕。「妳真的是好福氣啊，很快就要當舉人娘子了！妳姊姊再比妳有錢，吃穿再比妳好又如何？她男人還不是個獵戶，跟妳不一樣。再說了，一個被山匪劫擄過的女人，還不知道她肚子裡的種，是山匪的還是她男人的呢！」

「妳們別那麼說姊姊啊……被山賊擄走也不是我姊姊願意的，再說了，我姊夫都不嫌棄，外人就更不好說什麼了。」劉春桃氣弱地道，瞧著好像在為劉芷嵐說話，可是這裡頭突出的重點卻是蕭遠山不嫌棄！

他不嫌棄劉芷嵐被擄走之後失了身子，不嫌棄劉芷嵐懷的孩子是別人的！

徐梅花聽到這話頓時就不依了，卻被劉芷嵐給扯住袖子。

「梅花，今兒可是栓子的好日子，忍一忍！」

「可是她們那樣說妳！還有劉春桃這個賤人，她就從來都不希望妳好！」徐梅花想去撓花劉春桃的臉。

「她們那是嫉妒，嫉妒我日子過得好，我若是跟她們生氣就中了她們的計。自己的日子自己過，管旁人做什麼？咱們又不靠著她們穿衣吃飯。」劉芷嵐不以為意地道。

她是真沒把這些長舌婦放在眼中，若換成平時，直接放狗咬人就成了，沒必要跟她們多說。

她們不配！

「那就由著她們說？」徐梅花到底是意難平。「嫂子妳也太善良了！」

劉芷嵐扯著她的袖子往後院走。「要不這樣，咱們把今兒胡說的人是誰都記住，等栓子的喜事辦完了，咱們挨個兒報復回來怎麼樣？」

徐梅花這才有了笑意。「給她們灌糞，讓她們嘴臭！」

劉芷嵐讓徐梅花去忙，她跟徐家幾個要好的親戚眷屬在後院廳堂說話。

徐梅花便沒有矯情，跟大家打招呼就走了。

能安排在後院陪著劉芷嵐說話的婦人們，一是跟方家關係好，二是人也和善，不是那等尖酸刻薄的人，大家說說笑笑，氣氛倒是融洽。

婚禮期間，按村裡的規矩得在黃昏前後將新娘子接進家門，方栓子家跟顧家相隔不遠，吃完晌午飯去接就成。

不過嫁妝卻是先送過來，三十二抬嫁妝，每一抬都是滿滿當當，賓客們都看直了眼。

這十里八鄉嫁閨女娶媳婦，誰家能有這個陣仗？即使是地主家的閨女，嫁妝也沒這麼厚！

這顧家還真不能小瞧，瘦死的駱駝比馬大呀！

劉芷嵐沒去湊熱鬧，遠遠站在外頭笑盈盈地瞧著，心裡也為栓子感到高興。

劉芷嵐在看嫁妝，劉春桃在看她。

劉春桃的眼裡都是滿滿的恨意。

憑什麼她現在可以過得這麼好？憑什麼她明明被山匪擄走之後就大肚子，蕭遠山還不嫌棄她？

而自己呢？歡歡喜喜地嫁給徐秀才，以為自己的好日子來了，把嫁妝銀子給他用，平日裡無微不至地照顧他，跟著他出去求學、租房子、請下人，衣食住行，甚至出去交友訪客都是自己的嫁妝銀子在支撐。

可他對外卻說，她是他的侍女？

那個時候，她真的是豬油蒙了心，信了他的鬼話——同窗都沒帶妻子，若知道他帶了妻子來求學，必定會傳揚出去，若是讓授課的先生知道了，會不喜他的。

他寒窗苦讀之時，不敢沈溺於兒女私情，她信了。

可相信之後的結果，卻是徐茂文跟一名富商的女兒訂親，並將她給趕回來！

她鬧也沒有用，徐茂文告訴她，成親的那一天，她娘簽下的是抬妾書，不是聘妻書。還咒罵她說她狠毒，若不是她們母女一直殘害劉春芽，劉春芽就該嫁給他，而不是讓蕭遠山撿了便宜。

都是劉春芽！

她如今落得這般下場都是劉春芽害的！

一想到這裡，劉春桃惡向膽邊生，她瞧屋簷下有一排爐子都燒著熱水，走過去便挑了一壺已經開了的銅壺拎起來，用寬大的袖襬掩著，走向劉芷嵐。

劉春桃心想：只要把這壺水潑到劉春芽身上，便是不死也會毀容，更別說她肚裡的野種，一定也保不住，搞不好會一屍兩命！

而她……她也不是故意的啊，她只是走路不小心摔跤了……

劉春桃眼神陰狠，臉上的笑容十分猙獰。

「姊姊……」她走到劉芷嵐的身後喊了一聲。

劉芷嵐轉身看向劉春桃，便見對方像是被什麼絆了一下似的朝她撲來，她下意識地就側開身子接連後退幾步，這反應速度極快，畢竟是用靈液改造過的身體，這點靈敏度都沒有那就說不過去了。

劉芷嵐剛閃開就聽到幾聲慘叫。

劉春桃摔趴在地上，她手裡的銅壺甩了出去，滾燙的開水潑到好幾個人。

「怎麼了？」

「劉春桃妳走路不長眼睛啊！」

「趕緊去拿涼水沖！」

「陳大夫在呢，快讓陳大夫看一看。」

人群一下子就亂了起來，那可是剛燒開的熱水！

方家人迅速趕過來，一陣人仰馬翻之後，陳大夫拿來了燙傷膏，給燙傷的人抹上，然後又給他們寫了藥方，讓他們去鎮上抓藥，畢竟傷得有些嚴重，就怕感染起高熱。

「好妳個劉春桃，妳個喪門星跑我家來攪和，妳個賤婦，老娘打死妳！」徐梅花氣得要死。

方栓子也恨不得一腳將劉春桃給踹出去。

劉春桃可憐巴巴地抱著自己的頭躲著徐梅花的拳頭，哭道：「我又不是故意的，是姊姊絆了我一下，我才摔倒的。我的手也被燙傷了……嗚嗚嗚……我知道，我知道相公他喜歡我，不喜歡姊姊，姊姊就恨我入骨。可是千錯萬錯都是我的錯，姊姊針對我就是了，幹麼要遷怒無辜的人……」

眾人目光齊刷刷地看向劉芷嵐。

聽劉春桃這說法，好像有點道理。

若真這麼幹了，那她可真不是東西，虧老方家的人對她這麼好，她再見不得劉春桃好，也不該在方栓子的好日子裡鬧騰。

劉芷嵐冷笑一聲，喊住徐梅花，讓她別動手。

徐梅花狠狠地剜了一眼劉春桃，這才站到劉芷嵐的身邊。

方栓子也道：「嫂子，我信妳，她就是心眼又毒又壞，明明是她幹的好事，也來誣賴妳！」

「臭娘兒們，敢在老子的好日子裡鬧騰，老子不會放過妳！」

「栓子！今兒是你的好日子，你別動手，把她攆出去就是了！」劉芷嵐喊住想去踹劉春桃的方栓子，然後轉頭對劉春桃道：「妳也別往我身上潑髒水，大夥兒都有眼睛瞧著，從妳摔跤到這會兒我都站在這裡沒動彈，妳說，我怎麼絆倒妳？」

顧氏的嫁妝實在太豐厚了，吸引所有人的目光，正如沒有人注意到劉春桃提了開水過來一般，也沒人注意到她的動作。

「再者，妳沒事提一壺開水來這兒幹麼？這兒沒有茶座，不需要斟茶倒水，也沒有誰手中拿著茶杯需要添水，這是其一。其二，妳來者是客，這些迎來送往、斟茶倒水的事都是方家以及方家的親近親戚和下人們在做，妳算是什麼東西，以什麼身分在這兒幹活？

「別跟我說妳想幫忙，妳劉春桃什麼樣的性子，村裡人誰能不知曉？妳沒嫁給秀才之前一雙眼睛便長在頭頂上，嫁給秀才之後更是看不上村裡人，即使你們家的正經親戚在屋裡辦事，也沒見妳抬手幫忙，今兒怎麼就想替栓子幫忙了？誰都知道妳跟我不對盤，也跟方家不對盤。妳在方家忙活，誰知道妳安的是什麼心？」

看八卦的群眾們……對啊！劉春芽說得有道理！

這劉春桃在村裡可是出了名的眼高於頂，怎麼可能想著幫忙，而且這裡根本就用不著人斟茶倒水！

「姊姊，我知道我以前不懂事，可是現在我想改……想改還不成嗎？再說了，我為什麼要這麼做，這麼做對我有啥好處？沒好處不說還得罪人，我又不傻，我相公他有功名在身，我怎麼可能在外頭給他招恨！」劉春桃哭得楚楚可憐，倒是有那麼幾分道理。

劉芷嵐譏諷道：「那誰知道啊！妳嫁給秀才的時候風風光光，那時候妳還是個水靈靈的姑娘，可這才嫁給秀才多久？妳讓大夥兒評評理，妳如今這模樣，面黃肌瘦且一點精神都沒有，一看就是被折磨過頭。誰知道妳是不是對秀才家懷恨在心，故意幹出這樣的事給秀才扯後腿？讓我想想，是不是妳家秀才有了新歡，嫌棄妳這個上不得檯面的舊愛了？」

劉芷嵐的話一句比一句還狠，後頭那一句更是直戳她的心窩。

劉春桃越聽火氣越旺，眼珠子也就越紅，腦子裡最後一根理智線斷了，她崩潰大吼道：「妳胡說！我沒想扯相公的後腿，我明明是想潑妳！是妳躲開了，所以才害別人！都怪妳！如果妳不躲，受傷的就是妳而不是別人，都是妳的錯！若不是妳當初鬧得太難看，相公也不會遷怒我！相公如今不喜歡我也是妳害的！妳個害人精，我跟妳拚了！」

失去理智的劉春桃跳起來撲向劉芷嵐，徐梅花忙攔住她，卻被她抓花了臉。

村民們反應過來，都跑去將劉春桃摁住了。

太狠毒了！

而今劉芷嵐可是孕婦，那壺開水若是潑到她身上搞不好就會一屍兩命。

劉春桃之前佯裝無意，可這會兒她嚷嚷出來就不是無意了。

蕭遠山一直在幫著方家駕車接客人，剛才從外頭進來，就看到劉春桃發瘋。他連忙跑到劉芷嵐身邊，一邊問一邊上下打量她。「妳還好吧？」

劉芷嵐笑著對他道：「我沒事。」

說完，她看向一直沒吭聲，也沒試圖阻止劉春桃的村長徐豐收，冷聲道：「村長，這件事，您說該如何處置？畢竟是你們老徐家的媳婦，您得給個說法。不過我提醒村長您，若是您的處置方法不能令我滿意，那劉春桃我就只有綁了送官。畢竟她剛才是故意傷人，想要我的命！」

「妳說該怎麼辦？」村長把皮球給踢回來。「妳不也沒事嗎？有事的人家還沒吭聲呢！再說了，今兒可是栓子的大好日子，妳確定要在他的大好日子裡鬧騰？」

村長這麼一說，大家還真覺得是這麼回事。

受傷的人還沒說話，妳一個沒受傷的人就開口嚷嚷。

還跟方栓子感情好？感情好就這麼不讓人消停？

蕭遠山的眉頭越皺越緊。

方栓子開口道：「鬧老子場子的是春桃，跟老子的嫂子有個屁關係！總之，今兒我跟劉春桃算是結仇了，今兒這事不能善了！村長你就說吧，該怎麼處理！」

村長笑了笑，道：「自然是要給你一個交代。這樣吧，劉春桃既然是老徐家的媳婦，就先關進祠堂，至於說後頭怎麼處置她……就等你的婚禮辦完了，咱們再說，成不成？」

方栓子下意識地看向劉芷嵐，劉芷嵐笑道：「你們老徐家的媳婦自然是老徐家處置，不過，今兒受傷的幾個人，醫藥費得老徐家來賠吧？村長還是跟秀才公一家商量商量，否則這事若是鬧上衙門，那對秀才來說可就不好了。讀書人的名聲最為要緊，您說是吧？」

村長……想撕了這女人！

徐德功去城裡找兒子，今兒不在，他婆娘倒是在，不過一直躲在人後頭裝沒事。她聽到這話之後就不淡定了，忙跳出來道：「這惡婆娘，我現在就替茂文休了她！她傷的人，銀子你們找她要去！」

「娘……妳說什麼？休了我？你們把我的嫁妝用光了，就說休了我？我告訴妳，門兒都沒有！」

劉春桃也不好惹，徐茂文的娘一說要休了她，她就氣炸了。

「呸！嫁妝在妳手中，我是去偷了還是搶了？妳的嫁妝怎麼花沒的要問妳自己，怎就誣賴起婆婆來了？妳這個兒媳婦一不生蛋，二頂撞忤逆公婆長輩，三為人惡毒隨意傷人，妳這樣的兒媳婦誰敢要妳，今兒正好村裡人都做個見證，妳這樣的兒媳婦，我們老徐家要不起！村長，就煩勞你寫個休書！」

「這……」

「村長，您剛才還說今兒是栓子的好日子，這會兒怎麼就容她們在這兒鬧騰？」劉芷嵐出言譏諷。「劉春桃不管休不休，都是你們老徐家的事，不過她傷人的時候可還是你們老徐家的媳婦，這筆帳自然是算在秀才公身上！」

「劉春芽妳個爛貨，我們茂文不要妳，妳就……」

這老婆娘還沒說完，蕭遠山就一拳頭砸在她的面門上，然後抓著她的頭髮將她拖出去，完全不顧她的痛呼尖叫和掙扎。

村裡人：蕭獵戶太猛了，秀才娘都敢打，也不怕秀才將來考上舉人，回來報復他！

「蕭遠山你住手！」村長氣得吹鬍子瞪眼睛。

老徐家就出這麼一個秀才，他一直巴結著，結果蕭遠山就在他的眼皮子底下揍人，簡直不把他放在眼中。

村長追了出去，大夥兒也跟出去看熱鬧。

劉芷嵐攔住方栓子，十分歉意地道：「今兒這事真是對不住了，我先跟遠山哥回去，晚點再過來。」

「嫂子……」方栓子急了。

劉芷嵐搖頭道：「今兒是你的好日子，我跟遠山哥若還待在這兒，徐家人就會糾纏不休，我們先回去，他們自然不會糾纏。不過你放心，等你接親的時候我們會過來，遠山哥答應你的事情不會食言。」

「栓子，聽嫂子的。」徐梅花在一邊道。

徐家人有多討厭她心裡最清楚，徐家人的本性如何她更是瞭若指掌。

「那行，這件事嫂子別放在心上，不怪妳，是劉春桃心毒！」方栓子又補了一句。

劉芷嵐笑著頷首，轉身出門去找蕭遠山，結果蕭遠山不在門外，她想了想就自個兒先回家。

第二十六章

結果蕭遠山家門口有人等著，三個人穿著乍看普通，但細瞧用料都很講究。

其中一個氣勢不凡的男人，長相竟和蕭遠山一模一樣！

這讓劉芷嵐不由得想起在山匪窩的時候，那個將軍喊遠山哥「太子殿下」的事。

「妳是劉春芽？」跟蕭遠山長得一模一樣的男人微笑著開口。

男人與蕭遠山的長相和身高都很相似，不過他很瘦，皮膚很白，病態的那種白。一瞧就是有病的人。

不過，他的笑容很好看，溫文爾雅，眼神也真誠清透。雖說帶著病態，卻是跟蕭遠山截然不同的風情，也很迷人。

劉芷嵐打量男人，男人和他身邊的人也在打量劉芷嵐。

男人身邊跟著一男一女，女的大約四十多歲，落在劉芷嵐身上的目光很是挑剔，另外一個長相陰柔的男人倒是一直討好地對著她笑。

「我是，您是……」

「殿下是本朝的太子！」婦人傲然道。「見到太子殿下還不行禮？」

「不必！」太子警告地瞥了婦人一眼。

婦人頓時閉嘴了，同時垂下眼眸，畢恭畢敬地站著。

「妳叫我大哥就好了。」太子溫柔地道。「我想，妳看到我的模樣，也該知道我跟妳丈夫是兄弟。」

劉芷嵐輕笑道：「您說笑了，這天下之大，無奇不有，長相相似的人也有很多。」

她沒有行禮，態度也是不卑不亢，絲毫沒有受那婦人的影響。

太子看劉芷嵐的眼神就更溫和了，並且還多了幾分讚賞。

「這件事我自然是查清楚了才來。」太子道，因為站得久了，他這會兒已經在冒虛汗了。

劉芷嵐也看出他的不適來，想了想，還是開門請他們進去坐。

將人請進堂屋之後，劉芷嵐就讓費婆子上茶。

很快，費婆子就沏了一壺熱茶來，裡面泡的是新摘的茉莉花。

太子端起杯子正要喝，婦人忙攔住他。「殿下不可！還請殿下稍等，奴婢這就去給殿下煮水沏茶。」

婦人隨身帶著茶葉包，出宮前皇后娘娘對她千叮嚀萬囑咐，一定要伺候好太子的飲食起居。

況且，還未試過，誰知道這茶水裡有沒有毒！

「妳退下吧！」太子不悅地道。

婦人連忙跪下。「殿下，皇后娘娘交代過奴婢……」

太子垂眸，誰也看不到他眼底的情緒，他端起茶杯慢悠悠地喝了一口茶，原以為這茶水會很一般，沒想到卻意外清冽香醇。

婦人見太子喝下茶水，一張臉瞬間就變得煞白起來，也不知是驚嚇，還是因為太子不給她臉面而感到難堪。

蕭遠山回來了。

被太子趕出屋子的婦人看見蕭遠山之後整個人激動不已，她上前去跟蕭遠山行禮，但是蕭遠山卻根本沒搭理她，直接越過她進了屋。

劉芷嵐看到蕭遠山之後就起身迎上去，男人回來了，她心裡就有底氣。

蕭遠山連忙攙扶住她。「慢點，妳怎麼樣了？有沒有不舒服？」

劉芷嵐笑著搖頭。「沒有。」

她轉頭看向太子，太子明顯有些激動。

「狸奴……」

這是皇帝給他弟弟取的小名，希望他跟貓一樣能有九條命，能好好地活下來。

「我是你大哥……咳咳咳……」許是說話著急了些，太子劇烈地咳嗽起來，單手撐著桌子，煞白的臉泛起潮紅。

劉芷嵐嘆了口氣，這太子一瞧就是個短命的——不是咒罵他，只是陳述事實。

「太子殿下喝點水吧。」劉芷嵐指了指桌上的茶壺，示意蕭遠山替太子倒水。「你們慢慢聊，我先出去了。」

「別走！」蕭遠山緊緊握著劉芷嵐的手，把她攙扶著坐下，然後才去給太子倒水。

「我不是什麼狸奴，您認錯人了！」蕭遠山的語氣很冷硬。

太子顯然沒想到夫妻倆都是這副反應，照理說知道自個兒的親哥哥是太子，爹娘是皇帝皇后，不應該高興嗎？

畢竟認親之後，便是享不盡的榮華富貴，當王爺自然是比當個獵戶好千百倍！

太子從小就經歷著各種勾心鬥角，他看人自有一套法子，眼前這對夫妻表現出來的絕對是真實狀態，並沒有裝模作樣。

「剛才我跟弟妹也說了，若不是查實了，我不會千里迢迢跑來找你，若不是查實了，父皇也不會允許我這個病秧子出京。」

蕭遠山沒吭聲，太子一直盯著他也沒吭聲。

「有什麼話你就直說吧，芷嵐是我的妻子，我的事情從不瞞她。」蕭遠山率先打破沈默。

太子深深地看了劉芷嵐一眼，終是開口道：「找到你就好了。你不知道，母后每每想起你就以淚洗面，當初戰亂的時候有人追殺母后，情況危急，母后只能將我們兄弟分開，她帶著我，又讓心腹太監帶著你，母后想著無論如何，便是能逃走一個也是好的。

「母后帶著我東躲西藏，躲過很多次追殺，總算老天有眼，在最危急的時刻被父皇的人給找到了。可是母后讓他們來找你們……你們卻如石沈大海……

「狸奴，父皇給你取名狸奴，就是想讓你同貓兒一樣能有九命，能好好地活下來。我這身子骨……太醫說也沒兩年的活頭了，當初為父皇擋了一刀，那刀上有毒，我雖然僥倖活下來，可身體也垮了，短命，無子嗣，滿朝文武無人不知。

「朝臣們屢屢上書給父皇請另立太子，當年害我們的罪魁禍首，父皇的弟弟秦王更是動作頻頻，他如今的黨羽遍布朝堂，大有我若死了，他便要當皇帝的架勢。若是將來七皇叔上位，母后和十三還有你們都會沒命的。他不會放過你們的！」

「所以呢？」蕭遠山的眉頭皺得能夾死蚊子。「除了你，皇帝就沒有其他兒子了？」

太子苦笑道：「有啊，父皇有很多兒子，可是不管是誰上位，都不會容得下母后和十三，也不會容得下你們。知道你還活著，他們都不會放過你的。母后想著，左右都會危險，不如直接將你接回宮中，讓你來當太子！我……我真的是撐不了多久。狸奴，即使不為你自己，你也得為弟妹想想，為弟妹肚子裡的孩子想一想。」

太子說完就看向蕭遠山。

蕭遠山的臉黑如鍋底，道：「我不會當什麼太子，你別勸了！」

「狸奴，如今你活著的消息，父皇死命壓著，我也是打著巡察的旗號才能出宮……等過些日子他們反應過來了，必定會有無數人湧到這裡來找你們，或者來殺你們。你身有皇室血脈，躲不掉的！」

太子把身段放得極為低下，怕自己端著太子的身分會嚇著這個在民間長大的弟弟，在他面前都沒有自稱本宮或是孤。

「我知道你可能會害怕，覺得你當不好太子，可是父皇會教導你的，我的所有人都會交給你用……」

「你不用說了，我不會跟你走的。」蕭遠山打斷太子的話，他在想著帶劉芷嵐躲開眾人耳目的可能性。

「殿下遠道而來肯定累了，您看您是回縣城休息，還是就在寒舍將就著休息一下？」劉芷嵐見兩人談僵了，便出聲問道。

太子道：「在這兒歇一歇吧，有勞弟妹了。」

劉芷嵐笑道：「不麻煩，您就住前院，前院的房間您自己分配，前院有單獨的灶房，您的人可以用。我們就不打擾殿下休息，先告退了。」

說完，劉芷嵐就要跟太子行禮，蕭遠山連忙將她攙扶住。

「妳身子笨重，行什麼禮。」

太子又如何？哥哥又如何？幾十年才見第一面，哪來的感情？

而且蕭遠山根本就不怵太子。他現在擔心的是，他們已經被盯上了。

媳婦就要生了，這個節骨眼上可不能出差錯，而且也不是偷偷溜走的好時機。

「狸奴說得對，都是一家人，弟妹不必客氣。」

太子之前覺得劉芷嵐是個村姑，雖然她很美，即使見慣宮中美色的他也被劉芷嵐的美震撼了一下，但那個時候他只覺得劉芷嵐是個花瓶美人。可這會兒他對劉芷嵐改變看法了，這個女人做事看似粗鄙不懂禮數，實則滴水不漏。

讓他們住下，對他們的衣食住行卻不插手，十分謹慎。

稍後，劉芷嵐跟蕭遠山回到後院。

一關上門，劉芷嵐就對蕭遠山道：「太子說得對，你的身分逃不掉也躲不掉。」

蕭遠山看著她。「妳希望我去當太子？」

劉芷嵐搖頭。「不希望，皇宮不適合你，也不適合我。」

「那……」

劉芷嵐接著道：「辦法不是沒有，只是不知道能不能……值不值得賭一賭。」

「妳想救他，但是怕把他治好了之後，翻臉不認人。」蕭遠山很瞭解自個兒的媳婦。

劉芷嵐點點頭又搖搖頭。「其實我不怕他翻臉不認人，即使他帶上千軍萬馬來，我也能保證咱們一家人的安全。我只是不願意躲躲藏藏地生活。」

跟一國儲君翻臉了，那是完全沒法子光明正大地生活在這個國家。

東躲西藏的日子太煩人了，而且以後孩子怎麼辦？子子孫孫都躲起來嗎？

「可若不治好他，他們不會放過你，咱們還是會躲躲藏藏……唯一的區別是，不治好他，我們一定會躲躲藏藏，治好了他，我們有一半的機會能正常生活。」

「那就治吧！」蕭遠山道。

兩條路放在面前，該怎麼選就很明確了。

「行，那你現在就去山裡採些解毒的藥回來。」劉芷嵐道，此舉得做給外人瞧。

蕭遠山不放心劉芷嵐，劉芷嵐上前去抱了抱他。

「放心，我不會有事的。太子能親自上門而不是派人來，足以說明他的迫切，你沒點頭，他不會動我；你點了頭，他也不會動我。」說完，劉芷嵐笑著摸了摸自個兒的肚子。「在他眼中，你是接替他的人，而這裡便是皇家血脈，他只會小心待我，不會傷我。況且你也知道我有自保的法子，所以別擔心。」

「好。」蕭遠山應下。「那我早去早回！」

蕭遠山前腳走，後腳房門就被人敲響了。

劉芷嵐打開門，便看見跟在太子身邊的婦人那目中無人的一張臉。

婦人下巴微抬，如打量貨物似的打量著劉芷嵐，見劉芷嵐似乎不讓她進門，便冷笑道：「鄉野村婦，一點規矩都不懂！」

劉芷嵐頷首。「嗯，是不懂到別人家作威作福、不將主人放到眼中的規矩！便是再凶的狗，只要進了別人家的家門，都知道夾著尾巴小心翼翼。哦……瞧我，我不過一個鄉野村婦，自然不知宮裡的狗是怎麼回事！」

婦人被劉芷嵐的嘴皮子功夫氣得臉紅筋脹。

劉芷嵐繼續道：「妳來找我不是為了受氣的吧？我勸妳還是有事快說，否則白白氣出好歹來……可別怪我喲！」

劉芷嵐一手撐腰，一手輕撫著肚子，笑盈盈地看著婦人。

婦人深吸一口氣，她也不想跟劉芷嵐廢話，便道：「我是皇后娘娘身邊的人，奉皇后娘娘的命來打發妳。妳自己名聲有礙，清白有瑕疵，根本就配不上殿下！而且妳肚子裡的孩子根本就不能確定是不是殿下的。識相點，妳就立刻離開殿下，娘娘準備了一千兩銀子給妳……當然，妳肚子裡的孽種不能留！一個來歷不明的野種，將會是皇家的恥辱……」

劉芷嵐靜靜地聽著婦人說，她抬手捂著臉使勁搓了搓，很快地她的臉就變紅了。

接著，劉芷嵐靠著門框緩緩地坐下來，她扯散頭髮，抓亂衣裳，便在婦人目瞪口呆中痛苦尖叫。

「救命！來人！救命！」

她這聲音穿透力太強了，太子帶著太監很快就跑過來。

婦人連忙跪下給太子磕頭。「殿下，這個賤婦誣陷奴婢！奴婢沒有動她！」

她可是經歷宮鬥的人，怎麼不明白劉芷嵐的意思？

可太子的目光明顯不相信她，婦人慌得不行。

太子越過她，走到劉芷嵐跟前，但又礙於男女之別沒法子攙扶她。「去把弟妹的人喊來！」

「是！」

劉芷嵐指著婦人。「她說皇后娘娘不讓民婦生下遠山哥的孩子！太子此番來是為了讓民婦一屍兩命？」

太子連忙解釋。「沒有！弟妹妳不要多想……」

「太太！」費婆子趕來看見劉芷嵐坐在地上就嚇白了臉，她將劉芷嵐攙扶起來。

劉芷嵐示意費婆子將自己扶到廊下的躺椅。

「妳去請郎中來一趟！」劉芷嵐虛弱地道。

打發走人，劉芷嵐對太子道：「太子殿下，民婦要您一句實話。」

太子忙道：「弟妹，母后確實說過以妳的身分不適合做太子妃的話，但母后絕對沒有下令要妳的命！」

說完，太子就命人將婦人拖出去。婦人嚇得癱倒在地，不停地說冤枉。

太子身邊的太監上前將婦人敲暈，扛著她就往外走。

「弟妹，孤一定會給妳一個交代……咳咳咳……母后的意思，弟妹雖然不能做太子妃，但是一個良娣的位置還是會給妳的。」

他們兄弟如今最需要的就是一個子嗣，母后怎麼可能讓弟妹肚裡的孩子有閃失？

想到這裡，太子的臉就陰沈下來，那些人還真是……迫不及待。

劉芷嵐嘆了一口氣，道：「殿下，我們是不會進京城的。」
「弟妹！」太子一驚，他有些慌了，神色沒繃住。
他們的人觀察夫妻倆很久，知道他們之間的感情很深，所以不管是他還是母后都沒想過要薄待劉芷嵐。
特別是劉芷嵐被劫擄，蕭遠山單憑一人之力闖山寨……
「殿下應該知道，遠山哥以前被蕭家折磨成什麼樣了，自從那一次……我們住到山上之後，遠山哥差點沒命，好在他曾經救過一個落魄的道士，那個道士給他一個藥方以及一瓶保命的丹藥，遠山哥這才活下來。那丹藥如今還剩下三粒，我現在交給殿下，殿下是服用還是不服用，我們都不管。只是，我們不會進京城！」劉芷嵐編排出一個看似合理的故事，然後從袖裡掏出一個瓷瓶來遞給太子。
太子接過來便問：「這藥怎麼服用？」
劉芷嵐道：「一日一粒，遠山哥已經進山採藥去了，您再留下來泡三個月的藥浴，依我看是能好起來。不說跟遠山哥比，至少能跟正常的男人比，活個六、七十歲，再生幾個孩子是沒有問題。」
太子聞言，直接塞一粒藥丸進嘴。
「殿下就不怕那是毒藥？」劉芷嵐挑眉問。
太子的喉結動了動，乾吞下藥丸之後，一股清涼之意就從口腔蔓延到胃裡，十分舒服。

「如今誰最不想孤死，只有你們夫妻了。若是孤死了，你們便是不願，那也由不得你們不進京。」

弟弟的武功再高強，也敵不過國家的力量。大軍圍山，還帶不回一個人？

太子並不知道劉芷嵐的能力，也不知道若是他們不願意，還真沒人能將他們帶走。不過正是因為他不知道，所以才篤定劉芷嵐不會給他毒藥。

吃了藥之後，太子覺得自己的身體輕盈不少，只是很快他的肚子就疼了起來。

「您快去淨房吧！」劉芷嵐道。

藥丸其實是摻了靈液的山楂薄荷丸。因為太子體內的毒素很多，拉肚子是必然的。

「殿下！」將婦人扛走之後再度回來的太監，看到太子捂著肚子頓時臉色大變，警惕地瞥了一眼劉芷嵐。

太子擺手。「去淨房！」

他將劉芷嵐給的藥藏起來，不打算讓身邊的人知道，省得節外生枝。

大夫請來了，替劉芷嵐把脈之後，就安慰她說沒事，不用開藥。

事實上本來也沒事。

劉芷嵐給大夫二十兩銀子，請他給自己開一服安胎藥。

大夫秒懂，話鋒一下子就變了。「妳動了胎氣，要好好養著。」

「嗯，煩勞您過兩天再來瞧一瞧……」

送走了大夫，劉芷嵐就回屋歇著。

稍晚，隨行太子出宮的太醫被召上山，替已經拉到虛脫的太子把脈、看舌苔，這一看就看出了問題。

「殿下這算是因禍得福。」太醫的臉上浮現出笑容。「您的脈象比之前好很多。」

太監鬆了口氣。

他是真怕太子在蕭家出什麼事。

太子想起劉芷嵐的話，原本心裡已經滅掉的火苗噌噌地燃起。

他若真能恢復健康，那……那自然是比強扶什麼都不懂的弟弟上位強。

太子決定住在蕭家並讓太醫下山，只留了一個太監服侍他。事實上這個太監身懷武功，除了服侍太子，主要任務還是保護太子。

晚上，太子跟著蕭遠山夫婦吃家常菜。太監要試毒，卻被太子趕了出去。

「味道不錯！」太子讚嘆道。「比宮中的好吃！」

特別是雞湯，好喝極了。

太子喝了好幾碗，在宮中即使再好吃的東西，他也沒有這麼放肆過，沒想到第一次跟弟弟、弟妹吃東西，竟然如此放鬆，他很喜歡這種氛圍。

「吃完了就去泡澡！」蕭遠山用採回來的藥加入洗澡水，給太子使用。

太子泡完澡之後，覺得神清氣爽，他吩咐太監派人送信回京城，說他得在此地待上數個月，讓帝后勿念。

因著太子來了，所以夫妻倆還是沒有全程參與方栓子的婚禮，隔天，劉芷嵐就讓蕭遠山送了些東西過去作為賠罪。

方栓子並沒有多想，還約好說等他媳婦三朝回門之後，就請蕭遠山夫婦過去吃飯。

三個月時間眨眼就過了。

太醫再次替太子把脈時差點驚掉下巴，太子居然康復了！

太子清楚自己的身體，但太醫的話還是讓他的心更安穩一些。

太子很高興，對這個孿生弟弟就更疼愛了。

若不是蕭遠山夫婦，他搞不好都已經病故了。

只是，弟弟好像不待見他，見他人一好，就立刻開口趕人。

太子當然也挺急著回京，可被弟弟攆走也太沒面子，正想著怎麼表達一下自個兒的憤怒。

沒想到，劉芷嵐開始陣痛了。

蕭遠山著急不已，像一隻無頭蒼蠅亂晃，還好太子是個穩得住的人，先命太醫替劉芷嵐把脈，又命太監將早早備好的穩婆給喊來。

劉芷嵐的身體很好，雖然是頭胎，但也算順利。

上午開始陣痛，晚上就生了一個大胖小子。

不管是蕭遠山還是太子都十分高興，太子還將自己隨身戴著的玉珮扯下來，送給新生的孩子。

因著有了姪兒，太子留到孩子滿月才離開。蕭遠山夫婦也因為這位貴客在，孩子不管是洗三還是滿月都沒有大辦儀式。

臨走的時候，太子十分不捨。「真的不跟孤回京城嗎？孤已經康復了，你們跟孤回京也是當個閒散的王爺王妃，不會有人逼迫你做太子的。」

蕭遠山搖頭。「不去了，京城繁華，不是我這等山野小民能待得慣。

「您也不必擔心小民夫妻，您給了一萬兩銀子，夠我們花用好幾輩子的了。」

太子聞言就覺得心酸，他們把那麼寶貴的藥丸給他，卻覺得一萬兩銀子多。

要知道，那樣的仙丹一旦面世，必定會招來各方爭搶，屆時區區一萬兩算什麼？

太子有些後悔出門銀子帶少了。不過沒關係，等他回京之後再派人給補上就是了。

太子想了想便道：「我這次回京之後，父皇肯定對你有安排，你不願意長居京城，我會跟父皇請求，把你的封地就定在此處……」

之所以沒有帶封王的聖旨來，那是以為太子打算將他帶回去當儲君。

這次，蕭遠山沒有拒絕。

「不過，若封了王，至少三年得回京一次。」太子又道。

蕭遠山頷首。「幾年去一次住幾天也是可以的。您一路順風！」

這是不想跟他繼續多說下去的意思。

太子嘆了口氣。

這臭弟弟！就這麼嫌棄他嗎？

一個月後，封王的聖旨抵達，震驚了整個府城！

皇帝將整個府城都作為蕭遠山的封地，從聖旨下來的那一刻起，府城所有的賦稅都屬於蕭遠山一人。

蕭遠山被封為大周朝的淳親王，爵位世襲罔替，名字不改，但姓氏改回去。

他們的兒子嘟嘟被冊封為世子，皇帝賜名弘慶。

劉芷嵐被封為王妃，不管是皇帝還是皇后都賞了不少財物給她，並且沒有塞人給丈夫。

對此劉芷嵐十分滿意，看來太子是將他們的話記清楚了。

山上除了方家，其他人家都被官府的人遷下山另行安置，並將山上的房子按照親王府的規制進行一番擴建。

封王旨意下達的同一天，蕭家人有一個算一個，全部被抓，罪名就是虐待皇子。

全村人都唏噓不已，不少人家悔得腸子都青了，早知道當初他們就把女兒嫁給蕭遠山，如今他們就是王爺的岳家！

可惜，這世上哪來的早知道？

徐茂文被奪去功名，這都不用任何人開口，知府等人為了討好淳親王，直接就出手辦了。

他灰溜溜地回村，全村的人都躲著他們一家子和劉家。

徐茂文不禁想，當初若他不曾拋棄劉春芽，劉春芽不嫁給蕭遠山，他如今便不會落到如此這般下場。

終歸是……一步錯，步步錯！

皇帝在京城、府城，分別賜了一座王府給淳親王，兩口子卻還是喜歡住在山上，不過皇帝還讓人帶了話，說要親自為小皇孫辦周歲酒，讓兩人務必要在孩子周歲之前進京。

皇帝將嘟嘟的周歲宴辦得極其隆重，也讓全京城的權貴世家們瞧見皇帝和太子對淳親王一家子的寵愛。

有人就想給淳親王塞人，結果還沒等他們的美人送上門，淳親王就帶著自己的妻兒悄悄溜走了。

帝后雖惱火，卻也拿這兒子沒辦法。

五年後，皇帝駕崩，太子繼位。

新皇繼位的第一件事情，就是封淳親王的第二個兒子為郡王，爵位世襲罔替。

一門雙王，這份榮寵震驚朝野。

幾年後，劉芷嵐又生了一個女兒。

心心念念的閨女降生，淳親王高興不已，寫信告訴皇帝。

皇帝也十分高興，高興之餘就大筆一揮，下了一道冊封公主的旨意。

收到聖旨的時候正好是淳親王閨女的滿月。

晚上，淳親王摟著劉芷嵐道：「不生了！」

他們夫妻倆有三個兒女足夠了。

先生兩個男孩，再生一個女孩，這是淳親王心裡的設想，沒想到還真實現了。

至於說為何要先生男孩，並不是他重男輕女，而是他實在太想要一個小閨女，而且希望閨女長大之後有人撐腰……

真好！

他的這一生跟夢似的。

前頭經歷無盡的苦難，換來了這麼好的媳婦，他們相互扶持，相互寵著對方過完了這一輩子……

若有來生，還願攜子之手，與子偕老。

——全書完

2021年2月出版

學渣大逆襲

文創風 930～931

雖然一場高燒喚起上輩子的記憶，但學渣到哪裡都是學渣啊～～
只是她躲在樹下為考試成績傷心一場，怎知樹上躲了一個學霸?!
這下尷尬撞窘迫，學渣遇學霸，還會有比這更慘的場面嗎……

當學渣巧遇學霸，戀愛求學兩不誤／鍾心

要不是幼年一場高燒，秦冉也不會恢復上輩子的記憶，知道自己並非當代人；
問題是那些記憶也不多，她偏又投生在一個讀書至上的朝代，
而且秦家滿門學霸，就她一個學渣，連前世記憶都幫不了，真心苦啊～～
她從小小學渣長成小學渣，又背負家人期許考入當朝最頂尖的書院，
雖然應試時考運有如神助，可一入學，琴棋書畫、騎馬射箭樣樣都為難她！
除了一手好廚藝，她在書院中仍是末段班的末段生，
眼看家人同學都為自己心急，但她似乎少根筋，讀書總是沒起色；
這一日，努力又落空的成績令她備受打擊，只想躲到書院後山獨自哭一回，
偏偏她在樹下哭，樹上怎麼突然出現一個男同學 ?!
而且這同學不是別人，正是成績輾壓全書院的大學霸沈淵！
被學霸目睹如此尷尬的場景，她當場手足無措，沒想到他不但好心安慰自己，
打從隔天起，兩人便幾次三番地相遇，連上課都意外受到他的指點、鼓勵；
即便因為沈淵「青睞有加」，讓她在學院「出盡鋒頭」，卻也逐漸開竅，
既然如此，就讓她抱緊學霸的大腿，順利度過求學生涯吧～～

2021年2月出版

金牌虎妻

文創風 927～929

左手生財，右手馴夫，
這穿越後的日子可有得忙了呀～～

婦唱夫隨，富貴花開／橘子汽水

唉，一朝穿越就直接當人妻，丈夫還是被踢出家門、靠收保護費度日的失寵庶子，
本性不壞，但打架鬧事如家常便飯，根本像她養過的哈士奇，一日不管便闖禍！
幸好丈夫喬勐天不怕地不怕，就怕惹她生氣傷心，還有她那根聞名鄉里的家法棍，
關起門來懂得跪算盤認錯，她就不跟他計較了，定把他調教成有出息的忠犬，
從此街頭一霸變成唯娘子是從的妻管嚴，她馭夫的名聲在平江可是響叮噹啊～～
接下來還有更重要的事得做——喬勐口袋空空，以前收的保護費還不夠養家呢！
眼看喬家不肯給金援，打算讓他們自生自滅，再不想辦法賺銀子就要餓肚子了。
幸好前世她是精通雙面繡的刺繡大師，又擅長廚藝，乾脆用這兩樣絕活來掙錢吧！
孰料她準備一展身手之際，喬勐無端捲入傷人官司，縣令盛怒將他抓進牢裡。
她的生財大計豈能少他出力，如今禍從天降，她該怎麼替他解圍才好……

2021年1月出版

夫人萬富莫敵

文創風 921～922

一個是聖上眼中的紅人、貴女圈中炙手可熱的侯門貴公子，
一個是琴棋書畫皆不精，唯有算盤打得精的商戶之女，
兩人的婚約堪稱長安城最驚天動地的一樁大事，
不只百姓議論紛紛，連當今聖上都成了吃瓜群眾的一員，
賭坊甚至開了賭局，賭沈家女最後會不會成為侯夫人？
各位看官，就讓我們繼續看下去！

春色常在，卿與吾同／顧匆匆

身為杭州第一大富戶家的小姐，沈箬不愁吃穿，撒錢更是不手軟，
可她沒想到，有一天竟要為自己的婚事發愁！
杭州太守欲謀奪沈家家業，五十幾歲的老頭上門求娶她，
這般不懷好意，她會嫁他才怪呢！但對方是官，不嫁總得拿出理由吧？
她求助於在朝中頗有威望的恩師，迅速就解了這燃眉之急，
恩師不知用什麼方法，竟讓堂堂臨江侯宋衡答應與她的婚事！
說起宋衡，那可是能在朝堂呼風喚雨，連皇上都要尊敬三分的人物，
她滿心好奇，趁姪子要去長安備考，她也順道去探探這位素未謀面的未婚夫。
孰知初到長安，就聽說宋衡正為了江都水患一事忙得焦頭爛額，
朝廷急需賑災物資和銀兩，但各大富戶紛紛裝窮不願伸出援手。
對沈箬來說，能用銀子解決的都不是大事，
況且這回撒錢還能行善舉、積功德，怎麼說都是穩賺不賠的生意嘛！

筆上談心，紙裡存情／清棠

2021年2月出版

書中自有圓如玉

看著書上突然浮現的墨字，憑空出現，又慢慢消失，
雖說子不語怪力亂神，他仍是被這陡然出現的異相給驚住，
奇怪的是，除了他以外，旁人竟完全看不見，
日復一日，那歪七扭八的墨字就沒停過，簡直陰魂不散，
所以說，他這是碰上什麼妖魔鬼怪了嗎？

文創風 923 1

媽呀，她這是大白天的活見鬼了嗎？
好好地在自家書房抄縣誌，宣紙上卻突然浮現「你是何方妖孽」幾個字，
沒搞錯吧？她才想問問對方究竟是妖是鬼咧！
鼓起勇氣細問之下才知道，原來這人已經看她抄了半月有餘的縣誌，
倘若這話是真的，那這傢伙比她還慘啊，畢竟她每天從早抄到晚，字還醜！
問題來了，他們兩個普通「人」之間，為什麼會出現這種筆墨相通的狀況？
難道……是穿越大神特地贈送給她祝圓的金手指小禮物？
但所有的紙張、書本甚至連字畫上都能浮現字，她還怎麼讀書、練字啊？

文創風 924 2

祝圓此生的心願不大，只希望能當個米蟲，悠閒地過上滋潤的日子就好，
可她身為一名縣令的女兒，卻還要操心家裡銀錢不夠用是怎樣？
原來爹爹為官清廉，做不來搜刮民脂民膏的事，自然沒油水可撈，
雖然娘親跟她再三保證，他們不至於會挨餓受凍的，
因為京城主宅那邊會送些錢過來，再不濟她娘手上也還有嫁妝呢，
但她聽完只覺得震驚啊，她爹堂堂縣令竟還在啃老？甚至還可能要吃軟飯？
再者，她家手頭這麼緊了，卻還養著一批下人，光飯錢就是一大開銷，
這樣下去不成，既然無法節流，當務之急她得想辦法掙些錢貼補才行啊！

文創風 925 3

祝圓賺到了人生的第一桶金，成功讓爹娘對她的經商能力刮目相看，
與此同時，跟那個神祕筆友的交流也依然持續進行中，
雖然還是不知這人的來歷，但能肯定對方是個男的，並且家世相當不錯，
這還得從兩人聊到朝廷不給力、害得老百姓這麼窮苦一事說起，
正所謂「要致富，先修路」，但朝廷修的路，那能叫路嗎？
晴天是灰塵漫天，雨天又泥濘不堪，當然啥經濟也發展不起來啊！
於是她指點了水泥這條明路，結果他真弄出來築堤、造路，來頭還能小嗎？
話說，水泥是她提的主意，他應該不會這麼小氣，不讓她抽成吧？

文創風 926 4 完

來錢的事祝圓都不吝跟她親愛的筆友三皇子分享，畢竟她撐不起這麼大的攤子，
直接跟謝崢說多好，事成之後他還會分她錢呢，她這是無本生意，穩賺不賠啊！
既然兩人關係這麼好，那應該能託他調查一下家裡幫她相看的幾個對象吧？
模樣啥的都是其次，會不會喝花酒、有無侍妾、人品好不好才重要，
結果好了，他說這個愛喝花酒、那個有通房了，總之就沒一個配得上她的！
要不，請他幫忙介紹一個良配？他倒也爽快，一口就應了她，
可到了相親之日，說好的對象卻成了他自個兒！這是詐騙兼自肥吧？
再者，她想嫁的是家中人口簡單的，但他根本身處全天下最複雜的家庭啊！

文創風
936

無顏福妻 下

國家圖書館出版品預行編目資料

無顏福妻 / 柴可著. --
初版. -- 臺北市 : 狗屋出版社有限公司, 2021.03
冊 ; 公分. --（文創風）
ISBN 978-986-509-193-4（下冊 : 平裝）. --

857.7　　　110001354

著作者	柴可
編輯	黃鈺菁
校對	黃薇霓
發行所	狗屋出版社有限公司
地址	台北市104中山區龍江路71巷15號1樓
電話	02-2776-5889～0
發行字號	局版台業字845號
法律顧問	蕭雄淋律師
總經銷	知遠文化事業有限公司
電話	02-2664-8800
初版	2021年3月
國際書碼	ISBN-13　978-986-509-193-4

本著作物由北京晉江原創網絡科技有限公司授權出版

定價260元
狗屋劃撥帳號：19001626
網址：love.doghouse.com.tw　E-mail：love@doghouse.com.tw